LA FEMME QUI AIMAIT TROP

Catalogage avant publication de Bibliothèque et Archives nationales du Québec et Bibliothèque et Archives Canada

Fisher, Marc, 1953-
La femme qui aimait trop
ISBN 978-2-89585-685-6
I. Chouinard, Mélanie, 1979- - Romans, nouvelles, etc.
I. Titre.
PS8581.O24F44 2015 C843'.54 C2015-941401-6
PS9581.O24F44 2015

Image de couverture : Les Portraits Rembrandt Ltée

Les Éditeurs réunis bénéficient du soutien financier de la SODEC et du Programme de crédit d'impôt du gouvernement du Québec.

Nous remercions le Conseil des Arts du Canada de l'aide accordée à notre programme de publication.

Financé par le gouvernement du Canada
Funded by the Government of Canada

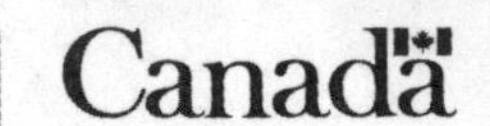

Édition :
LES ÉDITEURS RÉUNIS
www.lesediteursreunis.com

Distribution au Canada :
PROLOGUE
www.prologue.ca

Distribution en Europe :
DNM
www.librairieduquebec.fr

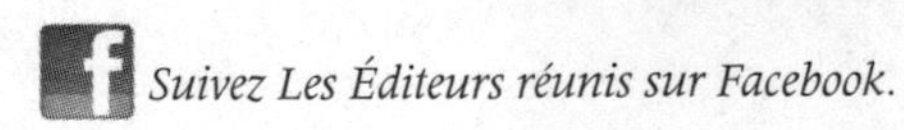

Imprimé au Canada

Dépôt légal : 2015
Bibliothèque et Archives nationales du Québec
Bibliothèque nationale du Canada
Bibliothèque nationale de France

MARC FISHER

LA FEMME QUI AIMAIT TROP

LE ROMAN INSPIRÉ DE LA VIE DE
MÉLANIE CHOUINARD,
EX-CONJOINTE D'UNE ROCK STAR

LES ÉDITEURS RÉUNIS

Note au lecteur

Ce livre est un roman inspiré de ma vie.

Même si j'y ai préservé l'essence de mon histoire, de mes tourments et de mes enchantements, j'ai aussi pris des libertés, parfois assez grandes.

Les péripéties, les personnages, les lieux ont été romancés, et j'ai même préféré laisser vague la période où cette tranche importante de ma vie a eu lieu.

En revanche, plusieurs épisodes de cette tragédie amoureuse sont cruellement véridiques.

Au lecteur de faire la part des choses et d'en tirer des leçons pour sa vie !

MÉLANIE CHOUINARD

1

Je m'appelle Erica D., et je partage la vie glorieuse de Billy Spade, rock star de son état.

Je suis, je le confesse, une femme qui aime trop.

Et qui, par conséquent, choisit pas toujours le bon numéro, à la seule loterie qui, pour moi, a un sens : celle de l'amour.

Est-ce un si grand crime ?

Une faiblesse de caractère trop condamnable ?

Que la femme qui a jamais trop aimé me jette la première pierre !

Je suis déjà lapidée : une pierre de plus, une pierre de moins…

J'écris cette histoire pour savoir si je dois partir ou rester, si je m'arrête ou je continue : Stop ou encore ? comme dans la chanson du même nom, de Plastic Bertrand.

J'ai changé d'école dix fois en dix ans, étant donné que mon père, ou plutôt mon beau-père (parce que celui qui m'a donné la vie en est sorti alors que j'avais seulement deux ans) se faisait congédier à tout bout de champ, et la famille devait suivre et déménager.

Pas facile d'arriver première quand tu es toujours la dernière arrivée dans la classe au beau milieu de l'année !

En conséquence de quoi, j'écris pas ce livre avec de l'encre bien savante, mais plutôt avec mes larmes.

Et aussi avec le sang qui me reste, et que pompe de plus en plus difficilement un cœur de plus en plus mal en point.

Mon médecin m'a expliqué, après m'avoir auscultée et fait passer 14 000 tests, que c'était de la tachycardie avec insuffisance mitrale, ou un truc comme ça.

Moi, la biologie !

Je peux juste dire que ça fait mal.

N'empêche, il a un point.

Et moi, j'en ai plusieurs. Points. Au cœur.

Des fois, je me dis qu'il va arrêter de battre par épuisement. Des stocks de bons sentiments. Parce qu'il a trop battu. Pour la même cause perdue d'avance. Trop fait de livraisons inutiles à l'homme que j'aime : elles ont la plupart du temps été retournées avec la mention « adresse inconnue ». Et, pourtant, nous vivons ensemble, sous le même toit.

Alors la question se pose. En tout cas, je me la pose : Billy Spade, que tout le monde croit connaître sans le connaître vraiment, suis-je la femme de sa vie ?

That is the question ! comme dirait Macbeth.

La question que se posent presque toutes les femmes qui aiment trop. Qui aiment trop des hommes qui les aiment pas ou les aiment pas assez, ou les aiment mal.

La question que se posent toutes les femmes comme moi, car l'homme de leur vie leur a pas posé *la* question : « Tu veux passer le reste de ta vie avec moi ? Tu veux m'épouser, quoi ? »

Je sais, je sonne démodée, mais je peux pas faire semblant d'être quelqu'un d'autre que moi.

J'ai dû lire trop de romans Harlequin.

Ou vu trop de films hollywoodiens.

Et, là, envahie par le doute, il faut que je prenne une décision : comme ce serait plus facile s'il y avait pas d'enfants dans l'équation !

Vue de l'extérieur, ma vie est un conte de fées : tu peux même la lire dans les journaux à potins.

Et des centaines, que dis-je, des milliers de femmes seraient prêtes à prendre ma place demain matin.

Elles changeraient peut-être d'idée le surlendemain si elles pouvaient voir l'envers du décor.

Je sais, on chuchote autour de moi, les couteaux volent bas, il y a un embargo de gentillesse, comme à Cuba, pour les cigares et tout le reste : de quoi se plaint-elle, elle vit comme une princesse, au bras du célèbre Billy Spade ?

Sa vie est un jardin de roses, ses fesses sont glorieusement transportées sur le cuir fin d'une Mercedes 650, si c'est pas celui d'une limousine, ses escarpins foulent les tapis rouges, ses bijoux scintillent sous les flashs incessants des photographes, illuminant des robes de soirée de grands couturiers. Elle mange seulement dans les grands restaurants, gérés par des chefs laurés dans le guide Michelin, elle voyage en première, descend dans des palaces : oui, toutes prendraient sa place !

Surtout que, et il faut pas l'oublier, avant de le rencontrer, elle était quoi, la capricieuse névrosée qui se permet de s'exprimer ?

Cette question-là, il me l'a tant répétée, Billy, et il me fournissait aussi la réponse, en gentleman qu'il a toujours été : tu étais rien !

Fucking rien !

Une *nobody !*

Fucking nobody !

Une ratée !

Fucking ratée !

Une ratée sans vrai métier, sans carrière, sans le sou. Et monoparentale de surcroît, pas la joie, quoi ! Il oubliait commodément de mentionner, parce que ça l'arrangeait, surtout auprès de sa tyrannique mère, de son frère sur le somnifère qu'on appelle aussi le pot, et de ses amis et de son agent et de son avocate, il oubliait commodément de mentionner, pour me faire passer pour une traînée qui aurait trouvé le jackpot qui était surtout un *crack pot*, que j'étais à une session de terminer mon cours d'infirmière et qu'en plus je travaillais comme cobaye occasionnel pour des compagnies pharmaceutiques, comme mannequin, comme barmaid.

Avec lui, les coups de poing dans la face, de *crowbar* dans les jambes, de poignard dans le dos, étaient des simples mots, comme ceux que je viens de révéler. Il te tue à coups d'insultes, d'humiliations grandes et petites, de menaces aussi, de te remplacer par la première venue, parce que tu patines selon lui sur de la glace bien fine : toutes ces vexations, elles laissent pas de traces. Visibles.

Il y a pas de police pour ce genre de coups, tu peux pas appeler le 911. Ils peuvent rien écrire dans leur rapport, ça serait inutile : le juge hausserait les épaules et dirait : « Au suivant ! » ou plutôt : « À la suivante ! Une autre folle ! »

Ça leur prend du concret, des yeux au beurre noir, un visage tuméfié ou brûlé à l'acide, un bras cassé, et, idéalement, que l'homme de ta vie tue tes enfants, ou tente de t'assassiner parce qu'il t'« aimait », quelle chance tu avais sans même le savoir ! Dans tous les cas, l'idéal, c'est le sang, beaucoup de sang, pour que ça puisse faire de belles photos dans les journaux. Il y a que ça qui vend, avec le sexe et le sport, on s'entend.

Mais les crocs d'un homme dans ton cœur, ça te laisse une douleur bien pire qu'un bras cassé, même si c'est pas la joie ça non plus évidemment.

Un bras cassé, tu portes un plâtre pendant un mois, et voilà ! Le tour est joué.

Mais un cœur brisé, un cœur en mille miettes comme un biscuit soda au-dessus de ta soupe, tu fais quoi avec ?

Il s'appelle comment, le médicament ?

Et est-ce que tu guéris jamais de ça, même si tu renouvelles l'ordonnance jusqu'à ce que ton pharmacien ait fait un million ?

Avec ton pauvre petit moi.

Et ses inexplicables émois.

Je sais, il y a les psys, les amis et surtout les amies, et surtout ta meilleure amie, celle qui est la meilleure pour ton âme (moi, j'ai Fanny), mais est-ce que ça suffit ?

Je me le demande.

Je croise les doigts, stupide moi.

Parce que, sans amour, la vie, c'est quoi ?

L'autre jour, Fanny m'a dit : Freud a dit qu'un homme qui doute de son propre amour peut, et même doit douter de toute chose moins importante.

J'ai pensé : « Une femme qui aime trop, elle doute pas de son amour, elle en a à revendre, même que ça la ruine : elle doute, et c'est une maladie, de l'amour de son homme… »

Moi, en tout cas, mon amour, j'en doute pas : cet homme, je l'aime follement, je l'aime à la mort.

Je me demande seulement si je vais pas en mourir, justement, si je vais pas y laisser ma peau ou me retrouver dans une clinique psychiatrique, attachée à un lit parce que je me suis trop attachée à un homme : ça s'est vu.

Ce que j'aimerais, c'est d'avoir, comme dans *La Petite Fille aux allumettes*, le conte préféré de mon enfance, des allumettes magiques qui me permettraient de voir à travers les murs.

Surtout les murs qui entourent le cœur de mon homme.

Parce qu'ils sont comme étaient ceux d'Alcatraz mais à l'envers. Personne (ou presque : sauf dans les films et encore !) pouvait s'échapper de la célèbre prison : moi, ce dont je rêve, c'est pouvoir percer le roc pour entrer dans la prison de ma rock star.

Pour voir si j'y suis aussi. Avec lui. Ou si je suis seule. Et me fais des idées sur son amour. Que j'ai peut-être juste inventé.

Il dit qu'il m'aime, je sais, que, même, il peut pas vivre sans moi, que je suis son oxygène.

Que, sans moi, sa vie est un long carême.

Je me garde une petite gêne.

Ou pour mieux dire un petit doute.

Avant de lui ouvrir docilement les cuisses.

J'écris au lieu de prendre ma voiture.

De prendre ma voiture et de foncer à toute allure dans un mur.

Mais au dernier instant, je me souviens que je suis mère. Une mère fatiguée, qui aimerait pouvoir poser sa tête sur un oreiller pendant huit d'heures d'affilée, même trois petites heures ce serait assez, une mère qui aimerait pouvoir mettre son cerveau à *off*. Est-ce trop demander ?

J'écris parce que le fil de mon récit sera peut-être le fil d'Ariane qui me permettra de sortir du labyrinthe de ma vie amoureuse, et de m'apporter sur un plateau d'argent, ou d'or, ou de fer, même de plastique ou de papier journal, ça m'est complètement égal, la réponse à ma question « stop ou encore », « je reste ou je pars », et de la trouver avant qu'il soit trop tard.

Car je sens malgré mon courage, malgré ce qui reste de ma peau de chagrin, qu'est proche le jour où la pointe de l'ironie, de la méchanceté, deviendra la pointe d'un vrai couteau, d'un vrai ciseau : les coups de gueule seront des coups sur la gueule.

Et alors, je serai digne des nouvelles, on verra mon corps glacé sur une civière, recouvert d'un drap blanc qui couvrira mon visage de femme qui a trop aimé, mon corps mal aimé, mal baisé par un homme qui pensait juste à lui, mon corps dans un sac plastique noir, peut-être : je serai pas trop regardante du haut du ciel : je passerai en rafale sur LCN, son poste préféré. Je serai enfin plus une vulgaire *nobody* : mon *no body* assassiné en sera la preuve par A+B.

La stupide rêveuse, malgré ses innombrables déceptions amoureuses, Erica D., maintenant sans ailes, sera plus, et pourtant, par quelque énergie mystérieuse ou l'aide d'un ange, se sera envolée vers le firmament.

Et encore d'autres enfants, à côté de ceux, moins apparents, du divorce, seront orphelins, et auront plus que des souvenirs d'elle : comment elle leur souriait, comment elle leur ouvrait les bras, leur donnait du lait au chocolat, comment elle était ravie qu'ils aient vidé leur plat ou fait leur petit caca (ça donne de grands hommes d'État, parfois) : elle sera rendue au ciel pour avoir séjourné trop longtemps en enfer.

P.-S. Mais commençons par le début de ma saison en enfer ! Car parfois, de la boue, on tire de l'or, d'une vulgaire pierre, on fait un diamant, et de la plus belle eau. Ensuite on constate, ravi, que tel malheur était la meilleure chose qui pouvait nous arriver. Il était juste un cadeau emballé différemment : il faut voir les choses savamment.

Avec la lampe du temps.

Si tu veux faire rire Dieu : fais un plan !

2

Stan, mon boss à la glorieuse brasserie du même nom, Chez Stan, à Joliette (on est loin, je sais, du Café de Flore à Paris, ou du Harry's bar à Venise, où je suis allée si souvent) m'a dit, alors qu'on avait un temps mort à la fin de mon quart de travail :

— La grosse, tu devrais rester après ton *shift*, tu le regretteras pas.

Et il avait un petit sourire énigmatique, celui-là même qu'il a lorsqu'il sent qu'il est en train de te prédire ton avenir. Amoureux. C'est sa spécialité. Les affaires, c'est pas vraiment son truc, même s'il a deux bars.

Je travaille chez lui depuis un an, qui m'a paru un siècle. Heureusement que le temps long te fait pas vieillir plus vite parce que, nous, les femmes, vieillir, c'est notre hantise. On peut pas avoir un ventre, et se faire pousser un petit casque de bain sur la tête (lis : avoir une calvitie galopante !) comme les hommes qui, malgré ça et autres avanies coutumières du passage du temps, poignent autant, continuent de plaire même à des filles qui pourraient être leur fille. Il y a les femmes cougars, je sais, mais bon…

Oui, je suis barmaid Chez Stan parce que le mannequinat à Montréal, c'est pas le Pérou. À Milan, je pouvais faire – et faisais souvent – 5 000 $ pour une semaine de travail, et des fois 2 000 en une seule journée. C'est sûr que lorsque tu portes une robe Valentino de 50 000 $, ils ont le budget qui va avec pour les filles qui font le *cat walk* sapées avec.

Ici, les robes Valentino, tu les vois surtout en photo. Dans le *Vogue* ou le *Vanity Fair*.

J'ai le physique de l'emploi, car, ayant été mannequin, je suis forcément grande puisque je fais 1 mètre 80, ma première grossesse a pas trop laissé de traces, et j'ai des seins, comme on dit, ce qui est toujours un atout dans ce métier, ou dans la vie tout court, en tout cas avec les hommes dont c'est le truc. J'ai les lèvres rouges et des yeux verts qu'on dit spectaculaires (bof), mais je sais en tout cas qu'on y voit le spectacle de toutes mes émotions, surtout l'amour et la colère, et mes pupilles deviennent sévères lorsque je sors de mes gonds. En général en raison d'un con. Ou de quelque méchanceté. Faite à un vieux ou à un enfant.

Non seulement j'ai le physique de l'emploi, mais je sais me défendre.

A : J'ai de la répartie – j'ai pas le choix avec toutes les âneries que j'entends des clients surtout quand ils ont un verre de trop dans le nez.

B : J'ai fait du *kickboxing* pendant quatre ans, pour apprendre à me défendre contre les assauts trop fréquents des hommes entreprenants.

Stan, il m'appelle la grosse, mais c'est juste de l'affection, et ça me choque pas, parce que je suis tout sauf grosse. J'ai pas beaucoup d'appétit et je cours tout le temps, étant donné mes trois occupations, sans oublier que je suis maman d'un enfant de trois ans. Et ça aussi, c'est du travail !

En plus, je fume comme une cheminée et, c'est connu, la fumée éloigne les kilos avant même que tu les vois de trop près : amicale, elle leur permet pas de devenir locataire de tes fesses.

J'ai posé la question :

— Pourquoi je devrais rester après mon *shift*, Mick?

Dans son cercle d'intimes, Stan, on l'appelle Mick, parce que, à 20 ans, il ressemblait à Mick Jagger. Il a même gagné un concours de sosie.

Il y avait pas foule, et, par conséquent, je ferais pas *full cash* en pourboire. Mais il y avait peut-être un membre du *staff* qui lui avait posé un lapin. Il m'a expliqué:

— Parce que j'ai convaincu Billy Spade de venir faire un tour ici ce soir.

— D'aucune façon je reste pour ça, Stan. Je décolle en taxi.

— Je te suis pas, qu'il a dit, étonné par ma réaction, avec son visage d'adolescent même à 45 ans, ses longs cheveux châtains et ses yeux noisette presque toujours amusés.

— Le père de Guillaume avait des *posters* de lui partout, ça nous servait de tapisserie. Moi, j'en aurais fait du papier de toilette, si j'avais pu. Et il écoutait tous ses disques. Alors j'ai déjà donné. Tu l'appelles, ce taxi?

— Mais pourquoi tu donnes pas une petite chance au destin?

— Le destin, il fait pas toujours à sa tête? Tu penses vraiment qu'on peut l'influencer? Si on pouvait, il me semble qu'il s'appellerait plus le destin, non, mais plutôt le hasard et même encore.

— Eille, as-tu fumé, toi?

— Oui, mes Export A régulières. Et pour ton *blind date* patenté, je peux pas, ma mère garde Guillaume jusqu'à 8 heures seulement.

Il jetait pas l'éponge si aisément.

— Dis-lui que tu as eu un contretemps!

Un contretemps…

On dirait que j'ai juste ça, dans ma vie. Depuis quelque temps. J'ai dit :

— Une autre fois peut-être.

Il a dit, avec un air encore plus énigmatique, en vrai Nostradamus de Joliette :

— Une autre fois, il va peut-être être trop tard. Le destin frappe pas deux fois à la porte.

— Il est pas facteur.

— C'est ta vie.

Mon *shift* terminé, j'ai fait ma caisse qui était pas faramineuse. Les temps étaient durs, comme chaque fois en janvier. Les gens ont trop dépensé à Noël, se croyant moins pauvres qu'ils le sont. En plus quand il fait -30 dehors, un mardi soir, tu trouves mieux à faire : surtout s'il y a un match de hockey à la télé.

J'ai dit, désolée, et je suis sortie fumer une cigarette en attendant le taxi.

3

Je sais, je devrais pas fumer, mon médecin m'a dit que chaque cigarette était un clou de plus dans le cercueil de mon cœur. Mais justement, je fume parce que j'ai des problèmes… de cœur !

J'ai éteint ma première cigarette avec le talon de mes hautes bottes de cuir qui me valent des pourboires, comme mon sourire, et mon décolleté aussi, bien sûr. J'en ai allumé une autre. Chaque fois (ou presque) que j'allume, je me dis c'est la dernière fois (ou presque), en plus ça coûte les yeux de la tête et c'est pas bon pour la peau mais j'ai trop de stress.

Le taxi arrivait pas. J'ai regardé l'heure. Ça faisait dix minutes que je faisais du surplace dans l'air glacial du soir. J'ai rappelé chez Taxi Diamond mais la ligne était occupée. J'ai pesté. Ils ont juste une ligne ? Ils savent pas que je poireaute comme une conne dans le froid et que mon bébé m'attend ?

Je me suis dit : je vais aller me réchauffer quelques secondes dans le bar. Je me suis retournée un peu vivement, j'ai brisé mon talon gauche. Ce sont de vieilles bottes, je sais, mais quand même. J'ai boité en direction du bar. Je m'apprêtais à en ouvrir la porte quand mon taxi est enfin arrivé.

J'ai soupiré de soulagement. Stupidement. C'était pas mon taxi ! Il déposait seulement un client. Je me suis dit c'est pas grave. Je suis pas regardante, ce taxi-là ou un autre. J'ai fait un signe en sa direction. Il m'a ignorée. Coudonc ! que je me suis dit, c'est pas ma soirée !

J'ai couru du mieux que j'ai pu, avec mes bottes à un seul talon, vers ce taxi à la con. Et je gueulais comme un putois en levant le doigt. L'index. Ensuite, comme le chauffeur allait pas gagner l'Oscar du taxi le plus poli, je lui ai montré mon majeur. Parce qu'en plus il a fait crisser ses pneus. J'ai dit : *Christ* ! Pardon, doux Jésus, de te manquer ainsi de respect par un stupide soir froid de février. Mais c'est quand même lui qui a commencé. Le client a toujours raison, non ?

J'ai appelé Taxi Diamond, qui était supposé m'avoir envoyé une voiture. Ils m'ont enfin répondu. Je me suis dit : *yeah* !

Mais ils m'ont aussitôt mise en attente !

Fuck !

Je D-É-T-E-S-T-E me faire mettre en attente. Pas juste parce que je suis impatiente, mais on dirait que je suis en attente depuis que…

Depuis que je suis née, quasiment.

Quand la répartitrice a enfin redit, « Taxi Diamond, comment puis-je vous aider ? », la pile de mon cellulaire m'a laissé tomber. J'ai dit *fuck*, je le crois pas, plus malchanceuse que ça, ça se peut juste pas. J'ai pas eu d'autre choix que de rentrer au bar.

Alors il s'est passé quelque chose que j'avais pas pu prévoir. Je me suis dit c'est peut-être vrai qu'il y a un destin.

Parce que si le taxi était arrivé, si la madame de Diamond m'avait pas mise en attente et que mon cell m'avait pas laissé tomber, si j'avais pas brisé le talon gauche de ma botte et, pragmatique à souhait, arraché le deuxième, ma vie aurait pas pris un tournant complètement inattendu.

4

J'étais à peine entrée, que je l'ai vu.

Billy Spade.

Oui, le célèbre chanteur rock, que tout le monde acclame, qui fait flipper et mouiller ses fans tous azimuts, au Zénith à Paris, au Ceasar Palace à Vegas au Madison Square Garden à New York. S'il y a une hésitation dans la salle, il fait mécaniquement un savant mouvement de hanche ou déchire sa chemise ou alors il boit une gorgée de bière ou de vodka, et il fait aussitôt un tabac.

Il était assis à une table au milieu de la brasserie, et il y avait quatre filles qui l'entouraient, des admiratrices sans doute car elles riaient, gloussaient, s'arrangeaient les cheveux, et touchaient ses bras, abondamment tatoués.

Il y en a même une, une blonde platine fardée au max qui lui jouait dans les cheveux. Qu'il a blonds, abondants et gominés. Ils sont peignés vers le haut, pour le grandir visiblement, car il est pas très grand, en tout cas de loin : je l'avais pas encore vu de près.

Il y avait un type assis à la même table, j'ai su après que c'était son agent, Paul Morand, et aussi son ami, son directeur spirituel, son souffre-douleur, son serveur de bière, son *pusher* et son rabatteur de gibier féminin, tout, quoi !

Stan, debout à la table, s'est tourné dans ma direction, puis il a échangé quelques mots avec Billy, qui a regardé son imprésario puis m'a toisée.

Nos regards se sont croisés.

Et mon âme, on dirait, s'est envolée vers lui.

Comme si j'attendais depuis toujours cet instant.

Magique.

Coup de foudre, vous dites ?

Je voyais plus que lui, et lui voyait plus que moi, et les groupies stupides autour de lui sont devenues en un instant autant de femmes invisibles, et ça m'a plu.

Une femme aime pas partager son mec, à moins qu'elle partage en cachette le lit d'un autre mec.

Surtout que, moi, je suis loyale en amour.

Quand je donne mon cœur à un homme, je lui donne aussi la clé de mon sexe, de ma vie, alors les autres hommes peuvent pas entrer.

Ensuite, Billy Spade a fait une extravagance comme tu vois seulement dans un film, mais sa vie en était un.

5

Je sais pas s'il était ivre ou *stone* (peut-être les deux, je le connaissais pas encore assez pour savoir la différence de ses états d'âme ou plutôt de corps !), mais il est monté sur la table à laquelle il était assis, devant les regards d'abord éblouis des connasses qui croyaient cette folie pour elles, puis dépitées de voir leur navrante destinée.

Les clients de la brasserie aussi étaient sidérés, parce que Billy marchait sur leur table sans leur demander leur avis. (Les privilèges de la célébrité sont immenses : même un idiot, une brute, s'il est riche et célèbre, les gens le toléreront.)

Marchait comme un beau fou d'amour blond d'une table à l'autre, ivre sans doute, mais habile quand même en son audacieuse expédition jusqu'à moi.

Et moi, au début, interloquée, je souriais.

Je souriais et me demandais où il allait comme ça, comme un oiseau de nuit qui sautait de branche en branche, et je mettais ma main inquiète sur ma bouche en me disant il va se casser le cou, le pauvre petit chou.

Puis comme je voyais bien que c'était vers moi qu'il venait, mon sourire s'élargissait. Car il me semblait qu'il venait à moi comme s'il me chantait *Je reviens te chercher*, tremblant comme un jeune marié… air démodé, je sais, mais on se refait pas. Et ça me plaisait, forcément, même que ça me mettait le cœur à l'envers : car si c'était vrai ?

Ensuite, je me suis mise à rire.

J'ai même eu un fou rire.

Pourtant, mon cœur palpitait à en faire mal.

Je suis redevenue sérieuse, infiniment sérieuse lorsque, avec une chance ou une adresse qui défiait toute logique, et applaudi par de plus en plus de clients – enfin ce qu'il y avait de clients à cette heure et à cette époque de l'année –, il est arrivé à la table devant moi, et a sauté comme un chat.

Ensuite, il s'est agenouillé à mes pieds, a retiré illico une des deux bagues de sa main gauche. Il m'a demandé, et j'avais jamais vu homme aussi sérieux, et en plus, je te jure, il tremblait comme un gamin, il avait l'air de tout, sauf d'une rock star, et ça le rendait encore plus follement séduisant, car rien me plaît davantage que la vulnérabilité chez un vrai mâle :

— Est-ce que tu veux passer le reste de ta vie avec moi ?

Pour me donner une contenance, j'ai regardé la bague, une tête de mort, assez *heavy metal* ou culte sataniste, merci ! Ça m'a fait drôle. J'étais pas sûre de trouver ça de circonstance, sauf s'il voulait me dire qu'il m'aimait à la mort, et j'ai dit :

— T'as pas acheté ça chez Tiffany.

Il a souri, a répliqué :

— Alors tu dis oui ?

6

Je lui ai rendu sa bague, j'ai plissé les lèvres :

— Non, je dis non. Mais je prendrais peut-être un cognac avec toi.

Il a paru ravi, malgré la rebuffade. Il aimait ma froideur, ou en tout cas mon sang-froid, je crois. Il était probablement pas habitué à ça de la part des femmes. Il s'est relevé, a remis sa bague.

Il m'a pris par la main, égal à lui-même dans son romantisme, et m'a entraînée vers la table voisine de celle de son agent. J'avais la curieuse et inexplicable impression que je marchais non pas vers l'hôtel, comme tant de clients de Chez Stan auraient aimé faire avec moi, mais vers… l'autel !

Celui dont je rêve depuis mon adolescence et dont j'ai toujours été privée par quelque malchance par le Ciel envoyée. Quétaine, je sais. Au moins je l'admets alors que bien des femmes modernes auraient honte d'avouer ce désir caché et… inavouable en notre siècle de philosophie préfabriquée.

Stan souriait. Il avait de toute évidence vu juste une fois de plus, au sujet du couple inévitable que je formerais avec Billy.

Quand t'es doué…

Les groupies, elles, avaient l'air hyper défaites. Moi, ça me faisait un petit velours. Même un gros. Surtout en avisant la déconfiture de la blonde platine qui aurait pu mettre sa photo sur l'American Express. Platine. S'ils avaient pas craint de faire peur à leurs clients haut de gamme, encore que les clients haut de gamme, quand je travaillais à Milan pour Elite, ils étaient pas toujours haut de gamme quand ils voulaient te sauter, ils te proposaient plus souvent la salle d'essayage ou même les W.-C. que le Ritz. La fausse blonde finie m'a lancé un regard de *bitch.* Je l'avais *seizée.*

Billy a commandé, de sa voix rauque de fumeur invétéré :

— Deux cognacs ! Sandy.

Il connaissait déjà la serveuse par son petit nom. Ou alors il était pas à sa première visite à la brasserie de Stan, ce qui était plus probable.

Il s'est ravisé et a dit :

— Du champagne, à la place !

Il s'est tourné vers moi et a ajouté :

— À moins que tu aies des objections…

— As-tu déjà rencontré une femme qui dit non aux bulles ?

Il s'est contenté de sourire. Puis a lancé d'une voix encore plus forte :

— Stan, ton meilleur champagne !

Le Nostradamus de Joliette s'est amené, embarrassé, a expliqué, sous le regard attentif de la serveuse Sandy :

— Mon meilleur champagne, c'est du Codorniu. J'en servirais même pas à ma belle-mère qui me tape royalement sur les nerfs.

— *Fuck* ! a jeté Billy.

Il s'est ensuite tourné vers son agent, a jappé, comme s'il venait de le surprendre à faire la gaffe du siècle :

— Paul !

— Oui, Billy, a dit l'imprésario d'une voix soumise, pour pas dire terrorisée.

— Va chercher du champagne à la SAQ d'en face !

— Du champagne, oui, d'accord, boss, mais as-tu des…

— Des quoi ?

— Ben, la dernière fois que j'ai vérifié, le champagne, il le donnait pas à la SAQ.

— Tu le déduiras sur mon chèque de paye, ça sera ça de moins que tu me voles.

Son agent a esquissé un sourire humilié.

Billy s'amusait de toute évidence. Je l'ai contemplé un instant. Il avait les yeux très bleus et très clairs, et assez vitreux. Quand il me regardait, ça me faisait une drôle d'impression. Une sorte de trouble. Comme si ça m'allait droit au cœur. Je l'entendais même battre dans ma poitrine, mon cœur, comme si quelque chose de très important était en train de se passer dans ma vie. La chose la plus importante qui pouvait se passer. Je le trouvais tellllement beau. Un vrai dieu. Mais surtout, oui, surtout, je sentais que c'était LUI.

Oui, LUI : l'homme de ma vie.

J'ai noté qu'il avait une cicatrice sur la joue droite, j'ai eu envie de lui demander comment il se l'était faite mais j'ai pas osé. Des fois que ça lui rappellerait un souvenir embarrassant ou l'obligerait à des confidences sur un de ses traits de caractère. Qui serait lié, comme par un incroyable hasard, aux marques et aux croûtes qu'il avait sur les jointures.

J'ai voulu le déstabiliser, et j'ai réussi quand je lui ai demandé, comme si j'avais jamais entendu parler de lui et qu'il était un obscur inconnu :

— Tu fais quoi dans la vie ?

— Ben, je chante, qu'il a dit, visiblement pas habitué à cette question.

— Ah bon ! c'est formidable. Écoute, il faut croire à ses rêves, même quand on a plus 20 ans. Un jour, tu sais jamais, tu vas peut-être devenir une vedette. Et moi, je pourrai dire, j'ai bu un cognac avec lui, ou plutôt, excusez-moi, du champagne.

Il m'a regardée, il savait pas si je plaisantais ou pas.

— Tu arrives de quelle planète ?

— Comme toutes les femmes : de Vénus. Toi, tu viens de la planète des singes ou quoi pour poser des questions stupides comme ça ?

Il est vrai qu'il fait sinon singe du moins un peu orang-outan, ou Cro-Magnon si tu veux. Un peu beaucoup même. Mais moi, les mâles alpha, j'ai toujours aimé ça. Les hommes roses, je suis pas capable. Je dis pas qu'il en faut pas, mais je les ai toujours laissés à la compétition, et je m'en suis toujours bien portée. Ou peut-être pas, à la vérité.

Il a pas eu le temps de répondre, Billy Spade, dont la pointe amoureuse entrait dans mon cœur comme un glaive, car une groupie est arrivée et s'est complètement moquée qu'il soit assis avec moi. Elle lui a demandé – et elle avait l'air de mouiller :

— Oh ! monsieur Spade, est-ce que je peux avoir votre orthographe ?

Orthographe !

— Je te le signe sur quoi, beauté, mon *or-tho-gra-phe*? Et je m'arrête à quelle lettre?

Il avait noté l'ignorance de son admiratrice, et se payait sa tête sans même qu'elle s'en rende compte.

Elle aurait sans doute été *game* de recevoir la divine signature de son dieu sur un sein (qu'elle lui mettait littéralement dans la face), mais elle a sorti un calepin, Billy Spade a griffonné Billy Spade dedans. La groupie a tout de suite embrassé la page immortalisée, j'ai vu la trace stupide de ses lèvres qui avaient trop de rouge, puis elle a dit les yeux brillants:

— Est-ce que je peux prendre un *selfie* avec vous?

Ça finissait plus!

Pour toute réponse, Billy s'est levé, la fille touchait plus le sol, elle a sorti son cell, l'a laissé tomber tant elle était nerveuse, l'a ramassé, a fait un sourire embarrassé, a arrangé ses cheveux deux fois plutôt qu'une, s'est collée sur Billy, mais ça a pris une éternité avant qu'elle puisse prendre son foutu *selfie* parce que ses mains tremblaient trop. Billy m'a regardée et a levé les yeux vers le plafond en voulant dire qu'il trouvait ce cirque ridicule. Ça m'a plu, cette complicité entre nous, comme si on était déjà un couple!

La groupie est repartie. Une pause, puis j'ai ajouté, poursuivant mon travail de catapulte morale, pour faire une brèche dans la citadelle de son cœur:

— Billy Spade: ça t'arrive souvent de te faire passer pour lui?

Billy m'a regardée, il savait pas quoi dire, je le déstabilisais vraiment, ses groupies devaient pas lui parler comme ça ni les femmes habituelles de sa vie, s'il en avait. Il me trouvait culottée, brûlait visiblement d'envie de m'arracher ma culotte. Je marquais des points, en somme.

— Tu veux que je te montre mon permis de conduire ?

— Si ça t'amuse.

Il l'a cherché, l'a pas trouvé, il l'avait pas sur lui, il conduisait jamais, de toute façon. Il avait l'air con. C'est ce moment qu'a choisi Paul Morand pour arriver avec la bouteille de champagne. Du Veuve Cliquot.

Veuve…

J'ai eu un mauvais feeling.

À l'aube d'un amour, grand ou pas, ça sonnait mal.

Comme si ça préfigurait mon histoire avec Billy.

Qui a aussitôt apostrophé son agent, pas parce qu'il avait les mêmes craintes superstitieuses que moi, mais pour lui dire :

— Qu'est-ce que tu fais là ?

— J'apporte la bouteille de champagne, comme tu m'as demandé.

— Qu'est-ce que tu penses qu'on va faire avec une seule bouteille ? On va même pas pouvoir se rincer la bouche. Va tout de suite en chercher une autre !

— Oui, d'accord, Billy.

Il lui avait parlé comme s'il était son petit chien, son esclave. Je trouvais ça surprenant, pour pas dire irrespectueux : c'était peut-être juste son sens de l'humour bien particulier.

Billy a aussi dit à son agent :

— Mais avant que tu y ailles, une question : je suis qui ?

— Elvis Presley, mon meilleur client et mon ami, dans l'ordre que tu voudras.

Pas la réponse qu'il voulait entendre visiblement. Il voulait qu'il lui dise devant moi qu'il était Billy Spade. Mais son imprésario était déjà reparti.

— Tu lui parles toujours comme ça, à ton chihuahua ?

— Chihuahua… a rigolé Billy.

Il aimait le baptême improvisé. Il a expliqué :

— Je sais pas ce que je ferais sans lui, il y a juste des vautours autour de moi.

— Peut-être parce qu'il y a trop de cadavres.

— J'y avais jamais pensé, a-t-il admis, et il avait l'air étonné par cette logique pourtant simple.

Je venais de marquer un autre point. Je le lisais dans ses yeux qui me regardaient avec un étonnement ravi. Je pense que je lui plaisais de plus en plus. J'étais pas juste une belle fille. J'avais aussi la tête sur les épaules.

Billy a semblé réfléchir, et il a ajouté :

— Si moi, je suis Elvis ; toi, tu vas être ma Priscilla.

Stupidement, même si c'était de toute évidence une plaisanterie, j'étais déjà d'accord avec ça, ce projet, cette alliance.

Est-ce que je lui plaisais parce que je l'irritais ? Ou ça l'irritait que je lui plaise, car j'avais déjà un certain empire sur lui, et un homme de sa race veut pas laisser un pouce à personne, et surtout pas à une femme ?

Je suivais peut-être sans le savoir le conseil de mon adorable prof de *kickboxing*, Ming (son père l'avait ainsi prénommé parce qu'il était un fan fini de Bob Morane et de l'Ombre jaune, le patibulaire Monsieur… Ming!) qui était versé en philosophie orientale et nous enseignait les trucs de *L'Art de la Guerre* de Sun Tzu. Style, quand ton ennemi est supérieur, fuis! C'est peut-être ça que j'aurais dû faire avec Billy parce que son narcissisme infini lui donnait un avantage déloyal sur mon romantisme fini. Si ton ennemi est contrarié, irrite-le! S'il est ton égal, combats!

Un combat d'égal à égal, c'est ce qu'on veut, non, dans la guerre des sexes?

Mais un combat d'égal à égal entre Erica D., mannequin international à la retraite prématurée, monoparentale à temps plein, et barmaid par obligation et avec dérisoire compensation, infirmière étudiante, conduisant un PT Cruiser qu'on devrait peut-être appeler «Petit Loser», contre Billy Spade, objet de toutes les adulations, vedette rock bardée de *cash*, roulant carrosse ou plutôt Mercedes 650 que du reste il conduit jamais étant donné son ivrognerie, est-ce possible, sauf dans les contes de fées, et plus spécialement dans *Cendrillon*?

Et, surtout, est-ce que ça peut connaître une fin heureuse?

Un mâle alpha, quand tu l'irrites, en tout cas au début quand il t'a pas encore eue, ça lui plaît parce que tu lui résistes. Billy savait pas comment me prendre, pouvait jamais deviner ce que je lui dirais. En passant, je sais pas comment je pouvais lui dire des choses pareilles. J'ai le sens de la réplique, je l'ai dit, mais j'avais un trac fou. J'ai posé la question:

— La bouteille de champagne, on va la regarder longtemps?

Il a crié:

— Stan, deux coupes!

Stan a donné des instructions à Sandy.

Les coupes de champagne sont apparues avec un seau à glace. Billy a pas pris la peine de mettre le champagne au frais (il l'était, de toute manière), a fait sauter le bouchon, a versé le magique liquide blond. Il a pas voulu qu'on boive notre première gorgée comme tout le monde, il a préféré qu'on entrecroise nos bras. J'ai aimé. Ça a fait que je me suis rapprochée de lui, forcément.

J'ai senti son parfum, mais aussi une odeur de vodka et de cigarette. Il avait fumé et bu. Mais ça, je m'en doutais. Quel homme sobre se presse vers toi en marchant sur les tables, même s'il vient de subir le plus grand coup de foudre du monde ?

Qui a bu boira. Billy, la dégustation, même des plus grands crus (mais il en buvait pas, en tout cas pas sous mon règne), il connaissait pas. Ou alors il voulait me défier. Il a fait cul sec avec sa coupe de champagne. Je l'ai regardé droit dans les yeux (bleus comme le ciel mais aussi, orageux comme le ciel) et j'ai fait la même chose, mais j'ai conclu à la russe, en plus : j'ai jeté ma coupe derrière moi.

J'ai vu dans ses yeux qu'il aurait aimé faire la même chose, je veux dire être le premier à le faire. Il se délectait. Il a lancé sa coupe par terre avec assez de violence. Elle a volé en éclats, comme mes résistances, il me semble. Il faudrait que je cache encore mieux mon jeu.

Mais le vent de l'aventure soufflait – et soufflait fort – est-ce que je pourrais y résister ?

Mon cœur battait fort. Et moi, je faiblissais.

Il y a si longtemps que j'attendais cet instant, il me semblait que j'avais enfin commencé à vivre. Billy a crié :

— Stan !

Stan, qui avait été témoin de la scène, et qui maugréait en constatant les dégâts, a fait signe à Sandy d'apporter d'autres coupes.

— T'as peur de quoi ? que je lui ai dit. Tu bois jamais à la bouteille ?

J'ai pris la Veuve Cliquot par le col, et j'en ai bu une grande rasade. Puis j'ai posé assez brutalement la bouteille sur la table devant Billy. Il semblait ravi. Il s'est emparé à son tour de la bouteille, préférant la prendre par le cul (un vrai homme, quoi !) et l'a vidée d'un seul trait.

Il y a des bulles dorées qui lui coulaient sur la poitrine, qu'il avait magnifiquement développée, de quoi vouloir s'en servir comme oreiller pour toutes les nuits de ma vie. J'ai aussi remarqué ses biceps (de vrais biceps de rêve), qu'on pouvait voir parce que, comme presque tous les hommes qui vont au gym, il pouvait pas résister à la tentation de montrer le résultat de ses vaillants efforts, donc il portait un t-shirt à manches courtes, et une petite veste sans manches (pour la même raison ci-haut savamment révélée) même en plein milieu de l'hiver, ça te montre juste la puissance de la vanité. Ou du désir de plaire.

Les biceps sont aux hommes ce que les seins sont aux femmes. *If you have it flaunt it.* Traduction libre : si tu en as, montre-les ! Surtout quand pour les avoir tu as sué sang et eau ou payé le gros prix en chirurgie !

Billy a reposé brutalement la bouteille vide sur la table comme j'avais fait. Son imitation de mon petit moi m'a fait le plus grand bien. Il jouait déjà avec moi le jeu subtil et inévitable des miroirs. Que tous les amoureux du monde jouent ensemble, en tout cas dans les débuts. On se trouve sans cesse des ressemblances, on note, émerveillé, qu'on est l'image même de l'autre, qu'il est notre image. Peut-être parce qu'on peut jamais aimer personne d'autre que soi-même, et c'est pour ça qu'on passe sa vie seul.

7

L'agent est arrivé avec la deuxième bouteille, en même temps que Sandy avec les coupes de champagne. La mise en scène prenait forme, dans la pièce de théâtre de mon amour fou.

Serait-ce une comédie ?

Une tragédie ?

Comment savoir ?

Qui possède une boule de cristal qui dit vrai, et pas seulement ce qu'on veut entendre comme nous le dispensent par demi-heure tarifée les grandes diseuses de bonne aventure que tu trouves dans les petites annonces ?

— T'étais où ? a demandé un peu sèchement Billy.

— Ben, parti chercher le champagne.

— Qu'est-ce qui t'a pris tant de temps ? a dit Billy en tapant sur sa montre, avec une certaine violence, mais sans danger parce que c'était visiblement pas une délicate Piaget à 2 000 $, juste une grosse montre noire comme le poème de sa vie (il avait de la suite dans les idées ou en tout cas dans les goûts) que, même si tu la laisses tomber, elle t'en veut pas et te donne encore l'heure : un amour de montre, quoi !

J'étais pas trop certaine s'il était vraiment fâché ou jouait juste un jeu.

C'était jamais facile de savoir avec lui.

Dans les débuts.

Au milieu.

Et à la fin. Surtout.

— Ça m'a pris juste dix minutes, a protesté l'agent que Billy trouvait lent, ou faisait semblant de trouver lent.

— Ça va, laisse faire ça!

Paul Morand restait là sans rien dire.

— T'attends quoi? La deuxième venue du Christ? lui a jeté Billy.

— Euh, non. Je me demandais juste si tu avais besoin de quelque chose d'autre.

— J'ai besoin de solitude.

— De solitude?

— Oui, de solitude à deux. Je viens de rencontrer la femme de ma vie.

— Madame la femme de la vie de Billy Spade, enchanté d'avoir fait votre connaissance, qu'il a dit en me tendant la main, non sans esprit, et avec, je crois, une certaine ironie, car il semblait pas croire que je puisse être la femme de la vie de Billy Spade, comme si pour lui c'était une hérésie.

— Euh, enchantée moi aussi.

— Tu me dis quand tu as besoin de la Mercedes.

Il a tiré sa révérence.

Billy Spade dodelinait la tête.

— Je l'adore. Je sais pas ce que je ferais sans lui.

— C'est exactement ce que je me demandais. Quelle coïncidence !

— Il y a pas de hasard, juste des rendez-vous.

— Tu aimes ça, répéter les trucs que tu lis dans les biscuits chinois ?

— C'est pas chinois, c'est français, c'est de mon poète préféré, Éluard.

J'ai eu un fou rire.

Il a eu des hochements de tête : il voulait savoir pourquoi je me la payais. Sa tête.

J'ai fini par retrouver quelque empire sur ma petite personne.

— Tu veux vraiment me faire croire que tu lis Éluard ?

— Non, c'est mon *chum* Serge Dollard qui m'a dit : « Fais une chanson là-dessus. » Je l'ai écouté, j'ai écrit *Le hasard me screw*.

— Fallait y penser. *Screw*, rendez-vous : ça rime.

— En crime !

Il m'a regardée dans les yeux que, ce soir-là, j'avais pas maquillés, ou pour être plus précise, pour lesquels j'avais limité la mascarade à un peu de mascara. Je défiais par là Stan qui voulait toujours qu'on force la (fausse) note côté fard, question de faire boire les clients qui avaient pas de vie.

Il y en a plus que tu penses, de cette triste race, parce que, pour vouloir se trouver un mardi soir d'hiver Chez Stan, à Joliette, où il y a souvent plus de serveuses que de clients, il faut vraiment que tu aies rien d'autre à faire et surtout personne avec qui le faire.

Je sais, ils ont une excuse toute trouvée, les désespérés : il y a les machines à jeu ! Et je comprends que tu puisses te sentir mieux quand, à la fin de la soirée, il y a pas juste ton cœur qui est vide mais aussi tes poches ! Du pain et des jeux : ils avaient compris bien des choses, les Romains !

Ensuite Billy Spade m'a observée de la tête aux pieds, en tout cas il m'a semblé, car ses yeux bleus incendiaient mes épaules, mon cou, la naissance de mes seins, que parsèment sombrement quelques grains de beauté. Et j'étais nerveuse comme une jeune fille de 16 ans à son bal des finissants, ou lorsque, pour la première fois de sa brève existence, elle laisse tomber ses vêtements, croyant naïvement qu'elle le fait pour l'homme de sa vie : ensuite, il lui dit on est juste amis, tu as bien compris ?

J'avais des papillons dans le ventre, et j'avais beau vouloir les attraper avec le filet de la raison, c'était peine perdue.

Quand je te disais que, le coup de foudre, moi, j'y croyais.

S'il y a d'autres symptômes plus patents, plus épatants, qu'on me les écrive : je suis toujours preneuse de ces belles extravagances.

Juste d'y penser, de penser à ces instants magiques, au remuement de mon être, ça me fait réfléchir, mais c'est pas tout à fait une lanterne magique.

Parce que, en même temps, ça me mélange dans mon introspection. La pensée des meilleurs moments nous fait souvent oublier tous les autres qui ont suivi, qui étaient plus nombreux et pas aussi jolis, pour pas dire affreux, parce que, après les sommets du début, ça a surtout été en chute libre.

Oui, ça me mélange dans mon « je m'arrête ou je continue », mon « Stop ou Encore ? » mental et sentimental, parce que ça me donne juste envie que ça recommence.

Que je puisse me télétransporter dans le temps, que Billy Spade m'apparaisse dans toute sa splendeur du commencement, alors que je savais pas encore qui il était vraiment, que je vivais la grande illusion, pas comme dans le film célèbre de Renoir, où tous les hommes, même soldats ennemis, restent des gentlemen mais la grande illusion qui me laissait encore tous mes espoirs d'adolescente.

Car quand on aime on a toujours 16 ans, et peut-être moins.

8

Billy a fait sauter le bouchon de la deuxième bouteille, a rempli les coupes. Tellement que le champagne a débordé. Il était excessif en tout, ça me plaisait follement.

— Tu dis ça à toutes les femmes, quand tu as bu, qu'elles sont la femme de ta vie ?

— Tu fumes ?

— C'est mon seul défaut.

Il a fouillé dans la poche de sa veste de cuir, a trouvé un paquet d'Export A régulières. Comme celles que je fume. Et que mon père fumait. Le fruit tombe jamais loin de l'arbre. Même pour les mauvaises habitudes. J'applaudissais à tout rompre dans mon cœur, au bord de la rupture, de l'anévrisme ou de ce que tu voudras, car je me disais, émue aux larmes pourtant : « Une autre coïncidence ! »

Notre amour a peut-être une chance.

Il s'envolera pas en fumée.

Comme une simple cigarette.

Une femme que tu baises et tu jettes.

Billy a jeté son paquet sur la table en disant : « *Shit* : il était vide. » Mais… il l'avait quand même gardé sur lui !

Comme je fais souvent. Distraite, en train de texter, de *facebooker* ou parce qu'il y a pas d'endroit où le jeter.

Une autre coïncidence !

Mais je le lui ai pas dit. Je voulais qu'il s'en émerveille en la constatant par lui-même, si du moins c'est pas juste une affaire de femmes, ces ravissements-là. Les hommes, je veux dire s'ils sont pas gais (et c'est pour ça qu'on les aime tant, en passant, chers hétéros jaloux de cette amitié sans danger) est-ce qu'ils remarquent jamais ça ? Est-ce qu'ils comprennent quand tu les leur mets sous le nez, ces ravissements-là, et que tu les leur démontres par A + B ? En tout cas, la question est posée.

J'ai exploré mon sac, mais il ressemble à... à un sac de femme débordée et surmenée : disons qu'il est un peu bordélique.

Alors ça m'a pris quelques secondes de recherches frustrantes dans ce lieu à compartiments (comme l'esprit de la plupart des hommes qui peuvent supposément t'aimer follement et baiser furieusement une autre femme : va savoir !) pour enfin trouver mes Export A régulières, celles avec le paquet vert comme mes vertes espérances : il était vide aussi.

On a ri.

J'ai pensé qu'on pourrait rien faire pour pas entrer ensemble dans la danse. Qu'on semblait connaître d'avance. Comme si elle nous avait été enseignée par notre passé. Par notre enfance.

— On dirait que c'est arrangé avec le gars des vues, que j'ai dit.

— Il a pas beaucoup de pitié pour les fumeurs, le type.

Billy a fait un signe en direction de la fille aux cigarettes, qui avait revêtu son uniforme et son petit kit de travail, fait d'une jolie boîte étoilée retenue par deux cordons dorés. Lui manquait plus que la baguette magique, et on aurait été dans un véritable conte de fées !

Viviane s'est avancée avec le sourire impressionné que tu affiches quasi inévitablement quand tu viens juste d'avoir 18 ans et que tu approches pour la première fois une star, que tu entres dans son aura, même un peu maléfique sur les bords.

Billy l'a regardée avec un peu trop d'insistance, comme un loup regarde une brebis avant de la dévorer. Enfin j'ai trouvé. Mais je souffrais peut-être déjà du syndrome de la femme qui aime trop et qui est jalouse de tout ce qui porte jupon autour du fripon qui lui a volé son cœur.

Il faut dire que Billy, ses yeux vous hypnotisent. Ils sont magnétiques, possèdent un pouvoir qui t'enlève tout celui que tu as ou croyais avoir avant de le rencontrer.

Viviane a baissé ses paupières fraîchement ornées d'un fard bleu nuit du meilleur effet.

— T'as des Export A régulières, mon ange ?

Là, l'ange à la blanche peau de blonde est devenu écarlate.

Moi, j'ai pas spécialement aimé qu'il l'appelle mon ange, même si, effectivement, c'est de ça qu'elle a l'air, ma collègue de travail, infirmière comme moi de la maladie chronique de nos clients, que moi j'appelle la S.S., la « Sorcière Solitude ». Elle sévit sévèrement par les temps qui courent, et fait de bonnes affaires avec son mari, l'Ennui. Et dire qu'on vit dans une société dite de loisirs !

Oui, Viviane est un vrai ange, même un archange si je peux lui donner une promotion, avec ses longs cheveux blonds qu'elle frise patiemment chaque jour avec des rouleaux chauffants (question de leur donner du volume et d'augmenter ses pourboires), ses yeux bleus, sa peau parfaite : il lui manquait que les ailes dans le dos !

Billy a fouillé dans son portefeuille qui était épais et devait bien contenir 50 billets, de je sais pas qu'elle montant, mais il a extrait une coupure de 50 $ et a dit, avec une nonchalance que j'ai trouvée trop étudiée :

— Tu peux garder la monnaie.

— Merciii ! qu'elle a dit, forcément ravie.

Elle en revenait pas.

Avant de partir, je sais pas pourquoi, elle m'a regardée et elle m'a fait un sourire triste.

Comme si elle comprenait ma jalousie, et que c'était la dernière chose dont elle voulait être responsable, même si elle pouvait pas refuser un pourboire si princier. Et, en plus, le refuser d'un client aussi prestigieux que Billy aurait été un faux pas qu'il lui aurait peut-être coûté son emploi, car Billy, tu le contraries pas.

9

La générosité suspecte de Billy m'avait irritée.

J'ai pris trois grandes respirations, question de me regrouper, une technique que m'a enseignée mon vénérable maître Ming.

Géomètre de mes émotions, je me suis efforcée de faire un 180 degrés.

Ça a marché, ou à peu près.

Revenue à moi, ou à ce qui m'en restait dans le soudain tsunami de ma vie, je me suis avisée que Billy avait tartiné un peu épais merci avec la fille aux allumettes, oups, je veux dire aux cigarettes et, comme je voulais pas lui donner de mauvaises habitudes car après tu dois vivre avec, alors je lui ai servi une autre gentillesse de ma composition :

— C'est la seule manière que tu as trouvée pour allumer les filles, les gros pourboires ?

Il a été désarçonné pour un temps, mais il raffolait de mon impertinence, je pense.

Billy m'a contemplée silencieusement quelques secondes, et je me suis rendu compte que mon cœur battait encore plus fort, si du moins la chose était possible.

La rock star m'a alors dit quelque chose de bizarre. D'inattendu. De très inquiétant, même si le ton était léger. Le problème est qu'il l'était probablement pas.

C'est juste moi qui voulais pas le voir, parce que je suis la championne toute catégorie du déni.

10

— Si tu entres dans ma vie, tu vas te sentir prisonnière, tu vas peut-être finir par te sentir laide, même si tu es la plus belle femme que j'aie jamais rencontrée. Non seulement je suis égocentrique, mais je suis capable d'être cruel.

Dans les films, dans les romans, quand un personnage fait preuve de lucidité et de modestie, et admet ses faiblesses, voire sa médiocrité, c'est en général touchant. Peut-être parce que, dans la vraie vie, tout le monde se croit un roi et croit qu'il a toujours raison même s'il est… le roi des cons!

Mais au lieu de féliciter Billy de sa lucidité et de son honnêteté, car il m'annonçait la saison en enfer que serait notre vie à deux, je l'ai défié en lui disant:

— C'est ton truc pour te rendre intéressant avec les femmes?

— Euh… je te suis pas, je…

— Les hommes cruels, c'est connu, courent pas les rues, alors nous, les femmes, forcément, ça nous fait craquer.

À nouveau, son rire a éclaté. Je l'avais aimé dès la première fois, son rire. Quand il est heureux, il rit comme le père Noël. Il a dit, une fois son hilarité passée:

— Viens, on va aller fumer!

Il s'est levé sans mettre sa veste de cuir.

J'ai demandé:

— Tu as pas peur d'avoir froid?

— Non.

— T'es *hot*, je sais, mais quand même…

— On va aller fumer dans le bureau de Stan.

— Vraiment ?

11

Le bureau de Stan, je le connaissais. Je le connaissais parce que c'est là qu'il nous recevait quand il nous engageait. Il y avait un sofa, un juke-box qu'il avait trouvé chez un antiquaire et qui marchait. Il fallait juste mettre une pièce de monnaie.

J'ai suivi Billy.

J'ai constaté qu'il portait des talons ascenseurs, et je me suis fait la réflexion : les hommes cruels, ça peut toujours aller, je peux *dealer* avec, mais les… petits hommes cruels, c'est peut-être trop me demander puisqu'ils ont souvent, sans le savoir, le complexe de Napoléon, je veux dire ils veulent au pire diriger le monde, au mieux te *bosser*.

J'ai eu une hésitation, je me suis dit : « Tu es en train de faire quoi, là, fille ? »

En plus le mec vient de te prévenir que tu vas te sentir prisonnière et laide en sa compagnie.

Et c'est une rock star, toutes les femmes lui tombent dans les bras, il va probablement te tromper dès que tu auras le dos tourné.

Je me suis tournée en direction de la fille aux cigarettes, comme si elle pouvait m'aider à prendre ma décision. Elle venait de se débarrasser de son client, un véritable pachyderme au crâne chauve et toujours baigné de sueur qui fumait pas, mais lui achetait toujours des cigarettes, supposément pour sa sœur avec qui il vivait à 40 ans et qui était clouée dans un fauteuil roulant. Va savoir !

Viviane m'a regardée avec une sorte de gravité, de sévérité dans les yeux, comme si elle déplorait ma conduite, et même la condamnait.

Je me suis détournée, je pouvais pas soutenir son regard.

J'ai continué de suivre Billy.

Il m'intriguait.

Me distrayait.

Il y a jamais eu un instant ennuyeux avec lui. À partir de la première seconde, et jusqu'à la dernière, il m'a divertie. Pas toujours comme j'aurais aimé, je sais. Mais j'aurais pu lui décerner la médaille de l'homme le plus divertissant du monde.

Mais si on y pense, c'est peut-être la définition même de l'amour : trouver l'autre toujours amusant, jamais ennuyeux, et par conséquent ne pas pouvoir se passer de lui.

On devrait leur donner une médaille, à ces gens-là...

Parce qu'ils sont rares...

Ou peut-être que, comme j'avais un karma à vivre avec lui – et lui avec moi par la même occasion ! – je trouvais forcément fascinants tous ses faits et gestes...

Billy, en ce moment, pensait surtout à mes fesses, je crois...

Il a allumé sa cigarette avant même d'arriver dans le bureau de Stan. Comme si tout lui était permis. Il a toujours fait ça. Il se comportait en vedette partout où il allait, se moquant des règlements. Et aussi des gens, bien souvent.

J'ai pas osé l'imiter, même si j'avais terriblement envie de fumer, car les rares fois où je bois ça me donne automatiquement cette stupide envie qui rend gris mes poumons roses, et fait faire des *free games* à mon cœur déjà malmené par les hommes.

Dans le bureau, comme si tout avait été planifié, prémédité par le destin ou par Stan, son habile serviteur, *matchmaker* par excellence, Billy a mis une vieille toune, *Sexual Healing* de Marvin Gayes. J'ai sourcillé tout en tirant nerveusement sur ma cigarette tant désirée.

Billy s'est ensuite assis sur le sofa, a tapé sur la place à sa gauche. J'ai hésité à l'y rejoindre. De toute évidence, il voulait un *sexual healing*, ou au moins…

Tout se passait trop vite.

Je le trouvais beau, charismatique et énigmatique. Même s'il avait pas été Billy Spade, j'aurais eu envie de sa bouche, de ses biceps de rêve, de sa folie qui sortait partout de lui, même s'il essayait de la cacher. Les hommes cruels, je l'ai dit, courent pas les rues, alors quand tu as la chance d'en croiser un, et qu'il te demande un mardi soir mortel de t'asseoir à côté de lui, tu fais quoi ?

Tu sors ton filet à rêve, fille, parce que c'est le voyage que tu voulais depuis toujours. Et tu commences enfin à vivre amoureusement.

Je me suis assise avec nervosité à ses côtés, pas aussi proche qu'il aurait voulu sans doute, mais assez pour donner suite à la petite diversion qui m'était venue commodément à l'esprit. J'ai touché sa cicatrice, sur la joue, et j'ai demandé :

— Tu te l'es faite comment, la cicatrice ?

Il a alors fait une chose que j'ai trouvée hyper romantique. Il a pris ma main, et il l'a embrassée. Pendant toute notre liaison, il a fait chaque fois la même chose quand je touchais sa cicatrice. Son mystérieux et beau et poétique baiser une fois donné sur ma main émue, il a dit :

— J'ai fait l'Afghanistan, comme tireur d'élite.

— Et moi j'ai été sélectionné pour un voyage aller seulement vers Mars, pas la barre de chocolat, la planète.

— T'as pourtant pas l'air si désespérée de la Terre.

— À 29 ans, on a déjà vu bien des choses qu'on aurait préféré pas voir. Toi, tu as combien de bougies ? Je dis bougies parce que tu as l'air de vivre la nuit.

— Trente-neuf.

— Hum ça veut dire que dans un an, tu auras 40 ans, et selon les statistiques, tu vaudras plus rien pour une femme. Je suis romantique, mais une femme a des limites. Je suis pas sûre que je veux donner la chance au coureur, je suis une grande amoureuse, pas une petite infirmière.

Ça l'a piqué, il a sans doute voulu me montrer que je devais au contraire donner la chance au coureur, que, même à l'approche de la quarantaine, il était encore un homme et un vrai, dans tous les vrais et beaux et bons sens du mot.

Il venait de faire une chose que j'avais trouvée la plus romantique du monde. Il en a alors fait une autre que j'ai trouvée la moins romantique du monde.

J'ai compris, plus tard, que ça le définissait, ces paradoxes. Il était capable du meilleur et du pire, surtout du pire à la fin, comme s'il avait usé ses réserves de meilleur. Avec lui c'était pas les noces de Cana, il gardait pas le meilleur vin pour la fin, vraiment pas. C'est comme pour le champagne, je veux dire le vrai, la seule fois qu'on en a bu, je veux dire payé par lui ou par l'entremise de son agent, je viens de te la décrire.

Billy Spade, soleil sur scène, poème sombre à la maison, c'était une contradiction sur deux jambes.

Un dieu et un monstre.

J'aimais.

Malgré le danger.

Je voulais en savoir plus.

Mais pas tout de suite, étant donné la suite des choses…

12

Billy a défait sa ceinture, a baissé son pantalon, son boxer, et m'a montré sa virilité.

J'ai dit :

— T'es gonflé, toi.

Et j'ai ajouté, pour le piquer :

— Enfin pas vraiment assez pour me faire rêver.

J'ai conclu :

— *Don't call me, I'll call you. Your check is in the mail.*

Je me suis levée avec l'intention évidente de jouer les filles de l'air.

Il m'a agrippée par le bras et m'a dit :

— Reste un peu au moins, je peux déjà plus vivre sans toi.

Des chanteurs de pomme, je pourrais en faire une collection et même leur ouvrir un musée, j'en ai tellement rencontré, dans les rues, les restos, sur le net (c'est rarement net !) et évidemment au bar où je dois écouter en souriant soir après soir le répertoire banal de leurs âneries sentimentales, de leurs grandes déclarations à la con, et des inévitables complaintes au sujet de leur femme qui prétendument les comprend pas, et que, par contre, si je les suçais vite fait, ou acceptais de partager leur détresse dans un motel une étoile, ils se sentiraient moins seuls sur leur étoile : le traitement de star, quoi !

Mais Billy Spade, il avait pas l'air de bluffer.

Il avait pas juste baissé son pantalon, il avait baissé son bouclier.

Je me suis rassise, et Billy, infiniment reconnaissant, a dit:

— Tu es la femme de ma vie, de toutes mes vies, sans toi, je suis un sans-abri. Alors jette-moi des miettes de toi, comme à un mendiant. Fais semblant que tu m'aimes un peu, et je serai heureux!

Ça m'a tuée: je me sentais enfin revivre.

Alors je suis restée, mais je l'ai pas sucé. Même si ça me tentait follement, surtout que, plus je l'embrassais, plus il prenait un air avantageux, si je peux dire.

C'était la première fois qu'on s'embrassait.

Et, pourtant, non…

Parce que j'avais l'impression qu'on s'était déjà embrassés: c'était trop familier, comme si je rentrais à la maison…

Qu'on s'était déjà embrassés dans une autre vie.

Oui, tu as saisi, je crois en la réincarnation, même si je sais pas exactement comment ça se passe: et ça doit être plus compliqué qu'une margarita, avec mousse de blanc d'œuf ou pas!

Mais ce qui comptait le plus, devant la rose des vents de ma vie, la compliquée croisée des chemins, le moment de dire oui ou non à un nouvel amour, c'est qu'on aurait dit que c'était la première fois de ma vie qu'un homme m'embrassait même si j'avais 29 ans et un enfant, et que, forcément, j'avais vu neiger.

Et justement je trouvais souvent ça froid comme de la neige, le baiser d'un homme.

Comme de la neige.

Comme un glaçon.

Que dis-je, un iceberg!

En plus, il y en a qui savent si mal tortiller la langue dans ta bouche, ou qui salivent trop ou qui sont brusques, et te cognent les dents, que tu as juste envie de dégobiller ou d'être n'importe où ailleurs, même en train de passer l'aspirateur! C'est te dire, même si tu as pas la fibre ménagère! Que j'ai un peu: ma mère a été toute sa vie infirmière et femme de ménage. Le fruit, même modeste, tombe jamais loin de l'arbre. Ça m'a jamais déprimée ou humiliée: c'est la femme la plus sous-estimée que je connaisse. Elle voit tout, sait tout, se plaint jamais de rien et s'oublie toujours pour les autres. Aussi, elle passe souvent de longues minutes assise, seule, sans musique, sans télé, sans Internet, qu'elle connaît pas, de toute façon. J'ai toujours respecté et même admiré les gens qui pouvaient faire ça, parce que c'est juste une élite, les vrais *happy few*: nos contemporains peuvent pas vivre sans leurs béquilles. Je te fais grâce de leur liste, tu la connais, je sais.

Embrasser Billy Spade.

J'étais trop troublée.

Ça me faisait une bonne raison de partir: je perdais les pédales.

J'ai interrompu notre baiser, même si en vérité j'aurais aimé qu'il dure une éternité. J'ai à contrecœur retiré la main de Billy qui semblait chercher le chemin de mon cœur dans le satin de mon soutien-gorge, et j'ai rassemblé tout ce qui me restait de forces pour le mettre *off* :

— Il faut que je parte, ma mère garde mon fils, et elle m'attend pour faire mon lavage.

— Hein ?

Il devait se demander ce que ma mère venait faire là. Et la lessive à cette heure du jour ou plutôt du soir, et la compétition avec nos baisers enflammés, ma préférence (ménagère) quelle importance ça pouvait avoir ?

Il m'a regardée, a regardé son zizi, inutile dans une conviction pourtant plus avantageuse qu'à son dévoilement : il comprenait rien, abonné de toutes les facilités, étant donné sa popularité.

J'ai dit :

— Appelle une de tes groupies pour finir le travail. Adieu, petit poulet !

Il s'est levé. Un peu trop brusquement. Ou alors mes baisers lui avaient vraiment fait de l'effet.

Non, à la réflexion. Je suis une femme qui aime trop mais pas si conne. Il avait sans doute trop bu.

Ou alors, simplement, son pantalon baissé le gênait dans ses mouvements éperdus vers moi, dans le voyage urgent qu'il voulait faire vers ma petite personne.

En fait, ce que je veux simplement dire est qu'il est tombé par terre.

Il a levé la main vers moi, mon joli déculotté d'amour fou, et il a dit, et ça m'a touchée, et surprise un peu, je l'admets car ça semblait pas être de la *bullshit*, mais un cri de son cœur torturé, ou une prémonition de ce qui allait nous arriver :

— Tu vas où, *love* ?

J'ai dit un peu cruellement, parce que les hommes cruels, la seule manière de les avoir (les garder, c'est une autre histoire parce que, comme chacun sait, ils sont faciles à avoir mais difficiles à garder) :

— Le plus loin de toi possible.

Je me suis retournée et je suis partie.

J'ai eu envie de regarder une dernière fois son beau visage qui me ravageait déjà, mais j'ai pensé, je sais pas pourquoi, à ce qui était arrivé à la femme de Loth, et je me suis dit : « Fais pas la sotte ! »

Déjà bien assez que tu sois une femme qui aime trop.

Il faut surtout pas qu'il pense que tu es une femme qui est… prête à en faire trop.

Trop vite.

On appelle ça une femme facile, et les hommes aiment pas.

Sauf pour un soir seulement.

13

Le lendemain, il m'a envoyé un texto à 11 h 11.

J'ai pensé tout de suite: «Il y a pas de hasard!»

Car 11 h 11, c'est mon heure préférée, autant le matin que le soir!

Souvent, quand je pense à quelque chose d'important ou que je reçois un coup de fil que j'attendais vraiment, je regarde l'heure, et il est justement... 11 h 11!

Na na na na na na na...

Mais j'ai aussi pensé: «J'ai bien fait de pas céder à ses avances hier, il m'aurait probablement pas texté ce matin!»

Je le *blowais* (faire une pipe en français), je *blowais* mes chances! (Je ratais ma chance.)

Pas parce que je sais pas y faire, enfin j'ai jamais reçu de plaintes à ce sujet. Mais je lui aurais tout de suite donné ce que toutes les autres lui donnent sans doute. Alors son intérêt pour moi aurait baissé: les hommes sont si prévisibles. Ils aiment la conquête, ce qui est difficile, voire inaccessible.

Billy me téléphonait à ce qui était pour lui la première heure, j'allais pas tarder à le découvir.

Pas besoin d'avoir fait un MBA à Harvard pour savoir comment il avait trouvé mon numéro de téléphone, en passant. Stan, qui le connaissait, le lui avait tout simplement refilé.

Le texto disait:

— Tu es visible ce soir, Erica ?

J'ai répondu :

— Pourquoi tu veux savoir ?

— Je veux passer le reste de ma vie avec toi alors j'aimerais que le reste de ma vie commence le plus tôt possible.

J'ai répondu :

— Tu as vu trop de films. C'est une réplique célèbre de *When Harry Met Sally*, et malheureusement pour toi, c'est un de mes films préférés. Alors sers-moi quelque chose de plus original, si tu veux avoir une chance de me revoir.

Il a retexté :

— Je vais te prouver que je t'aimerai pour toujours, *love*, si tu viens me rencontrer à 19 h au Bungalow.

— Une princesse, les bungalows… En général, elles préfèrent les châteaux.

— Tu veux pas faire un peu semblant que tu m'aimes ?

— Je suis tout sauf comédienne, mais je vais faire semblant d'y penser quand même. Je te reviens dès que j'ai rien d'autre à faire mais je te préviens, si je suis pas au Bungalow à 19 h, attends-moi plus, il y a de grosses chances que je sois ailleurs !

J'ai eu de la difficulté à taper correctement ce texto. Et, en fait, il est parti avec des coquilles (je marchais sur des œufs, il est vrai !) parce que mes mains tremblaient. J'étais tout excitée. Mais j'ai tout de suite après été traversée par un sentiment contraire.

Aller à ce rendez-vous avec Billy Spade, est-ce que c'était vraiment une bonne affaire ?

Est-ce que, au contraire, c'était pas quelque chose de suicidaire ?

Il y avait une seule personne au monde qui pouvait me conseiller en cette matière. Mieux encore me dire quoi faire. Ou pas faire.

Fanny.

14

Fanny, qui est toujours là pour moi, même quand elle a des ennuis avec l'homme de sa vie.

Elle est la sœur que j'ai jamais eue parce que je suis enfant unique.

Moi aussi, je suis sa seule sœur. Elle a juste des frères, quatre en fait, qui sont tous nés avant elle. Sa mère insistait avec le destin – et son pauvre mari fonctionnaire – pour avoir enfin une fille.

Après avoir monté quatre fois à genoux les marches de l'oratoire Saint-Joseph, c'est arrivé. Enfin, c'est ce que Fanny m'a expliqué.

Fanny, elle, a surtout eu des amours tumultueuses. Lis : éphémères.

Mais là, depuis un an, elle est sérieuse. Ou en tout cas elle dit qu'elle est sérieuse. Mais en même temps, elle est pas sûre qu'elle aime ça être sérieuse.

C'est compliqué.

Dans sa tête, surtout.

Parce que, être sérieuse, ça veut dire être amoureuse. Vraiment. Pas faire semblant.

Et être amoureuse, vraiment, sans faire semblant, ça veut dire que tu peux avoir mal. Quand ça va mal. Relis la définition latine de passion, si t'es pas sûre, sœur.

Et même quand ça va bien, tu sais jamais si ça va vraiment bien. Les hommes sont si menteurs !

Alors tu prends tes précautions, tu prends si je peux dire de l'avance sur le malheur. Si bien que même quand tu es follement heureuse, tu te gardes une petite gêne, tu t'exerces au malheur qui t'attend (peut-être au coin de la rue) pour qu'il te fasse moins mal. Quand il te frappera.

Anxieuse, tu me diras ?

En tout cas, c'est la philosophie de Fanny.

On s'est donné rendez-vous à 17 h 30 au Leméac, rue Laurier, à Outremont-les-Bains. Où les clients sont bien nantis ou font semblant de l'être quand ils se font voir devant ceux qui le sont vraiment.

J'étais hyper contente de la retrouver, Fanny, que j'appelle souvent ma petite « fan » à bonheur, car elle est légère comme la brise et te souffle sa fraîcheur au visage, joli petit ventilateur. Quand elle est pas lourde comme un 53 pieds parce que ça va mal, ses amours, ou que son boss la fait chier, ce qui arrive une semaine sur deux.

Oui, hyper contente de la retrouver, puisqu'on se voyait presque plus depuis qu'elle avait son nouveau petit ami. Ça fait ça, des fois, l'amour. Ça donne un grand coup à tes amitiés, ensuite quand tu te retrouves avec la S.S. (la Sorcière Solitude, comme je l'ai baptisée) tu le regrettes.

Fanny, je la trouve belle, je l'ai toujours trouvé belle, avec ses grands yeux bleus et lumineux, ses cheveux châtains qu'elle teint en blond (chez Alvaro, comme moi !) ou dirons-nous, éclaircit, parce que supposément les hommes préfèrent les blondes.

Comme bien des femmes, elle trouve qu'elle a un gros cul. Et elle a un peu raison là-dessus. Mais elle exagère un peu. En plus, cette légère surcharge pondérale lui donne des formes ailleurs, entre autres là où ça compte le plus pour les hommes, surtout les cons : au balcon.

Elle rit tout le temps, s'amuse de tout. Sauf depuis un an. Parce que depuis un an elle sort avec Goliath D., un joueur de hockey du NM (le National de Montréal) qui porte mal son nom, parce qu'il est plutôt petit.

Quand elle l'a rencontré, elle savait pas qui il était parce que, le hockey, elle… Elle lui a demandé :

— Tu fais quoi dans la vie ?

Son beau mec a haussé les épaules, a dit, médusé par son ignorance :

— Ben, je joue au hockey.

— Non, je veux dire, tu fais quoi comme travail ?

Elle croyait qu'il jouait avec les copains d'abord, dans une ligue de garage ou autre, pas pour la Sainte Cotonelle, autre nom du NM !

Dès qu'elle a compris sa méprise, elle s'est levée et lui a tendu la main en disant : « Ça m'a fait plaisir de te rencontrer. Bonne chance pour le reste de ta vie ! »

Ça l'a déstabilisé. Parce que, habituellement, quand il annonce ça aux filles, elles lui font aussitôt des ronds de jambe, qui lui annoncent qu'elles peuvent les ouvrir illico pour lui sur simple demande, et il y en a qui soulèvent quasiment leur jupe devant lui pour lui montrer la lune en plein jour.

Désarçonné, se croyant immédiatement amoureux (la surprise fait toujours bon effet en amour !) il lui a aussitôt juré à genoux qu'il était sérieux. Elle a donné une chance au coureur. En espérant qu'il disait vrai et qu'il était pas coureur… de jupons !

Fanny, belle comme un cœur dans son tailleur rose, m'a accueillie avec une douche froide, ce qui est un peu dans sa manière parce qu'elle est toujours directe. Une vraie amie, je te dis.

Elle était arrivée un peu avant moi parce que, moi, ça m'a pris un peu plus de temps que prévu pour m'habiller. J'ai hésité entre 46 tenues. Enfin, je devrais dire… combinaisons de tenue, parce que même si j'adore les fringues, je peux pas m'en payer autant que je voudrais alors je fais ce que j'appelle mes petites compositions, faisant de mon mieux avec le peu que j'ai.

— Pourquoi tu tenais absolument à me voir tout de suite, si tu as déjà pris ta décision ? qu'elle m'a lancé à brûle-pourpoint.

— Pourquoi tu dis ça ?

— Écoute, prends-moi pas pour une conne ! Tu te serais pas sapée comme ça si tu venais juste voir ta *chum*. Tu as déjà décidé d'aller au rendez-vous !

C'est vrai que je m'étais habillée plutôt sexy, assez décolletée, et que je portais du maquillage, des bijoux : l'uniforme de guerre (des sexes) quoi !

J'ai rougi, j'ai plissé les lèvres. Elle lisait en moi comme dans un livre ouvert. Fanny hochait la tête, avec un air assez sévère de désapprobation ou d'inquiétude.

— En tout cas, si tu veux mon avis, c'est non. N-O-N, *fucking*, NON !

— Pourquoi tu es si catégorique ? Le destin frappe pas toujours deux fois à la porte.

Je lui répétais le cliché de Stan.

— Puis toi, ça va être la première fois que tu te fais passer dessus par un Panzer, tu vas voir, ça fait pas de bien.

Un Panzer, c'est les gros tanks que les Allemands utilisaient pendant la Deuxième Guerre mondiale dont le père de Fanny est maniaque. Elle a été élevée dans ça, elle en a gardé des traces langagières et autres.

— Pourquoi tu dis ça ?

— Parce qu'une rock star c'est comme un joueur de hockey mais juste en 10 fois pire.

— Tu regrettes de sortir avec Goliath ?

— Oui.

Ça avait le mérite d'être bref et clair.

— Si tu avais à recommencer, tu ferais quoi ?

— Je lui dirais non et lui enverrais par huissier une confirmation de ma décision.

— Alors pourquoi tu restes avec lui ?

— Parce que je suis conne.

— Toi, conne ?

— Oui, parce que je l'aime. Je l'A-I-M-E, même s'il le mérite pas, et c'est mon problème.

J'ai pensé : « Les femmes amoureuses, le mot PROBLÈME, surtout avec des hommes qui sont pas aussi amoureux d'elles qu'elles le voudraient, elles devraient l'épeler PROBL…AIME ! »

Ça réglerait peut-être leur… problème !

— Mais si tu l'aimes, que j'ai objecté à Fanny, c'est quoi le problème ?

— Le problème, et il y en a pas juste un, c'est qu'il y a trop de Goliath D. dans Goliath D. Et trop de femmes autour de lui. C'est comme des mouches autour d'un T-Bone oublié sur une plage au soleil, j'exagère même pas. T'as beau avoir une grosse tapette à mouches dans ton sac à main, il y en a toujours d'autres qui se pointent avec leur sourire stupide et leur décolleté plongeant, c'est épuisant à la fin. Puis en plus, même la fille la plus prudente du monde y arrive jamais. Je peux pas le surveiller 24 heures par jour 7 jours par semaine. Il est sur la route une semaine sur deux, de toute manière, et moi je travaille ici pour gagner ma vie et payer mon appart et mon char loué et faire les paiements minimums sur mes cartes de crédit *loadées* au max parce que je peux pas vivre avec lui. Et il me laisse payer mes choses, pour pas sentir que je suis avec lui juste pour l'argent et la célébrité, qu'il dit ! Je pense juste qu'il est *cheap*, comme dans : estie de rat avec moi.

J'ai pensé : « Oh *boy*, elle l'a pas facile, ma Fanny ! »

Et j'ai aussi pensé, forcément, aux groupies de la veille autour de Billy. Et à ce que me disait peut-être la vie à travers les lèvres de Fanny, roses comme son tailleur, et sincères comme si elle était ma sœur.

En plus, Chez Stan, Billy était même pas en concert.

Devant 1 000 fans.

Stones ou soûls qui voudraient un morceau de lui (et de préférence de choix !) après le concert.

— Ben, ça veut rien dire.

— Non, ça veut rien dire, tu as raison, a-t-elle ironisé. Et c'est sûr que, le soir, à minuit, au bar *topless* ou à l'hôtel où les joueurs se ramassent après la *game*, quand il y a 10 groupies qui attendent en ligne pour le sucer, il leur dit, non, *sorry*, ma maman veut pas et ça va faire de la peine à ma fiancée.

— Hi, hi, hi !

— En plus on est même pas fiancés, même si ça fait trois fois qu'on va chez Birks. Il trouve toutes les bagues que j'aime trop chères.

Une pause, et elle dit d'un air rêveur :

— Si tu voyais ma préférée. Un énorme diamant rose monté sur de l'or blanc. Quarante mille dollars…

— Quarante mille dollars ! que j'ai fait, ahurie, parce que moi, Birks, je connais le nom mais jamais personne m'y a emmenée, et les ratés de mon passé savent même pas ce que c'est.

— Il gagne quatre millions par année ! Quarante mille piastres, c'est même pas une soirée de travail. Il gagne 50 000 par match. Je vaux même pas ça, une heure de travail, en fait dix-huit minutes, parce que son coach Michel Lupien le laisse pas jouer plus longtemps que ça à chaque *game* ? Moi pourtant je lui charge rien quand je le masse, pas juste pendant dix-huit minutes mais souvent une heure… Sans compter toutes les cochonneries que je lui fais parce qu'il est passé du premier au troisième trio et que ça l'angoisse, le petit coco : il dit toujours qu'ils cherchent à avoir sa peau, au septième étage !

Fanny, elle a parlé un peu trop fort, dans son indignation légitime.

Le type qui était assis à côté de nous, un septuagénaire tiré à quatre épingles, qui avait une tête de notaire (et un crâne lisse, des lèvres pincées, des yeux sévères derrière des lunettes cerclées d'or) nous a regardées d'une drôle de manière.

— On répète notre rôle pour le prochain *Lance et compte*, désolées d'avoir parlé un peu fort, que j'ai dit.

— Ah, je vois… a-t-il fait, embarrassé.

On l'a laissé à sa destinée et à son Grand Marnier VSOP. Fanny a dit :

— Si tu voyais ma bague préférée.

Je l'ai vue sans tarder.

Elle l'avait photographiée avec son cell et deux fois plutôt qu'une, sous tous les angles, en fait, ou presque parce qu'un diamant de ce prix-là, des facettes, ça en a, c'est même étourdissant juste de penser combien.

Il était rose et géant, en effet, circulaire, et monté sur un anneau en or blanc, ledit diamant. Idéal pour un mariage en blanc, quoi !

— Wow ! Méchante garnotte en effet, que je me suis extasiée. Il me semble qu'il t'irait bien…

— Il ferait bien à n'importe quelle femme. La question est : est-ce que oui ou non il va finir par me l'acheter, ou il me fait juste niaiser.

— Pourquoi il te ferait niaiser ?

— Pour me baiser bon marché. Un petit chausson aux pommes avec ça ? De toute façon, on est pas ici pour parler de moi mais de toi. Je sais que c'est ta vie et tout le tralala, mais si tu sors avec Billy Spade ce soir, comme ton décolleté me le laisse croire, je suis plus ton amie.

— On fait notarier tout ça, que j'ai plaisanté.

— Écoute, au cas où tu le saurais pas, il a trompé sa femme pendant sa lune de miel.

— Je savais pas qu'il avait été marié.

— Oui. À Acapulco, sur la plage, pour pas avoir à porter de *tuxedo*, le gars est *cheapo*. Il s'est farci une des filles d'honneur le lendemain même de son mariage. Qui a duré juste un mois, au cas où tu le saurais pas parce que la fille d'honneur en question c'était la sœur de sa femme, et comme elle la détestait et était jalouse d'elle parce qu'elle s'était jamais mariée, elle, elle s'est empressée de tout lui raconter.

Notre voisin notaire, même si on parlait moins fort, arrondissait les yeux, parce qu'il prêtait malgré lui une oreille attentive et indiscrète à notre conversation, et les cheveux lui auraient dressé sur la tête, s'il en avait eu.

— Comment tu sais tout ça ?

— Tu lis pas *Échos-Vedettes*, coudonc ?

— Faut croire que non.

— Tu veux d'autres raisons de pas aller à ce rendez-vous de merde ?

— Non, j'ai ma dose de philosophie.

15

J'avais prévenu Billy Spade de pas m'attendre si je me pointais pas au Bungalow à 19 h.

Après ma conversation ou plutôt l'ultimatum de ma meilleure *chum*, je me suis pas pointée au Bungalow à 19 h.

16

Je me suis pointée au Bungalow à 19 h 22.

Sans le dire à Fanny.

Donc à mes risques et périls.

L'amour a ses raisons que l'amitié connaît pas, ou un truc comme ça.

Billy Spade était encore là et m'attendait.

Il regardait sa montre (la même que l'autre soir, qui était pas une Piaget) et il paraissait malheureux, ou en tout cas anxieux.

Quand il m'a vue, il a souri.

Il paraissait soulagé.

Mieux encore, et je veux pas me vanter, je cherche juste à dire les choses comme elles se sont vraiment passées, mais on aurait dit un presque noyé qui peut enfin respirer une première bouffée d'air !

Je l'ai trouvé encore plus beau que la première fois.

Peut-être parce qu'il était moins arrogant. Moins sûr de lui.

Et par la même occasion plus touchant.

Mon infinie hésitation de me rendre à ce rendez-vous me servait.

Mais son ego surdimensionné (ou infiniment petit: c'est plus souvent synonyme qu'on pense) a bientôt repris ses droits sur lui. Il a affiché un air irrité.

Normal.

Une star, ça attend jamais: ça fait attendre.

Nuance capitale qui bouleversait le code prévisible et banal de son univers.

Mon infinie hésitation de me rendre à ce rendez-vous me ... desservait.

Mais je me suis dit: «Fais une femme de toi, Erica, prends le taureau par les cornes!»

Je me suis approchée de lui et comme il se levait pas pour m'accueillir et que son sourire affichait «absent pour cause d'ego de star ulcérée par mon retard de vingt-deux minutes et des poussières», j'ai dit:

— Si ça te fait pas plaisir de me voir, je peux partir tout de suite. De toute façon, j'ai un autre rendez-vous à 9 h avec l'agence de mannequins Ford et Louise Castel pour un *show* de téléréalité.

Sa face s'est décomposée: c'était beau à voir. Il s'est levé. Je l'ai rassis d'un signe de la main.

— Trop tard. Reste assis!

Il a obtempéré. Je me suis assise moi aussi. Je suscitais la curiosité autour de moi. Des clients se demandaient visiblement qui avait bien pu faire attendre et par la même occasion risquer de contrarier l'illustre Billy Spade. Juste moi, désolée! J'ai quand même distribué à la ronde quelques sourires brefs et secs pour remettre les gens à leur place, et plusieurs ont effectivement remis leur nez dans leur assiette et nous ont foutu la paix.

Encore déstabilisé et pas sûr si je le charriais ou pas, Billy Spade a dit :

— Un *show* de téléréalité…

— Oui. Ca va s'appeler *Comme ça, tu te trouves belle !*

— Comme dans : *Alors tu crois que tu peux danser ?*

— Oui. Fallait y penser, quand même !

— Oui, je… enfin moi, les téléréalités, j'ai rien contre… Mais j'ai pas le temps de les écouter, et tu me verras jamais là-dedans. J'ai pas la voix pour la télé.

— Sans lucidité, pas de succès.

— Parles-tu toujours par proverbe, comme ça ?

— Une fois est pas coutume.

Il a ri. J'ai dit :

— J'aime quand tu ris.

Il m'a souri. On s'est regardés. On se plaisait.

Un petit nuage sur son visage, et il disait :

— Je suis pas sûr de te suivre, je… je t'ai invitée à souper, tu es venue, enfin avec quelques minutes de retard, d'accord, mais tu as un rendez-vous à 9 h ?

— Ben, tu sais bien que les femmes mangent jamais à un premier rendez-vous. Après une petite heure, j'aurai fini de te regarder manger et je pourrai partir pour mon autre rendez-vous.

— Mais je pensais que…

— Tu m'as invitée à souper ou à baiser ?

17

Il a allumé toutes les chandelles qu'il avait dans la chambre principale de sa luxueuse maison en rangée, sur le Plateau.

Malgré ma nervosité, j'ai pu l'observer en détail. Elle était plus grande que mon salon, ce qui est pas un grand exploit, et justement, il y avait un petit salon dedans, avec un canapé en cuir, une table à café, un récamier pour s'allonger, et aussi une immense armoire en bois noire verrouillée avec un cadenas, ce qui, je sais pas pourquoi, a piqué ma curiosité.

Comme si je voulais créer une petite diversion parce que je savais ce qui s'en venait, et la première fois, j'ai dit :

— C'est dans cette armoire-là que tu conserves les cadavres de tes ex, et c'est pour ça qu'il y a un cadenas ?

— Drôle… Mais non, juste des papiers importants, de l'argent… Il y a beaucoup de monde ici, et les femmes de ménage…

— Je sais, j'ai été obligée de remercier mes trois dernières, elles me volaient…

Il a ri, puis il est devenu très sérieux.

Ensuite, ça s'est passé vite.

Il m'a littéralement sauté dessus.

C'était animal.

Il a déchiré mon chemisier, mon soutien-gorge, puis ma culotte.

Je me suis fait cette réflexion, un peu stupide dans les circonstances, que c'était pas juste dans les films, où ils ont de gros budgets pour les costumes, que ça arrive, cette furie amoureuse. J'aimais bien son cinéma, il me voulait vraiment.

J'ai pas osé lui rendre la politesse, déchirer à mon tour ses vêtements. Je l'ai laissé se déshabiller seul, ce qu'il a fait en deux temps trois mouvements. Les gars, pour ça, ont du talent, et se déshabillent aussi vite qu'ils s'habillent. Nous, on vit sur un autre fuseau horaire, pour les trucs vestimentaires, et on met pas aussi facilement notre cœur à nu. Les hommes disent que oui, mais en fait, ils le mettent rarement, ils font juste semblant.

Il m'a poussée sur le lit, qui était immense, merveilleuse piste de danse.

J'étais intimidée, mais avant qu'il entre en moi, je lui ai quand même demandé :

— Tu portes rien ?

— Juste mon sentiment pour toi. Est-ce que j'ai besoin d'autre chose ?

J'ai trouvé ça romantique. Vraiment. C'était non seulement un homme cruel, mais un homme qui aimait vivre dangereusement. Et plus dangereusement qu'il pensait parce que, s'il portait rien, moi, je portais pas de stérilet. Et je prenais pas la pilule. J'avais personne dans ma vie depuis six mois, et je m'attendais pas à rencontrer quelqu'un et, surtout, que ça se passe si vite.

Il y avait le destin.

Pour la suite des choses, on verrait bien.

J'ai souri et j'ai dit :

— Je suis d'accord pour voyager léger.

Il a pris ma crinière dans sa main droite, a incliné ma tête, a embrassé mon cou, mes seins.

Il y avait de la brusquerie dans ses gestes, mais aussi de la tendresse.

Il est entré en moi.

Est entré du même coup dans ma vie.

Je savais que c'était pas juste un coup pour lui.

Parce que, au creux du lit, il me suppliait :

— Dis-moi que tu es à moi, juste à moi pour toujours !

— Oui, je suis à toi, juste à toi pour toujours.

— Promets-moi que tu vas jamais partir !

— Je te le promets.

Après avoir connu la volupté (lui, pas moi : la première fois, j'y arrive pas souvent, car il faut que mon cœur soit sûr de l'homme pour que mon corps s'abandonne vraiment et aussi, bien sûr, un peu de doigté et de science de la part dudit homme) il est resté longtemps en moi.

J'aimais ça, cette préférence, ou cette excellence chez lui, même si, forcément, ça pouvait avoir des conséquences.

Quand on croit avoir la vie devant soi, les conséquences, on s'en moque un peu, ou alors, et ça revient au même, on se dit qu'elles peuvent juste être heureuses.

Ensuite, il a remis ça.

Une première fois.

Puis une deuxième fois, à mon étonnement ravi.

J'avais le front en sueur, les lèvres en feu, les jambes molles, mais je disais pas non, car j'avais le cœur en liesse : je m'abandonnais.

Je sais pas s'il baisait toutes les femmes comme ça, la première fois, mais j'ai préféré penser que non, et que si ça s'était passé ainsi, c'était parce que c'était moi, parce que c'était lui.

J'ai dormi au creux de son épaule droite, car il avait choisi le côté gauche du lit. J'aurais préféré l'autre, mais je me suis inclinée devant… «étalon» donné, on regarde pas la bride !

Ladite et douce épaule de mon infatigable amant est tout de suite devenue mon refuge préféré, comme s'il y avait des années que je voulais m'y blottir.

Et voilà pourquoi, sans doute, je m'étais toujours sentie seule, même dans les bras d'un autre homme : parce que c'était pas les siens !

J'avais le sentiment, que dis-je, la certitude que j'avais pas seulement rencontré un vrai homme – de la manière dont il savait prendre fougueusement une femme, c'était évident –, mais aussi et surtout le vrai homme de ma vie.

Voilà.

Il m'a réveillée en se glissant en moi sans me demander mon avis. Il était aussi fougueux que si c'était la première fois, alors que c'était déjà la quatrième ou la cinquième, je sais plus, car à un moment pendant la nuit j'ai eu l'impression qu'il m'avait envahie une autre fois. Mais je rêvais peut-être simplement de lui, de ses bras, ce qui aurait pas été étonnant étant donné ses biceps de rêve.

Il avait son haleine de vodka et de cigarette, mais j'avais la même : à étalon qui te prend de façon débridée, même sans sourire Pepsodent du matin, tu dis pas non.

J'ai aimé tout de suite cette liberté, cette fronde qui, chez d'autres hommes de mon passé, m'avait parfois agacée, parce que des fois une femme veut juste les bras de Morphée, pas ceux de son amant, surtout quand il la baise mal et la réveille pour rien, juste une déception de plus dont elle aurait pu se passer.

La passion est un plat qui se sert pas poliment.

Dans ma surprise ravie, je me disais, là, il peut plus déchirer mes vêtements, je suis nue.

À notre second réveil – car on s'était assoupi, après – il a pas dit: «Tu veux un café, ma chérie?» Il m'a plutôt déclaré, un peu bizarrement:

— J'envoie mon chauffeur chez toi, là.

Moi, le matin, même après avoir passé une folle nuit de sexe et d'amour que tu appelles plus juste sexe quand il y a de l'amour, et que tu devais plutôt appeler sexamour, ou amoursexe, j'ai pas envie de parler. Au moins pendant une heure. Deux, si j'ai mal dormi. Ce qui m'arrive une nuit sur deux.

Mon cerveau est en vacances, j'ai besoin de silence.

Ceux qui le comprennent pas, et qui insistent pour me parler, je les envoie promener. Ou je change de pièce. Je passe à la cuisine ou au salon, c'est selon.

Mais le «matin d'après», dans le lit d'une rock star qui t'a mise… sur un piédestal et dans son lit comme une reine, et t'a chanté sur l'oreiller *Ne me quitte pas*, et qui surtout est l'homme de ta vie (tu l'as vraiment senti dans tes organes qui te mentent jamais car tu es femme), tu te gardes une petite gêne.

Avant de lui montrer ton vrai toi-même.

Parce qu'il trouvera peut-être que ta taciturnité (ou si tu préfères et je te comprends) ton air bête et ton refus de dialoguer sont une musique grinçante, et comme il a l'oreille sinon absolue, du moins musicienne…

Malgré les nuages dans mon cerveau du matin – mais il était quand même 11 h minimum puisqu'on s'était endormi à 4 h, et que notre sommeil avait été bellement interrompu par quelque impromptu dont certains détails m'avaient échappé – j'ai plaisanté :

— Tu manques de sucre pour le café ?

Il a rigolé, mais est tout de suite redevenu sérieux, presque grave.

Comme si justement l'heure l'était.

Grave.

Et, à la croisée des chemins amoureux, elle l'est toujours, non ?

Grave.

L'heure.

Ou alors tu te leurres, non ?

Et c'est juste un peu de gymnastique entre deux corps solitaires. Qui attendent avec quelque désespoir leur âme sœur.

C'était un peu beaucoup une grosse portion d'« à prendre ou à laisser », de « Prends mon cœur, et surtout donne-moi le tien ou laisse-moi mourir d'aimer car je peux plus vivre sans toi », ou quelque chose de cette eau-là.

C'était pas au sujet du sucre, les instructions matinales.

Billy a expliqué, en allumant sa première cigarette, juste après avoir allumé la mienne, et ce petit geste me faisait craquer encore plus car le grand amour, son aliment, c'est pas juste les grands serments mais les petites choses faites joliment.

— Non, il va t'aider à faire tes valises. Je veux que tu viennes vivre ici.

J'ai voulu mettre le holà, apporter une précision que j'avais préféré passer sous silence la veille parce que, lorsque, le premier soir, tu dis que tu es mère, les hommes souvent, te disent qu'ils sont marins et prennent la mer.

— Il faut que je te prévienne : j'ai un fils de trois ans.

— Moi aussi. Il s'appelle comment ?

— Guillaume.

— Moi aussi ! Quel hasard incroyable !

— Je suis pas sûre que je te suis. Tu te moques de moi ou quoi ?

Je me disais : un autre signe du destin ?

— Non, j'ai pas encore d'enfant mais ton fils, fais comme si c'était le mien.

Tu veux savoir comment parler aux femmes, Casanova patenté, pauvre homme perdu dans la forêt de la littérature, qui lit par erreur ce livre écrit pour le sexe opposé ?

Sers-leur sur un plateau d'argent de surprenantes douceurs comme celle que Billy Spade venait de me servir après m'avoir assaillie comme un dieu !

J'ai détourné les yeux.

Et j'ai sauté hors du lit.

Pour la première fois de ma vie, j'ai menti à Billy.

Je lui ai dit: «Il faut que j'aille faire pipi.»

Je voulais pas qu'il voie mes larmes.

18

J'étais trop émue qu'il soit si gentil avec moi, juste moi, pas avocate, médecin, rien de ça, juste une femme qui se débattait pour garder la tête hors de l'eau, monoparentale, de surcroît et *ipso facto* hypothéquée au grand max aux petits yeux des hommes libres (ou qui se disent tels pour causes sexuelles) qui cherchent juste un bon parti et une femme indépendante financièrement, avec gros salaire, grosse maison, grosse bagnole et gros seins tant qu'à faire : pourquoi te limiter dans ta publicité de merde !

Oui, si gentil sans raison évidente avec moi qui cachais mes insuffisances sous de grandes doses de raillerie et de pseudo mots d'esprit, moi, la mère épuisée et désargentée, la *pretty woman* de Joliette qui faisait pas la rue, mais Chez Stan avec spécial deux pour un les lundis, et, le mercredi, soirée gratuite pour dames, sinon il y aurait pas eu un quidam. Qui étudiait comme une folle pour devenir infirmière.

Non, vraiment non, mon émotion, je voulais vraiment pas la lui révéler.

Il en prendrait avantage : l'occasion (de te blesser) fait le larron.

Ton bouclier, laisse-le pas tomber tout de suite, surtout si t'as pas de garantie écrite à l'encre de son amour vrai, surtout s'il a beaucoup de bibittes. Et ceux qui jurent pas en avoir ont au moins un défaut : ils sont hypocrites !

Ou alors ils sont pris, je veux dire mari ou *chum* d'une autre, qui elle aussi se croit seule aimée, et c'est un autre défaut qui, si t'en tiens pas compte, te réserve quasi assurément du malheur :

les hommes quittent pas si facilement leur femme, ils préfèrent la tromper aussi longtemps qu'ils le peuvent. Quand tu peux avoir le beurre et l'argent du beurre…

J'étais remuée, parce qu'une femme qui est mère aime entendre d'un homme des choses qui plaisent pas juste à une femme mais aussi… à une mère !

Logique amoureuse 101.

Billy s'est romantiquement affairé à me préparer le premier café avec sa Faema sensationnelle comme sa Mercedes 650 : ma valise pouvait attendre, pas mon premier café !

Sa cafetière de rêve, ou plutôt des mille et une nuits, ou plutôt des mille et un matins et qui valait sans doute 5 000 $ et aurait pu servir dans un bistro, et semblait pouvoir tout faire, même un poème, c'était évident qu'il l'avait pas souvent utilisée, car lorsque j'ai exprimé ma préférence pour un cappuccino, il a froncé les sourcils, a plissé les lèvres, embarrassé.

Ou bien je l'avais tellement troublé qu'il se souvenait plus comment, ce cher amant.

Ça devait être sa bonne, et juste elle (je t'en brosse plus loin le portrait complet) qui connaissait le savant mode d'emploi de cette machine.

Qui me replongeait avec ravissement dans mon passé. Milanais. Alors que j'avais à peine 14 ans.

Que j'étais sans rides et pleine de rêves sans ombre du lendemain : on appelle ça être jeune !

Ensuite, ça prend un peu de philosophie pour garder cet état d'esprit.

Oui, il fronçait les sourcils, mon Billy, et souriait avec un embarras croissant qui ressemblait en rien aux deux froids croissants qu'il avait fait apparaître commodément du chapeau magique de son congélateur, mais que j'avais dédaignés, étant donné le beurre. Tout ce qui est bon est mauvais ou dit autrement, si ça a bon goût c'est mauvais. Pour la ligne : la vie est mal faite, et toi aussi si tu te plies pas à ta diète !

Oui, le mode d'emploi de sa *macchina*, ce devait être le secret bien gardé de sa bonne, ou d'une de ses innombrables conquêtes (selon Fanny) qui se croyait la femme de sa vie et qui était juste (pauvre rêveuse finie !) la femme de sa nuit.

Comme moi peut-être.

Si c'était qu'un autre rêve.

D'une femme qui aime trop.

Je pourrais en remplir un musée – un cimetière serait plus indiqué – de ces rêves désolés.

J'avais donc exprimé à mon amant – d'une nuit, une vie ? – le souhait non déraisonnable d'un cappuccino. Mais faire mousser le lait, il savait de toute évidence pas. Malgré l'air d'expert qu'il prenait.

La mousse se répandait partout sur le comptoir, commençait même à sortir par le deuxième piston, Billy savait plus où donner de la tête, appuyait sur tous les boutons sauf le bon, affichait un sourire de con qui le rendait irrésistible.

On aurait dit la célèbre scène du homard dans *Annie Hall* !

Comme la mousse continuait de sortir de la machine, et Billy de se démener sans succès, j'ai eu pitié de lui et je l'ai débranchée. La machine : pas lui !

Il a souri, comme s'il avait pu et surtout aurait dû y penser avant.

J'ai dit :

— Attends-moi, je reviens !

— Tu vas où ? a-t-il dit, et il y avait de l'inquiétude dans sa voix, presque de la panique, comme si je partais pour pas revenir.

C'était charmant, cette angoisse à peine dissimulée semblable à celle d'un jeune enfant qui voit partir sa mère, ou celle d'un chien son maître et croit qu'il le reverra jamais. J'ai pas répondu.

La veille, malgré les tremblements de mon cœur à l'approche de notre première nuit d'amour, j'avais repéré un Tim Horton au coin de sa rue. (Il faut jamais perdre de vue les choses essentielles de la vie.) Je suis allée y chercher deux grands cafés.

Billy était enchanté. J'ai pris une gorgée, j'ai fait une moue légèrement dédaigneuse, j'ai dit :

— Ce serait meilleur avec…

J'ai pas eu le temps de finir ma phrase : il l'a complétée.

— Du Baileys ?

— Comment tu as deviné ?

Il a pas répondu. Il a fait apparaître comme par enchantement une bouteille de Baileys, grand format. J'étais ravie.

Non seulement un meilleur café mais une coïncidence de plus !

Je me faisais des idées, ou je venais enfin de rencontrer l'homme de ma vie ?

En plus, il lésinait pas sur le Baileys. Et il en a remis quand ma tasse était à moitié vide.

— Tu veux me saouler pour abuser de moi ?

— Oui.

Je l'ai regardé droit dans les yeux, j'ai dit :

— Des belles promesses !

Je le provoquais. Pas juste en paroles sans doute, parce que comme j'avais plus de soutien-gorge, étant donné le sort qu'il lui avait réservé la veille, on voyait mes mamelons pointer sous le mince tissu de mon t-shirt, qui était à lui. Il me l'a arraché après avoir pris une dernière gorgée de café.

Avec mon slip, qui était aussi le sien, il s'est gardé une petite gêne. Il l'avait sans doute payé cher, ou alors, un slip d'homme, c'est pas en fine dentelle noire comme celui que je portais la veille – comme si j'avais deviné ou souhaité (c'est souvent pareil) ce qui allait se passer –, ça se déchire pas si facilement.

Il me l'a retiré après m'avoir assise sur le comptoir, en me soulevant avec facilité : le gym a son utilité, il est pas juste le donjon des vanités.

Il savait rien faire d'autre dans une cuisine, comme je tarderais pas à le découvrir, mais ça au moins il le faisait bien !

Après, comblée, j'ai dit :

— Tu peux maintenant demander à ton chauffeur d'avancer la voiture, je vais chercher mes fringues.

— Tu te cachais où, *love* ?

— Le hasard te *screwait*. Maintenant je suis là.

Il m'a regardée, et il y avait de l'admiration dans ses yeux. Il aimait ma présence d'esprit, surprenante après la nuit qu'on avait eue. J'aurais dû en faire une grande provision dans ma besace si mal garnie de femme qui aime trop, et forcément des hommes qui l'aiment pas assez, et lui lancent l'admiration qu'à petites doses, car ça m'est pas arrivé bien souvent dans la suite des choses.

Ensuite, il a demandé à son chauffeur d'avancer la voiture, et je suis allée illico chercher mes vêtements.

Enfin je pensais…

19

Nibs, le chauffeur de Billy, il est *cool*.

Quand j'ai fait sa connaissance, il venait de fêter ses 40 ans et surtout ses 5 ans de sobriété. C'est un ancien Terminator, le redoutable club de motards qui sévit ici et là en Amérique. Il a fait du temps (en prison, je veux dire) pour trafic de stupéfiants et autres délits mineurs ou peut-être pas tant que ça.

Quand il a retrouvé sa liberté, il a voulu aller vers le droit chemin, mais il a pas rencontré de Bon Samaritain.

Il était diplômé de rien, parce qu'il avait lâché ses études à 15 ans, parce que sa mère, toujours sur le Valium, lui faisait jamais à déjeuner et tout ce qu'il mangeait, c'était des coups de son beau-père.

Mais un soir, alors que, découragé de se faire dire non partout, il avait rendez-vous au Ballroom (le *watering hole* de Billy, en supposant qu'il ait jamais bu de l'eau !) pour repartir en « affaires » … criminelles, il a rencontré mon chéri.

Qui se cherchait un nouveau chauffeur.

Pas juste pour le *standing*, mais parce que, lui, conduire, il peut pas, ou presque pas, étant donné que le seul temps que ça fait cinq heures qu'il a pas bu, et qu'il échouerait pas à l'alcootest c'est quand… ça fait cinq heures qu'il dort ! Ou quand il va en désintox. Mais ça, c'est une autre histoire, une vraie comédie.

Nibs, il est *cool*, je te dis. Surtout quand tu le vois en uniforme de chauffeur avec casquette, ce qui jure un peu avec sa barbe et sa longue tresse.

Nibs, il est prêt à tout faire pour Billy, parce que c'est le seul qui lui a donné une chance.

Billy l'oublie jamais, surtout quand il a des services un peu spéciaux à lui demander.

Je me suis sentie comme une vraie reine, quasiment une star quand il m'a ouvert la porte arrière de la Mercedes.

J'ai pris place dans la belle berline, on est partis. J'ai pas pu m'empêcher de faire deux choses :

1. Palper le cuir sublime des banquettes : je trouvais ça jouissif, et les coutures avec du gros fil, j'en avais jamais vu des comme ça !

2. Appeler ma meilleure amie, Fanny.

— Fanny, tu sais pas où je suis ?

— Dans le pétrin.

— Pourquoi tu dis ça ?

— Parce que t'es trop excitée.

— Ben, si tu étais à ma place, tu serais aussi excitée que moi.

— Tu as pas suivi mes conseils d'hier : tu es dans le lit de Billy Spade.

— J'ai pas écouté tes conseils d'hier, mais je suis pas dans le lit de Billy Spade.

— T'es où, alors ?

— Dans sa Mercedes 650 !

Je l'ai dit un peu trop fort, Nibs s'est tourné vers moi, a eu un sourire, comme pour me dire : « J'entends tout ! »

Nibs, la seconde que je l'ai vu, j'ai senti qu'il m'aimait. Et moi aussi, je l'ai aimé tout de suite. Je peux pas t'expliquer pourquoi, c'est comme ça.

Il était de mon côté, j'étais du sien, et je savais pas encore à quel point ça allait m'aider dans la guerre de trois ans dans laquelle j'entrais les yeux fermés. Parce que l'expression « amour aveugle », je sais pas qui l'a inventée, mais je suis sûre que c'est une conne comme moi.

— T'as couché avec lui ?

— Qu'est-ce que tu penses ?

— T'es conne. Je te laisse, mon patron arrive. Sans doute pour me raconter que ça fait 33 nuits que sa femme veut pas coucher avec lui. Eille, je serais rendue à 1133 nuits si j'étais mariée avec lui.

— T'es folle. Je t'aime.

— Toi, t'es conne mais je t'aime quand même. Tu me raconteras tes gaffes plus tard.

Mes gaffes…

J'ai raccroché sans rien objecter. Elle avait peut-être raison. J'avais peut-être tort. J'étais peut-être en train de me faire *screwer* par le hasard. Remarque, son actuel messager (du hasard) savait y faire, alors au moins il y avait une compensation à mon erreur de jugement.

Nibs a immobilisé la voiture, a décrété, de sa belle voix grave :

— On est rendus ?

J'ai vérifié : le temps pouvait-il avoir passé si vite ?

— Rendus ?

On était pas chez moi, à Joliette, mais rue Sherbrooke, devant chez Holt Renfrew.

— Je… je suis pas sûr de comprendre.

— Le patron veut que tu remplaces les vêtements qu'il t'a déchirés par accident hier.

— Mais je les ai pas achetés chez Holt Renfrew !

Il m'a fait un clin d'oeil et a dit :

— C'est pas grave, profites-en !

— Est-ce qu'il fait cette petite gentillesse à toutes ses maîtresses ?

— Non, tu es la première.

— Est-ce qu'il te demande de répondre ça à toutes les femmes ?

— Oui.

La réponse aurait pu être déplaisante, surtout si elle disait platement la vérité. Mais j'ai réfléchi : si ça avait été la vérité, il l'aurait pas dite si platement, et j'ai éclaté de rire.

— Comme dit ma mère, si t'es pas prête à entendre la réponse, pose pas la question !

— Vrai.

Il m'a ouvert la portière, pour me laisser sortir. Le valet du *parking* m'a regardée un peu drôlement, parce que je portais un t-shirt de Billy, une tête de mort avec des os, et un de ses pantalons de jogging noir. Comme il était pas très grand, et que j'ai des jambes spécialement longues, ça faisait plutôt un pantalon trois-quarts. Mais bon... je me sentais quand même comme une reine, une fois de plus.

Les vendeuses m'ont reconnue, parce que, en fait, presque chaque fois que je viens à Montréal, je vais y faire un tour. Comme si j'allais au musée. Mais comme j'achète rien, car même quand c'est en solde à moitié prix, c'est encore le double de ce que je serais prête à payer et seulement si j'avais envie de me permettre une folie, elles sont pas venues me demander si elles pouvaient m'aider ou si je voulais essayer un morceau, parce que même s'il me fait comme un gant, que j'ai l'air d'une déesse dedans, je me trouve une raison de pas l'acheter, je dis: «je vais y penser», alors que c'est tout pensé d'avance: j'ai juste pas d'argent, je peux juste rêver.

Une fois, lors d'une de mes expéditions punitives juste dans mes rêves en couleurs, j'en ai même entendu une qui disait à sa collègue: «Tiens, *Pretty Woman* qui arrive, je te la laisse, je m'en vais prendre ma pause-café.»

Elle faisait allusion bien sûr à la fameuse scène de *Pretty Woman*, où Julia Roberts, habillée en prostituée, se fait traiter cavalièrement par une vendeuse dans une chic boutique de Rodeo Drive à L.A. Ensuite, elle se venge de cette humiliation, et on applaudit.

Laissée seule à moi-même par les distinguées vendeuses de Holt Renfrew, qui semblaient se demander qui était Nibs, stylé mais paradoxal dans son uniforme, avec sa barbe, sa casquette et sa tresse, docilement derrière moi, je suis tout de suite allée vers la section de mon petit musée de la mode à moi où, à ma précédente visite, j'avais repéré un véritable Picasso.

Ou pour mieux dire un Brigitte Bardot!

Oui, un *top* en simili cuir de sa collection qui m'avait fait craquer (je suis vieux jeu, ou, si tu préfères, années 1960, je te l'ai dit, mais je me soigne, comme tu peux voir !) avec plein de petits trous dedans et des faux diamants à l'avant.

Il était encore là, avec la jupe qui allait avec.

J'ai pris le *top* du *rack*, en me demandant si ma rock star sourcillerait à la vue de cet achat, je me suis tournée vers Nibs, au patient garde-à-vous derrière moi, j'ai dit, hésitante :

— Le *top* est à 560 $.

Il a eu un haussement d'épaules indifférent, comme si je lui avais demandé la perm d'acheter un paquet de *chewing-gum*. Message reçu 10 sur 10 ! J'ai continué :

— Et la jupe à 425.

— *So what*, patronne ? qu'il m'a dit.

Patronne !

Il m'avait appelée « patronne » !

Comme si j'étais *déjà* la patronne du cœur de son patron.

Mignon, non ?

Comme s'il avait déjà reçu, à ce sujet si important pour moi, des instructions.

Petit velours ou quoi ?

Grand velours, crois-moi !

Enfin pour moi.

Jamais vraiment aimée.

Toujours vraiment bafouée.

Même si j'ai tout plein de commodes cases de déni pour oublier, pour me convaincre que les hommes de ma vie avaient des circonstances atténuantes, qu'ils m'aimaient même s'ils me traitaient comme de la merde (et pas de la merde de pape qui vaut une fortune), parce que leurs parents les avaient traités ainsi et que les parents de leurs parents leur avaient réservé le même traitement…

Triste mais lassant.

À la fin.

Au milieu.

Et au commencement.

La mémoire est une faculté qui oublie, je sais.

Mais le cœur (froissé, piétiné, bafoué) oublie pas, lui.

Désolée !

Mais vivons le moment présent !

T'es chez Holt Renfrew, fille !

Alors *fuck* le passé !

J'étais ravie.

On travaillait pas avec un budget limité.

Comme j'avais fait toute ma vie.

Moi qui ai des goûts de champagne avec un budget de bière. Alors regarde-moi bien aller ! J'ai comme du temps à rattraper, style dix ans de frustration.

J'ai fait un signe à la vendeuse qui avait toujours été la plus dédaigneuse avec moi.

Elle s'est approchée, l'impatience écrite sur sa figure qui a mal réagi à la chirurgie. Elle a l'air chinoise, tant elle a la peau tirée et par conséquent les yeux bridés. Si ça continue, elle va avoir un *pinch* triangulaire, qui va venir de la région la plus obscure de son être, si tu vois ce que je veux dire.

— Vous avez ça dans du 26 ? que j'ai demandé.

— Euh oui, bien sûr. Est-ce que je peux vous demander pourquoi ?

— Parce que je veux l'essayer avant de l'acheter.

— Évidemment, qu'elle a répliqué, mais elle avait l'air sceptique.

Il y avait une jeune vendeuse sympa que je connaissais pas, visiblement une nouvelle. J'ai dit :

— Mais je veux que ce soit elle qui me les fasse essayer.

Le client a toujours raison. La fausse jeune a ravalé sa bave et a fait signe à la vraie jeune de me servir.

Le *top* et la jupe m'allaient comme un gant.

Ensuite, j'ai pensé : « Billy a aussi déchiré mon soutien-gorge. J'avais repéré un Versace à 600 $, un vrai objet d'art, une merveille. Il y avait ma taille, 34 DD, je l'ai pris après avoir obtenu un autre consentement indifférent de Nibs. »

Pour les baskets montantes imprimées avec une photo de Brigitte Bardot (je voulais faire un ensemble) j'ai pas cru nécessaire de demander une autorisation. Ni pour les slips qui coûtaient juste 36 $: j'en ai pris six. En prévision des prochains assauts de Billy.

J'avais le sourire fendu jusqu'aux oreilles.

Et je pensais que la loi d'attraction, dans *Le Secret*, mon livre de chevet, elle marchait.

À la caisse, la vendeuse a demandé :

— Avec taxes, ça monte à 2070 $. Vous préférez payer comment ? Carte de crédit ou de débit ?

Je me suis tournée vers Nibs, qui a plissé les lèvres, embarrassé.

Moi, j'ai rougi, je me suis dit, il va pas m'humilier en me disant que c'est trop cher. Il a vu mon embarras, m'a fait discrètement un clin d'oeil amical, et a répliqué :

— Vous acceptez le *cash* ?

— Euh oui, bien sûr.

Il a pris dans la poche intérieure de sa veste une grosse enveloppe brune, le style que les politiciens aiment, même les PM comme Ryan M. Il y avait un élastique rouge autour. Il l'a enlevé. J'ai pas pu résister à la curiosité de regarder de côté dans l'enveloppe. Il devait y avoir au bas mot 200 coupures. Ça m'a coupé le souffle.

Nibs a pris deux billets de 1 000 $ et un de 100 $ et les a alignés sur le comptoir, en souriant complaisamment.

Des billets de 1 000 $, j'en avais jamais vus.

Ils sont roses, et j'ai pas pu m'empêcher de me dire que quand tu peux payer avec des billets comme ça, la vie, tu dois la voir en rose, justement.

Ils avaient l'air anciens, les billets, parce que, dessus, la reine Élisabeth II avait moins de gris dans les cheveux et de rides sur la figure.

La vendeuse elle non plus semblait pas avoir vu souvent ça, des billets de 1 000 $. Il y a eu une sorte de crainte dans ses sourcils. Elle a fait signe à la fausse jeune vendeuse. Qui s'est approchée. A regardé les billets. A regardé Nibs.

— Il y a un problème ? qu'il a demandé.

— Euh c'est juste que… on a pas l'habitude de se faire payer avec de si grosses coupures !

Elle craignait bien entendu que ce soit des faux.

— Les petites coupures, j'en garde pas sur moi, c'est trop difficile à compter, j'ai juste une huitième année, a-t-il dit en riant.

— Ah, je vois, mais vous auriez pas…

Il a repris les deux billets de 1 000 $, le billet de 100 $ et m'a dit, ignorant suavement les vendeuses :

— Viens, c'est trop mal tenu, ici, on prend le Lear Jet et on va acheter les mêmes guenilles sur Fifth Avenue. Les Américains, ils aiment le *cash*, eux.

Je savais pas quoi dire.

La jeune et la vieille vendeuse non plus. Mais elles paniquaient évidemment.

— Attendez, je suis sûre qu'on peut s'arranger, a fait la fausse jeune.

— Moi aussi, a fait Nibs. Que diriez-vous de ce compromis ?

Compromis ! Je me suis dit, pour un type qui a pas fini sa huitième année, il a du vocabulaire, quand même.

Nibs a allongé 21 billets de 100 sur le comptoir, a remis l'enveloppe dans sa poche.

— C'est O.K., comme ça ?

La vendeuse s'est empressée de lui rendre sa monnaie.

Il a fait non de la main :

— C'est O.K. ! Je garde pas de petites coupures sur moi. Trop difficile à compter. Je vous ai dit, j'ai juste une huitième année.

J'avais envie de lui sauter au cou et de l'embrasser. Il était suave. Il a pris les paquets et on est partis. Je prenais mon temps, regardais d'autres vêtements que peut-être je…

— Dépêche-toi ! m'a intimé Nibs discrètement.

— Pourquoi ?

— C'est des faux billets !

— Tu me niaises ou quoi ? que j'ai dit, affolée.

— Ta mère, elle disait quoi, au sujet des questions et des réponses ?

Comment tu veux répondre à ça ?

Dans la Mercedes, j'ai pas pu résister.

À la tentation de contempler mes achats !

Et, ce faisant, je me disais, c'est drôle, la vie, quand même ! Avant hier, ma carte de crédit avait été refusée chez Walmart pour un achat de 44,33 $, et, là, c'est dingue, je viens de m'acheter ou en tout cas de me faire offrir 2 000 $ de fringues chez Holt Renfrew, et en plus j'ai pu me payer la tête des vendeuses qui me méprisent depuis des années : et ça, ça a pas de prix. *Priceless*. Comme ils disent dans l'annonce de Master Card. Qu'a pas utilisé Nibs qui préfère les billets, faux ou pas, l'histoire le dit pas.

Merci, Billy ! Pas pour l'argent. Et au fond même pas pour les vêtements : mais pour le sentiment. Le sentiment de liberté. Même faux, même provisoire (comment savoir ?) il me fait du bien, là. Un bien infini dont je te serai redevable toute ma vie. Même si peut-être tu la ruineras.

Pendant le trajet vers Joliette, je sentais bien qu'une nouvelle vie commençait pour moi, justement.

Vraiment de manière inattendue : mais j'ai toujours aimé les surprises. Les bonnes, s'entend.

Mais il y en a une mauvaise qui m'attendait quand je suis arrivée à la maison.

20

— T'es complètement tombée sur la tête, ou quoi? m'a jeté ma mère lorsque je lui ai annoncé la «bonne» nouvelle.

— Ben maman, pourquoi tu dis ça?

— Ça fait même pas vingt-quatre heures que tu le connais!

— Ça fait cent ans que je l'attends.

— Tu sais même pas s'il t'aime.

— Il me l'a dit. Il m'a même dit que j'étais la femme de sa vie.

— Tous les hommes disent ça à une femme avant de coucher avec elle.

— Il me l'a dit après.

J'aurais pas dû dire ça. C'est sorti comme ça. Je me suis sentie coupable. Mais tout de suite après, je me suis dit, pourquoi tu te sens coupable, fille? T'as pas 14 ans. Tu as la droit de coucher avec qui tu veux, après combien de semaines, de jours, d'heures, de minutes (pas de secondes quand même, je pense pas encore comme un homme malgré l'égalité des sexes!) que tu veux. Point à la ligne! Tu es majeure et vaccinée. Même que tu as 29 ans!

Je sais, j'ai pas eu la main trop heureuse avec les hommes. Et ma mère cherchait juste à me protéger.

Remarque, presque neuf couples sur dix finissent par se séparer ou être malheureux, ce qui revient au même dans mon livre à moi. Car pourquoi s'acharner à être malheureux à deux au lieu de se donner une chance d'être heureux seul ou avec quelqu'un d'autre? Évidemment, quand tu es dépendante affective sévère comme moi, cette philosophie magnifique, c'est surtout un fantasme, comme une Ferrari alors que tu roules en Ford Escort, et en plus payée à crédit.

— Vous avez *déjà* couché ensemble une fois?

— Oui, je…

— T'es folle! Un homme, quand il t'a eue une fois, il te jette et passe à la suivante.

— Ça fait déjà cinq fois qu'on couche ensemble.

En disant ces mots, j'ai compris que je venais de rater une autre belle occasion de me taire.

— Mais c'est un vrai obsédé sexuel!

J'avais pas vu la chose (érotique) comme ça. J'avais juste pensé, romantique à souhait, que je le rendais fou. Qu'il était un amant exceptionnel. Mais juste avec moi.

— Et il fait quoi dans la vie?

— Il chante.

— Un artiste! Doux Jésus! Qu'est-ce que j'ai fait au bon Dieu pour avoir une fille qui agit comme une poule pas de tête! Et dire que tu es mon seul enfant! As-tu une cigarette?

— Tu fumes pas, maman!

— Oui, mais là, c'est trop, vraiment.

Elle était sous le choc de tous les changements qui nous attendaient, mais en même temps elle souhaitait tellement que ce soit le bon, et était contente de me voir amoureuse.

J'ai sorti mon paquet d'Export A en espérant qu'il ne soit pas vide. Puis je me suis souvenu que j'avais piqué le paquet de Billy en partant de chez lui, le matin, en me disant que, s'il avait une Faema à 3000$, il devait avoir des cigarettes ou que le petit larcin le tuerait pas, beaucoup s'en faudrait. J'ai donné une cigarette à maman, je m'en suis pris une.

Guillaume qui jouait dans sa chambre est alors venu à moi, je l'ai serré dans mes bras. Ma mère a suggéré :

— Pourquoi tu attends pas trois jours avant de l'emmener ? Des fois que…

— Des fois que quoi, maman ?

— Des fois que ça serait juste un feu de paille.

— Il m'a dit que j'étais la femme de sa vie.

— Est-ce que c'est le premier homme qui te dit ça ?

— Euh, non.

Quand elle avait une idée dans la tête ! Je devais bien répondre par la négative même si la question était absurde.

Alors maman a dit :

— Je vais garder le petit ici pendant trois jours. Ensuite, tu verras si c'est l'homme de ta vie ou un autre perdu qui veut juste s'amuser avec toi et te faire perdre ton temps.

Le programme était pas très réjouissant.

J'ai dit : « Oui, maman. » Je la trouvais pas toujours logique dans ses raisonnements, mais là, comme ça mettait en cause la vie de mon enfant, je devais m'incliner.

Son cellulaire a sonné, elle a répondu :

— Dix hommes qui attendent à ma porte ? Je suis un peu fatiguée. Renvoyez-en un et faites entrer les neuf autres !

C'était une des plaisanteries célèbres de May West, l'idole de ma mère.

Elle voulait me dérider, me montrer que, finalement, elle prenait pas les choses trop sérieusement, même si une grosse ride traversait son front.

Le vrai appel, c'était juste le cordonnier pour lui dire que le talon de ma botte était réparé : « Tes bottes sont prêtes ! » m'a annoncé maman.

Sourire aux lèvres, car elle aussi voulait y croire pour Guillaume et pour moi, elle m'a aidée à faire mes valises. Au moins provisoires. Comme la vie. Comme ma vie en tout cas, où jamais rien est sûr, définitif, officiel. C'est peut-être pour ça que les dépanneurs Provi-Soir marchent tant que ça. Ça te rappelle constamment la pensée préférée de Bouddha, que tout est provisoire, qu'il y a juste une chose sûre dans la vie, c'est le changement ou un truc comme ça.

Et pendant que je me préparais, je faisais rire mon bébé avec les histoires et les chansons que je lui inventais.

Et je me disais, comme si les paroles de ma mère avaient fait plus d'effet dans mon esprit que je voulais bien l'admettre, ce qui était souvent arrivé, dans le passé : « Tu es en train de faire quoi, là, Erica ? Toi qui a jamais passé plus de vingt-quatre heures sans lui… »

J'avais les larmes aux yeux.

Ma mère aussi, qui comprenait tout ce que je vivais. Normal, elle m'a donné la vie !

J'ai mis Guillaume au lit pour sa sieste de l'après-midi. J'ai attendu qu'il s'endorme.

Je l'avais tellement dans la peau, cet enfant, et voilà que je m'apprêtais à un déchirement de trois jours : pour cause d'amour.

J'aurais peut-être dû y penser plus longtemps…

Mais comment penser quand ton cœur a commencé à aimer ?

J'aurais peut-être dû parce que…

Une fois revenue à la princière résidence de Billy, quand est venu le temps de ranger le contenu de ma valise vite faite dans le *walk-in*, j'ai eu une surprise pas très agréable.

21

La moitié du *walk-in* que ma douce moitié me dédiait était tout sauf prête.

Elle était comme légèrement encombrée.

Pas par ses vêtements. J'aurais compris et m'en serais pas formalisée.

Mais… par des vêtements de femme !

Mon cœur s'est mis à battre très fort, trop fort, si bien que ça me faisait mal, je me suis même dit : « Tu es en train de te taper ta première crise cardiaque ! »

Il y avait pas que ça qui me mettait tout à l'envers.

Il y avait bien pire, bien plus douloureux, véritable coup de couteau au cœur. J'ai aperçu, dans un cadre doré, à l'entrée du *walk-in*, comme dans un musée moderne où les excentricités font figure d'oeuvre d'art, style Andy Wharol, un soutien-gorge de dentelle rose et un slip, ou plutôt, leurs lambeaux, immédiats tombeaux de mes rêves d'amour unique.

Car ils étaient accompagnés de la mention, écrite d'une main évidemment féminine :

En souvenir de notre première nuit. Marie-Ève.

Billy, qui voulait jouer la carte de l'authenticité, ou qui pouvait pas faire semblant vraiment longtemps d'être ce qu'il était pas, m'avait accueillie avec une bouteille de vodka. À la main. Et aux lèvres un petit sourire à peine embarrassé.

Comme s'il m'avouait, je suis alcoolo, tu sais, ma cocotte.

Mais d'un même élan, ajoutait, arrogant, étant donné son statut de star, et sa statue de macho que personne pouvait ébranler : je suis à prendre ou à laisser !

Je sais, il est toujours 5 h du soir quelque part dans le monde, donc l'heure de l'apéro et de tous ses accompagnements, mais à 3 h de l'aprèm à Montréal, je trouvais qu'il était encore tôt, surtout pour la vodka, Absolut ou pas.

Moi, j'arrivais, valise pleine de rêves à la main, portant coquinement, et peut-être avec une petite idée derrière la tête et en tout cas une reconnaissance infinie, mon petit ensemble Brigitte Bardot nouvellement acquis avec dessous Versace : ça lui avait coupé le souffle, il avait balbutié je sais plus trop quoi, disons, pour simplifier : des onomatopées style hum, oh, wow, etc.

Et aussi : « J'ai jamais vu une femme aussi belle : tu veux me tuer ou quoi ? »

— Non, je veux surtout déguerpir.

Oui, j'avais plus envie de marcher plus avant. J'avais plutôt envie de tourner les talons de mes *runnings* montants imprimés BB. Mais qui maintenant voulaient plus dire Brigitte Bardot, mais : Bye-bye !

J'ai tenté de contenir ma colère, qui supposément est mauvaise conseillère. Mais j'ai quand même dit :

— C'est quoi, toutes ces guenilles-là ?

Je sais pas pourquoi, les vêtements de quelqu'un qu'on aime pas ou qu'on aime plus, même s'ils sont neufs et griffés, on les appelle presque toujours des guenilles. C'est ainsi.

— C'est… je…

Il balbutiait, il a pris une grande rasade de vodka, comme pour se donner du courage, et il a enfin dit :

— C'est les vêtements de mon ex…

— Ton ex ? Vous êtes séparés depuis quand ?

— Un an.

— Et ses vêtements sont encore ici ?

— Elle a pas encore eu le temps de venir les chercher.

— C'est vrai, je suis conne, travailler à la Maison-Blanche, comme vice-présidente, c'est prenant. Mais dis-moi, ça t'est jamais passé par l'idée de recourir au service de livraison spécialisé pour les ex ?

— Un service de livraison spécialisé pour les ex ?

— Oui, pas Fedex : Fuckex !

Dans son désarroi, il a quand même ri. Mais jaune.

Il a calé quelques autres onces supposément thérapeutiques de vodka pendant que moi je me disais que maman et Fanny avaient raison et que j'étais la dernière des idiotes : pas ma position préférée dans la chaîne alimentaire, parce que tu es condamnée au *baloney* ou au *Kraft Dinner* des sentiments.

Je pouvais pas m'empêcher de lorgner la petite œuvre d'art de son ex, et je me trouvais encore plus stupide. Il déchirait donc les vêtements de toutes les femmes qu'il baisait pour la première fois. Et moi qui m'étais crue unique !

Je sais : on peut pas vraiment demander à un homme de changer ses manières, et la plupart des hommes baisent probablement de la même façon (ça veut dire vite et mal et sans préliminaires) avec toutes les femmes qu'ils ont eues et auront, si tu veux pousser plus loin ta déprimante étude des mœurs sexuelles.

N'empêche, me faire mettre dans la face cette probable évidence, ça me brûlait. J'ai attaqué :

— As-tu une déchiqueteuse ?

— Euh, non.

— Ah, je vois. Un homme, même une rock star, peut pas tout avoir. Alors tu as des ciseaux ?

— Des ciseaux, non, je…

Il paniquait visiblement.

— Tout le monde a une paire de ciseaux.

— Non, je crois pas, je…

J'ai dévalé quatre à quatre les marches de l'escalier qui menait au rez-de-chaussée, le pas assuré par les semelles neuves de mes *runnings* BB. J'ai trouvé vite fait des ciseaux dans un des tiroirs de la cuisine, comme si c'était déjà la mienne (*yeah!*) et je suis remontée illico.

Billy, effondré, était assis sur le sol et contemplait le musée de son passé, ma grande rivale à la main, sa vodka.

Il a vu que je tenais des ciseaux, pas une petite paire de ciseaux pour faire des collages avec un enfant de trois ans comme je faisais avec Guillaume. Non, des ciseaux qui faisaient peur, qui avaient l'air de deux baïonnettes siamoises, et que tu aurais tout de suite choisies si tu avais eu à crever des yeux. Surtout ceux de ta rivale. Même du passé.

Billy, qui les voyait sans doute pas pour la première fois, lesdits ciseaux, a quand même paru affolé.

Il a levé un index inquiet vers moi, a dit :

— Tu vas pas…

— Non, je vais pas faire ce que tu penses.

J'ai pas fait ce qu'il pensait effectivement, et qui semblait le faire paniquer, et qui était de découper les vêtements de son ex.

À la place, j'ai retiré le *top* Bardot et j'ai mis les ciseaux dedans en disant :

— Cinq cents dollars de fringues prêtes à encadrer !

J'ai retiré le soutien-gorge Versace. Je lui ai réservé le même sort, même si ça me faisait un petit (et même un gros, vraiment gros) pincement au cœur : il était vraiment beau et sexy, comme mon Billy. Et j'ai dit comme un encanteur patenté :

— Beau soutien-gorge de 600 $ porté juste une fois, prêt à encadrer.

— Mais pourquoi tu…

— Si tu penses que tu vas m'acheter avec ton argent de merde ! J'en veux pas, je suis pas à vendre. Et au cas où tu t'en rendrais pas compte parce que t'es déjà soûl, c'est clair que notre histoire se termine ici.

Je sais pas si c'est parce que j'étais à moitié nue, s'il voulait limiter le carnage, ou plutôt le gaspillage, ou si ça l'excitait de me voir en colère. Il aimait, je l'ai découvert plus tard, le *make-up sex*, pas le sexe maquillé, mais celui que tu fais après une dispute, dans l'espoir de te réconcilier. Moi aussi, j'en suis vite venue à l'aimer parce que c'était le seul moment où on se disputait pas, des sortes d'oasis de moins en moins nombreuses dans le désert de plus en plus aride de notre vie amoureuse !

Chose certaine, il s'est levé d'un bond, m'a arraché les ciseaux des mains. Un instant, je sais pas pourquoi, peut-être parce qu'il avait un éclair de folie dans les yeux, j'ai eu peur qu'il me tue. Mais il a jeté les ciseaux sur le plancher, a empoigné avec fougue, presque brusquerie, ma tignasse, comme il l'avait fait la première fois. Il a soulevé ma jupe, a déchiré mon slip, et m'a poussée contre le mur où il m'a prise.

C'était physique, que dis-je, magnifique, magique, animal, tout ce que tu voudras et surtout… tout ce que j'avais toujours voulu !

La passion à l'état brut !

La passion *Absolut* !

Si bien que, après avoir repris mes esprits, j'ai eu envie de tout lui pardonner.

Presque.

Mais il y avait une condition.

Après l'amour, il avait toujours envie d'une cigarette.

Moi aussi.

Il a galamment allumé mon Export A régulière, allumé la sienne. J'ai pris son briquet.

— Qu'est-ce que tu fais… qu'il a demandé, intrigué.

Sans daigner répondre, j'ai rabaissé ma jupe, je me suis levée d'un bond, et je me suis dirigée vers le placard, j'ai pris un *top* léger et un peu trop sexy à mon goût et j'ai mis le feu dedans, et je l'ai regardé brûler en fumant nonchalamment.

Billy s'est levé aussitôt, a protesté :

— Tu peux pas faire ça !

Je lui ai abandonné le *top* qui commençait à flamber joliment, il est allé le jeter dans les toilettes, je l'ai suivi, j'ai tiré la chasse pour lui, toujours prête à aider. J'ai dit :

— Tu as des sacs verts ?

— Euh oui, pourquoi ?

— Demande à Nibs de faire le nécessaire. Ça va te coûter moins cher que Fuckex.

Comme si je lui donnais l'espoir que s'il se débarrassait de tout je le croirais et je l'abandonnerais pas.

Mais je suis retournée vers le placard où j'ai repéré dans la section monsieur un t-shirt de Billy, que j'ai enfilé, et qui *fittait* avec ma jupe Bardot, enfin à peu près. J'ai repris ma valise et je suis sortie de la chambre.

Billy m'a suivie dans l'escalier. Il était nu, ça faisait drôle, on était quand même pas si intimes que ça, même si on avait baisé comme des malades déjà.

J'ai noté pour la première fois, dans la lumière crue de ce début d'après-midi, qu'il avait un peu de ventre. Plus tard, il m'a avoué que ça le contrariait beaucoup : mais quand tu bois 24 bières par jour (sans compter un 26 onces de vodka) normal que tu aies une bedaine de bière, non ? Remarque, moi, ça m'a jamais fait un pli, sur le ventre ou sur le cœur : je le trouvais même mignon, son bedon.

— Tu vas où, *love* ? qu'il s'est lamenté.

— Vivre dans le musée de mon passé. Quand tu auras fini de vivre dans le tien, on verra si on a un avenir.

22

Billy m'a bandé les yeux, m'a pris par la main et m'a dit :

— Viens !

Quand il m'a retiré le bandeau, je me trouvais devant l'affiche du *Titanic*.

Collé sur un des murs du sauna que Billy utilise jamais : il est toujours chaud, dans tous les sens du mot, alors les vaps d'un sauna, il en sent pas le besoin immédiat !

Billy a dit : « Je suis ton Leo, tu es ma Kate. » J'avais les larmes aux yeux.

Jamais personne m'avait dit ça avant.

Jamais personne avait joué à mon oreille musique aussi romantique.

Parlant de musique, il l'a mise.

La musique du film.

L'air de flûte du début me tue, je l'ai toujours dans la tête depuis, et, comme conséquence dramatique, je pense toujours à lui.

Billy.

Every night I see you, I feel you…

Near, far, wherever you are,

I believe that the heart goes on…

J'ai pensé, malgré moi, malgré le romantisme patent et épatant de la situation: «J'espère que je me trompe pas, que je serai pas trompée!» Parce que même dans les meilleurs moments, dans les délires les plus fous, je pense que peut-être ça durera pas toute la vie, que peut-être je rêve en couleurs comme une tarte, que peut-être tout est illusion, qu'on me ment et s'apprête à me trahir comme on m'a toujours trahie et toujours laissé tomber, le vase de ma confiance en l'autre se vidant comme une urne qui aurait un trou dedans et tu as beau y rajouter de l'eau, du vin, du parfum, elle se vide toujours, c'est comme dans le mythe de Sisyphe, le rocher, même vaillamment, même amoureusement poussé vers le sommet de la montagne, en redescend toujours: tout est toujours à recommencer, on se retrouve chaque fois les mains vides, même encore plus vides d'avoir trop donné, d'avoir tout donné.

J'espère que notre histoire sera pas tragique comme celle de Leo et de Kate, que notre amour sombrera pas comme le *Titanic*.

Billy a un regard qui me tue, tant il est intense.

Il me regarde tout le temps comme si j'étais la plus belle femme du monde, moi qui ai si souvent des doutes au sujet de ma beauté, puisque tous les hommes que j'ai connus m'ont trahie, malgré leurs grandes promesses d'amour éternel: je pourrais en remplir 1 000 poubelles, et il resterait encore des déchets, des lambeaux de mon cœur froissé, de mes rêves de fillette désolée.

Comme Billy peut avoir presque toutes les femmes, en tout cas presque toutes ses fans, ça me fait un petit velours, son admiration, même exagérée, même non fondée, du moins il me semble. Un grand velours même.

Il a mis des chandelles, m'a fait l'amour comme un tigre. Ensuite on a dormi enlacés comme des chats.

Nos jambes en entrelacs.

Ce qui a été notre manière, jusqu'à ce que... ça le soit plus !

Le sauna est devenu notre cachette, notre refuge d'amoureux.

Billy me serre si fort dans ses bras que parfois j'ai peur d'étouffer, je vois bien qu'il tient à moi.

Il a déchiré encore mes vêtements malgré mon interdiction et, finalement, j'ai dû lui dire qu'il me restait plus rien à porter et que donc il devrait se faire une raison.

Pour la maison, ça me dérange pas, de plus avoir rien à me mettre sur le dos ou presque : je porte ses t-shirts. J'adore ça, en vérité, parce que, même fraîchement lavés, ils conservent une partie de son odeur, sa fragrance, Jean-Paul Gaultier ou Hugo Boss, selon son humeur.

Et aussi, malgré le Tide ou plutôt l'Artic Power qu'il utilise (même s'il a ses sous, il est grippe-sou, et il lave ou plutôt fait laver par sa femme de ménage à l'eau froide !) ses vêtements sentent le tabac, la vodka, autant d'aide-mémoire de sa vie. Et moi je veux à chaque minute me souvenir de tout de lui. Tout. Car il est ma vie, j'en veux pas d'autre.

Ça me dérange pas. J'ai de l'entraînement. Mon père (adoptif) sentait l'alcool et le tabac. J'avais donc déjà un nez pour ça, et peut-être aussi une avidité, car on reste toujours nostalgique de son passé.

On peut sortir de notre enfance, mais notre enfance sort-elle jamais de nous ?

23

Billy a demandé à Nibs de m'accompagner pour refaire ma garde-robe lacérée par ses mains passionnées.

Mais la deuxième fois, l'expédition punitive était moins excitante, vraiment : on est pas allés chez Holt Renfrew, mais sur la Plaza Saint-Hubert !

À cheval donné, je sais...

De toute manière, je m'en foutais royalement. Mes fringues, il allait les déchirer de toute façon, mon beau *destroyer* !

Et pour tout te dire, son fric m'intéressait pas. Si j'avais carburé à l'argent, j'aurais accepté depuis longtemps la proposition dorée d'un client de Chez Stan, James O'Keefe, un jeune multimillionnaire de 34 ans, né dans une famille encore plus riche que lui.

Mais c'est Billy que je voulais.

En une, en deux, en trois, en quatre dimensions !

Lui, son intensité, son romantisme, son regard, je veux surtout dire sa manière de me regarder.

Et ensuite de me baiser comme un fou, comme si c'était la dernière fois de sa vie qu'il pouvait baiser une femme : et cette femme, c'était moi !

Et c'était le plus merveilleux compliment du monde.

Il me crie *love* à tue-tête 20, 30, 40 fois par jour. (Il me texte aussi 20, 30, 40 fois par jour : Je t'aime.) Quand il lui semble que ça fait trop longtemps (au bout de cinq ou dix minutes, max!) que je suis pas dans la même pièce que lui. Et qu'il a le sentiment de se noyer. De se noyer par manque du seul oxygène qu'il a pour survivre dans sa vie de star, qui pour lui est juste une imposture, et c'est peut-être ce qui me touche le plus chez lui: MOI.

Je sais pas si c'est juste une figure de style dans sa bouche, quand il me dit qu'il peut pas respirer sans moi. Au début, ça m'agaçait. Mais rapidement je pouvais plus m'en passer. Il était devenu ma drogue dure. Mon oxygène à moi. Comme j'étais le sien.

En tout cas il aurait pu écrire la chanson des Beatles *Love is all you need*. En faisant cette nuance que *love* c'était moi.

En rentrant à la maison depuis Piazza San Uberto (Milan me manque, ça se sent, non?) Nibs prenait vraiment son temps, roulait même pas à 20 kilomètres-heure. Même s'il y avait pas de circulation. J'ai dit:

— Pourquoi tu roules si lentement?

Il a rien dit, il a juste esquissé un sourire, désigné une vitrine. Et j'ai vite compris.

Je sais, il y a, à Milan, via Montenapoleone, à Paris, les Champs-Élysées, à L.A., Rodeo drive et, bien sûr, Fifth Avenue, à New York.

Mais rue Saint-Hubert, entre Beaubien et Bélanger, il y a une succession de boutiques qui font vraiment rêver. Peut-être encore plus que celles situées aux chic endroits précités. En tout cas si tu as comme moi des goûts démodés. Je te laisse en juger par la courte liste que je te dresse de mémoire. Il y a en effet…

Glam Mariage…

Margo Lisi Boutique pour la mariée…

Pronuptia…

Josie Bridal Shop…

Boutique de la mariée, Sarah…

Et ma préférée : Oui, je le veux !

Quand je t'ai dit que Nibs et moi on avait connecté, qu'il y avait entre nous deux un… je ne sais quoi.

À moins qu'il connaisse le cœur des femmes, de toutes les femmes, ou presque…

— Tu veux t'arrêter dans une boutique ? qu'il a demandé.

— Non, j'ai déjà ma robe de mariée, il me manque juste le mari.

— Bien dit.

Il a ajouté :

— Il faut faire confiance à la Vie.

J'ai pensé : « Faire confiance à la Vie, oui, je le veux… »

Mais aux hommes…

Nibs a reçu un appel sur son cellulaire.

Il est devenu blanc.

J'ai dit :

— Il y a un problème ?

— Oui, c'est Jonathan, mon petit frère. Il s'est fait attaquer à coups de couteau. Un truc de drogue.

— Oh... Veux-tu qu'on aille le voir à l'hôpital?

— Non, il peut pas aller à l'hôpital.

— Pourquoi?

— Il est recherché par la police.

— Ah, merde.

Une petite pause, et j'ai ajouté:

— Écoute, j'ai une formation d'infirmière. Je peux voir ce que je peux faire.

— Tu ferais ça pour moi?

Oui, je ferais ça pour lui. Comme je t'ai dit, ça avait cliqué nous deux. Il y a des gens, ils deviennent tout de suite amis. Je sais pas si ce sont les atomes crochus. Il y en a qui disent que c'est parce que tu t'es connu dans une autre vie. Mais il y a pas de preuve établie de ça. Et il y a bien des âneries qui se disent, et c'est sûr que si tu vas voir une médium, elle va te dire que tu étais un grand personnage de l'Histoire, style Cléopâtre ou Chopin, mais jamais une femme de ménage ou un assassin. Enfin...

On a fait un saut à la pharmacie la plus proche, j'ai acheté le nécessaire. Pour l'alcool pour désinfecter la plaie, j'avais déjà deux bouteilles de vodka pour Billy.

Jonathan, il habitait une piaule dans une maison de chambres minable rue Saint-Denis. Il était allongé sur le lit quand on est arrivés. Ça sentait le pot, et il y avait beaucoup de sang sur le drap.

Quand il a vu la bouteille de vodka dans ma main, il a souri. Je sais pas si c'est parce qu'il était surpris ou ravi. Il a une belle gueule, de grands yeux verts, cernés, comme ceux de bien des drogués, et comme bien des drogués il est maigre. Il a des cheveux foncés, longs sur le dessus, rasés sur les côtés, selon cette mode qui sévit depuis peu. Nibs a dit :

— C'est Erica, la femme de Billy.

La femme de Billy…

J'ai aimé l'expression, même si j'étais pas vraiment sa femme. Ça rendait officiel notre couple, d'une manière. Et comme les hommes d'aujourd'hui, tout ce qui est officiel, ça les terrorise, comme si c'était une maladie honteuse…

— Elle est infirmière, elle va te *patcher*, a ajouté Nibs.

La plaie, sur le côté droit du ventre, était superficielle, et aucun organe vital avait été atteint. Donc, ça irait bien.

J'ai sorti du fil, une aiguille longue comme… une aiguille pour faire des points de suture, donc assez longue pour que la personne qui va les subir se retienne pour applaudir. Jonathan a eu l'air terrorisé. Je lui ai tendu la bouteille de vodka. J'ai dit :

— Prends une bonne gorgée, ça va te geler un peu.

Il a pris une vraie bonne gorgée. En fait, il a englouti presque la moitié de la bouteille. Nibs m'a regardée, un peu embarrassé : son frérot était alcoolo. Il a dit, en tendant la main vers Jonathan :

— Je pense pas que je vais pouvoir regarder ça à froid.

Malgré son passé criminel, il avait le cœur tendre, l'émoi facile.

Son frère lui a remis comme à regret la bouteille, il en a bu une grande rasade. J'ai dû intervenir :

— Eille, les gars, vous me laissez un peu de vodka pour désinfecter la plaie ?

Nibs a esquissé un petit sourire coupable, a pris une dernière gorgée, comme réconfort moral. J'ai dodeliné de la tête, levé les yeux vers le plafond de la maison de chambres qui était bas et plutôt gondolé. Nibs m'a remis la bouteille. Je me suis exécutée. Avec dextérité. Mais sans pouvoir éviter de grimacer à mon patient improvisé.

Une fois le pansement appliqué, j'ai dit :

— Dans un mois tu vas être comme neuf.

— Si je suis pas mort demain.

— Tu veux dire quoi ? a demandé Nibs, qui la trouvait pas drôle.

— Si j'ai pas 1 000 piastres ce soir avant minuit, Gerry me fait faire la peau. Tu peux me les filer ? Je vais te les remettre avec intérêts, je suis sur un gros coup.

— Je viens juste de payer le loyer de maman.

— Emprunte-les à ton boss ! Il est riche à craquer. C'est de l'argent de poche pour lui.

— Non, je… je peux pas demander ça à Billy… Pas qu'il me les donnerait pas, mais…

— Ben, tu peux pas aider ton frère ? Moi si j'avais les sous et que tu me les demandais, je te les donnerais. Sinon, vous viendrez me voir chez Urgel Bourgie samedi prochain, je veux dire s'ils retrouvent mon corps.

C'était pas de la manipulation. Nonnnnnn…

Nibs avait l'air vraiment découragé. Il s'est tourné vers moi. J'ai dit à Jonathan :

— Est-ce que tu prends les chèques ?

— Euh, j'ai même pas de compte en banque.

— Évidemment.

— Écoute, il y a un bon Dieu pour…

J'allais dire pour les paumés. Mais à la place, j'ai dit :

— Pour ceux qui ont besoin du Bon Samaritain.

— Hein ? a fait Nibs, qui était pas sûr de me suivre.

— J'ai 500 $ que je viens de prendre sur la carte de Billy pour faire des achats. Et j'avais 500 $ que je devais aller porter à ma mère parce que son loyer est en retard.

Nibs a trouvé le hasard amusant : il venait justement de dépanner sa maman. Et ma générosité, il en revenait simplement pas, surtout quand j'ai sorti deux enveloppes de ma poche, dont chacune contenait 500 $.

Je les ai remises à Jonathan qui les a ouvertes avec fébrilité. Il a compté l'argent comme un désespéré. Le compte y était, évidemment. Son visage s'est éclairé : c'était l'homme le plus soulagé du monde.

— Je te rembourse tout dès que je fais ma grosse passe, m'a-t-il assuré.

— Bien sûr, que j'ai dit, absolument convaincue que sa parole était comme celle d'un banquier.

Nibs m'a regardée, il avait saisi mon ironie. À la sortie de la maison de chambres, il a dit :

— Je t'en dois une.

— Je sais. Mais je sais que tu aurais fait la même chose pour moi.

— Je t'en dois une, a-t-il répété, et il avait les yeux humides.

— Mais ton frère est pas sorti du bois.

— Je sais, je sais.

Je pense qu'il aurait eu envie de me serrer dans ses bras. Mais je suis la… femme de Billy ! Comme il a dit. Et Billy, plus possessif, plus jaloux que ça, ça se peut juste pas. Donc Nibs faisait gaffe.

24

Supposément, l'amour dure trois ans.

C'est même le titre d'un roman.

Ça été vrai au deux tiers, si je peux dire, parce que les deux premières années, c'était magique. Je touchais du bois, comme on touche à la tombe du Frère André à l'oratoire Saint-Joseph, en lui demandant une faveur extraordinaire. Par exemple, que ma nouvelle histoire d'amour soit pas aussi ordinaire que toutes les autres.

Oui, nos débuts étaient tout sauf ordinaires.

Je me sentais comme une reine. Au premier spectacle de lui auquel j'ai assisté, il y avait 1800 personnes. À la fin, devant tout le monde, il m'a fait monter sur la scène, il m'a prise dans ses bras et m'a fait tournoyer, les jambes autour de sa taille : la foule délirait. C'était sa manière de dire à tous ses fans : « Je suis follement amoureux d'Erica D. Oubliez le party de groupies après le *show* ! »

Autre scène de ma vie conjugale où je suis montée sur scène avec Billy :

Hier, dans un bar, Billy était ivre.

Mais il était drôle.

Comme presque toujours quand je l'ai connu.

Ensuite il a eu le vin – ou la bière ou la vodka – triste. Et souvent violent.

C'est toujours la même histoire qui se répète avec tous les alcooliques de la Terre : ils sont tous frères. Issus, on dirait, d'un moule identique, ils affectent statistiquement la vie de 40 personnes autour d'eux, même s'ils se croient uniques et différents. Parce qu'ils ont été trop ou pas assez aimés de leur maman, battus ou abandonnés par leur papa.

Et en plus quand ils sont des stars, ils ont, si j'ose dire, et je parle par triste expérience, des permis pour boire.

Comme James Bond en avait un pour tuer.

Pour boire et faire tout ce qu'ils veulent et s'en tirer, ça limite évidemment pas leurs écarts de conduite, bien au contraire : le pouvoir (de star) corrompt. Le pouvoir absolu corrompt absolument.

Donc hier, dans un bar, Billy est monté sur la scène sans permission.

Une star (surtout ivre), demander des permissions, c'est vraiment trop s'abaisser. C'est juste les *nobody*, les gens ordinaires qui font ça.

Billy m'a chanté une chanson.

D'Elvis.

Mon chanteur préféré.

Un autre hasard ?

Ses fans, surtout féminines, évidemment, capotaient et se sont approchées, comme des mouches de la lumière, le soir, dans le vide obscur de leur vie de groupie.

Mais Billy a voulu leur envoyer un message, le message le plus beau du monde. Il m'a fait monter sur la scène, s'est agenouillé devant moi. Je me suis dit : « Il est fou, il veut me faire la grande demande », comme j'avais vu trop de fois dans les films.

Il voulait juste me demander de danser !

Là.

Ça m'a quand même fait flipper.

Toutes les autres femmes me regardaient avec envie.

Quand je suis revenue à la maison, le soir, j'étais si excitée, j'avais tant d'énergie que, pour la première fois, je me suis entraînée dans le gym tout équipé du sous-sol. J'ai frappé pendant une bonne demi-heure sur le *punching bag*, un Everlast noir. J'ai pas pu m'empêcher de penser : « C'est peut-être un signe, un signe que ça va durer pour toujours avec Billy. » Everlast.

Il y a une chose pourtant à laquelle j'avais pas vraiment pensé avant d'accepter de changer ma vie, une des choses les plus importantes pour moi, en fait LA chose la plus importante.

25

Guillaume. La prunelle de mes yeux. Ma petite merveille. Qui avait jamais vraiment eu de père. Et pour qui, par conséquent, je devais être les deux, la mère et le père, sa seule famille, en somme, et heureusement qu'il y avait ma mère, quand je gagnais ma vie de mère sans père dans le décor.

Les hommes, l'enfant d'un autre homme, surtout si c'est un mâle, ils cherchent plutôt son élimination.

Ça doit être dans leur sang, quelque chose de très profond.

Mais, surprise agréable, avec Guillaume, Billy est un amour. Il le traite comme s'il était son propre fils. Il l'emmène partout, joue avec lui, lui achète tout plein de jouets. Une de leurs sorties préférées, c'est Toys R Us, que Guillaume appelle «les animaux», je sais pas trop pourquoi. Peut-être parce que Billy lui achète des dinosaures, ses animaux (préhistoriques) préférés. En tout cas, il revient toujours de cette expédition les bras chargés de cadeaux. Moi, ça me met les larmes aux yeux. Je me dis: «Est-ce possible que la Vie soit en train de réparer le mal qu'elle a fait à Guillaume, en lui donnant le papa qu'il a jamais eu?»

En une sorte de confirmation de mon intuition, ou de mon souhait secret (ce qui souvent est la même chose!) Billy m'a dit: «J'aimerais qu'on régularise la situation.» Au début, je sais pas pourquoi (ou plutôt je le sais parce que je suis vieux jeu, j'ai des goûts d'une autre époque, et le dégoût de notre époque, qui vient avec!), j'ai tout de suite pensé, il est fou: il me demande en mariage!

Mais ce qu'il m'a proposé à la place m'a fait encore plus craquer. Il a dit en effet: «J'aimerais adopter Guillaume officiellement, je vais demander à mon avocate de faire venir les papiers.»

J'ai pas pu rester dans la même pièce. Mon émotion était trop grande. Je voulais pas qu'il me voie pleurer. J'ai dit: «Je m'en vais au coin acheter des Export A.»

Souvent je me disais, s'il buvait pas tant, il serait l'homme idéal.

Vraiment.

Alors un jour j'ai été sur Wikipédia, à la recherche d'une réponse. Ce que j'ai découvert m'a stupéfiée.

26

Il était déjà alcoolique à 12 ans!

Étant donné que son père, alcoolo fini et séducteur impénitent, avait commencé à le laisser boire de la bière à l'âge de 10 ans.

Au lieu du lait, du jus et du Kool-Aid qu'on boit normalement à cet âge.

En échange de son silence, de sa complicité quand il sautait des femmes dans le dos de sa mère.

Ça m'a mis les larmes aux yeux. On jette facilement la première pierre (et toutes les suivantes!) aux alcooliques, les traite de tous les noms, mais quand c'est ton père qui t'a mis ta première bière dans les mains et t'a dit: «Bois!» Est-ce que tu peux rester si sobre après ça?!

À 18 ans, au lieu d'être au Collège Brébeuf ou à l'Université de Montréal, il gagnait sa vie comme vidangeur. Dans les beaux quartiers. Ceux où il avait jamais habité.

Mais Billy avait un rêve.

Car même s'il était petit – ou parce qu'il l'était et avait été bafoué à l'école, et obligé de se battre, ce qui lui avait fait développé précocement ses biceps de rêve –, il voyait grand.

Il se voyait comme ni son père ni sa mère l'avaient jamais vu: comme une vedette.

Quelqu'un qu'on respecte.

Qui fait de l'argent avec son seul talent et qui doit rien à personne.

Et dont son père peut pas se moquer.

Entre deux gifles.

Deux coups de poing.

Il y a bien des formes d'éducation.

Pour arriver à ses fins, se sortir de son enfer, Billy avait une guitare.

Oui, une simple guitare bon marché.

Que lui avait achetée son père avec le spécial des employés au Rossy où il était gérant.

Billy avait aussi une belle gueule.

Et un charisme fou.

Si tu ajoutes la rage de réussir parce qu'on t'a trop longtemps craché dessus, ça te donne une star. La chance aidant. Ça prend aussi un bon *timing* et un bon agent, évidemment.

Instruite de son passé, de son enfance, qui te donne presque toujours la clé secrète d'un être, je l'aimais encore plus.

Il faut dire qu'il était, et de loin, l'homme le plus romantique que j'avais jamais rencontré.

Par exemple, j'oublierai jamais notre première Saint-Valentin.

27

Il avait loué la plus belle suite de l'hôtel W.

W comme dans… *Wow*!

Et il avait donné des instructions précises à la direction car, en effet, des centaines de pétales de rose menaient au lit. C'était Billy. Je sais pas combien de fois on a fait l'amour dans la nuit.

Sur le lit dans une longue boîte magnifiquement emballée, et enrubannée de rouge, il y avait un cadeau. Qui avait une certaine logique avec la déco de la suite, une rose en fer forgé, accompagnée d'une note qui disait: «Pour que notre amour fane jamais.»

Il y avait aussi un autre cadeau, dans une boîte plus petite. J'ai tout de suite pensé, comme il m'avait dit que j'étais la femme de sa vie, et supplié de lui répéter que je le quitterais jamais, que je lui appartenais, que j'étais à lui pour toujours et autres variations sur un même thème, un même «je t'aime», pour faire un jeu de mots facile qui a déjà été fait, que c'était une bague de fiançailles. Il y avait là une certaine logique, non?

Il y avait aussi une bague dans l'écrin. Une jolie bague mais pas de fiançailles. Je me suis quand même consolée, en me disant: «Il est sur la bonne voie, ça va peut-être lui donner l'idée d'acheter l'autre bague, la vraie. Qui sait, ce dont une femme rêve tout le temps, parfois l'homme le lui donne.»

Billy, c'est un véritable magicien. Jeune, pour gagner des sous, parce que ses parents en avaient pas, ou en tout cas lui en donnaient pas, il a été, un temps, magicien. À un moment donné, on était assis face à face dans la baignoire, il a dit: « Qu'est-ce que tu as derrière l'oreille ? »

J'ai dit, un peu inquiète: « Ben, je sais pas. »

Il a tendu la main vers mon oreille gauche, et en a extrait une rose. Une superbe Queen Elisabeth, qui est une rose hybride rouge assez célèbre. Je le sais parce que j'ai toujours aimé les roses et en ai toujours cultivé. Du moins chaque fois que j'habitais un endroit où je pouvais avoir un jardin.

— Pour toi, ma rose, a dit Billy.

Moi, les roses, même si c'est cliché, je sais, ça me fait toujours flipper: à moins qu'elles me soient données par un homme... rose ! Auquel cas je lui dis que je préfère les tulipes ou les pissenlits: ça le refroidit.

La rose, je l'ai humée, émue, même si une Queen Elisabeth ça sent presque rien: c'est peut-être pour ça qu'ils l'ont appelée ainsi, à la réflexion.

Ensuite Billy l'a prise de ma main et il s'est mis à... effeuiller la marguerite !

Parce qu'effeuiller la marguerite avec une vulgaire marguerite, il aurait pas pu.

Billy, il lui fallait toujours le meilleur, il voulait jamais rien faire comme les autres, et j'étais certainement pas pour le contrarier là-dessus, surtout quand j'étais la première bénéficiaire de ses largesses.

Il a commencé à effeuiller la rose, en récitant, à chaque pétale arraché, non sans une nervosité qui m'étonnait:

— Tu m'aimes un peu, beaucoup, à la folie, pas du tout. Un peu, beaucoup, à la folie, pas du tout.

Il s'est trouvé que le dernier pétale est mal tombé, vraiment, car il disait, j'en étais navrée :

— Pas du tout.

Billy avait l'air catastrophé. Comme s'il venait d'apprendre la plus triste, la plus tragique des nouvelles. J'ai dit :

— Ben voyons, Billy ! C'est juste un jeu ridicule.

— Tu crois pas aux signes, toi ?

Si je croyais pas aux signes, moi ?

Non seulement j'y croyais, mais j'en voyais partout ! Mais j'étais pas pour le lui avouer.

— Billy... je...

J'osais pas lui dire que je l'aimais déjà.

Pas juste un peu.

Pas juste beaucoup, ou passionnément.

Mais à la folie !

Mais dire ça à un homme, surtout au début, c'est souvent signer son arrêt de mort.

Et il m'a répété :

— Fais semblant que tu m'aimes un peu !

J'ai dit :

— Fais semblant que tu es dans un bain chaud, qu'il y a des chandelles partout et que tu bois du champagne avec la femme de tes rêves !

Ensuite, il a eu une autre inspiration magique, il m'a versé délicatement du shampoing sur la tête. On aurait dit qu'il me baptisait. Et c'est ça qu'il faisait d'une certaine manière. Car il devenait ma religion : je me convertissais à lui.

J'avais une émotion extrême.

J'avais un ravissement.

Comme si on me donnait le plus important des sacrements.

Mais l'inquiétante, la lancinante question apparaissait dans mon horizon : était-ce le premier ou le dernier sacrement ?

Quand Billy, l'homme de ma vie, ma certitude, mon infini, qui me faisait oublier les petitesses de la vie, a commencé à me laver les cheveux, j'ai eu des frissons.

Il faut dire qu'il me regardait dans les yeux.

Jamais personne avant lui m'avait regardée ainsi dans les yeux.

Et ses yeux me disaient, me criaient qu'il me trouvait belle.

À la sortie du bain, je sais pas pourquoi, j'ai eu envie d'essuyer Billy. Avec une grande serviette. Il s'est laissé faire, debout devant moi. Je le trouvais charmant.

Quand j'ai eu fini de sécher ses pieds, je me suis rendu compte, en relevant la tête, qu'il était au garde-à-vous : on a fait l'amour comme des fous sur le tapis de la salle de bain.

Et il me répétait : « Jure-moi que tu me quitteras jamais, que tu es à moi pour toujours ! »

Qui aurait pu le contrarier, alors qu'il avait l'air si désespéré, et que j'étais une femme si comblée ?

Après, pour le toiletter, j'ai pris mon parfum, et j'en ai vaporisé dans son cou. Il s'est inquiété :

— Tu fais quoi, là ?

— Je te mets du parfum Basta.

— Du parfum Basta !

— Oui. Pour que tes groupies sentent l'odeur de ta nouvelle femelle et déguerpissent vite fait : *Basta* !

Il a ri. J'ai ajouté :

— C'est pas vraiment là qu'elles préfèrent t'embrasser, non ?

Et j'ai aussi parfumé les poils abondants de son pubis, forêt noire de tant de mes égarements.

— Chasse gardée ! que j'ai dit.

Il m'a regardée sans rien dire, et il me semblait que passait dans ses yeux un aveu que j'aimais pas, comme la répétition de son avertissement du premier soir. Ou plutôt du deuxième. Qu'il pouvait être un homme cruel.

Et être cruel pour un homme, c'est quoi, si c'est pas, tout simplement, tout douloureusement, être infidèle ?

Pendant cette nuit à l'hôtel W, j'ai pas beaucoup dormi. J'avais laissé une chandelle allumée. J'ai regardé Billy dormir. Il a joué du piano dans son rêve, comme s'il était en concert.

Jouait-il pour moi ?

Jouait-il pour une groupie ?

J'ai touché le bout de ses doigts et j'étais heureuse, et je me suis dit: «Je veux jamais que notre vie ensemble se termine.» Le lendemain matin, à sa demande, je me suis fait tatouer dans le dos un serpent comme celui qu'il porte sur son bras, avec au-dessus, la mention *FOREVER*.

Sait-il, comme je fais tout ce qu'il veut (malgré au début ma surprise indignée) et me laisse faire tout ce qu'il aime, que je souhaite l'être avec lui… *forever*?

P.-S. J'ai *déjà* ma robe. Blanche. De mariée. Que j'ai pu garder après avoir fait un *shooting* à Milan.

28

Il y a la première fois.

Et il y a la première dispute.

Moi avec Billy, c'est quand il s'est plaint que je travaillais trop.

Au début, je bossais quatre soirs par semaine, les plus payants, soit du mercredi au samedi, à la brasserie Chez Stan. Je finissais à 3 h, et le temps de rentrer, il était déjà passé 4 h du mat. Billy a dit :

— Je veux que tu sois tout le temps avec moi.

J'ai ajouté :

— Billy, j'ai déjà laissé tomber mes cours d'infirmière pour te faire plaisir.

— Tu travailles trop. T'es jamais là. Tu comprends pas que je peux pas me passer de toi ?

— Sois raisonnable, mon lapin (il en est vraiment un, chaud lapin, je dois souvent prendre des bains froids !) j'ai mon appart à payer (j'avais pas encore pu le sous-louer), mon auto, mon cellulaire, mes paiements minimums sur ma carte de crédit qui est *maxée*, le loyer qui reste à payer à Joliette parce que maman a déménagé à deux rues d'ici pour m'aider avec Guillaume, à ta demande.

Il a dit :

— Casse-toi pas la tête, ma chérie ! Je vais payer pour tout ça, c'est de l'argent de poche pour moi.

J'étais contente mais en même temps ça me rappelait que j'étais pas au *top* de la chaîne alimentaire, vraiment pas, et que mon métier était justement juste un métier alimentaire ; celui de Billy un peu moins, car il faisait 30 000 $ par concert. Je faisais même pas ça en un an.

Il l'a fait, je veux dire s'occuper de mes dépenses. Rubis sur l'ongle. Mais j'ai quand même voulu ménager mes arrières. J'ai gardé deux jours sur quatre Chez Stan, le jeudi et le samedi. Le samedi, de toute façon, Billy était presque toujours en spectacle. Donc, ma décision devait pas provoquer de drame.

Mon compromis a fonctionné juste un temps, quelques mois à peine. Je suis bête, j'aurais dû y penser. Au début, on pense pas : on aime. Et, ensuite, on aime encore plus, alors on pense encore moins. C'est notre destin, nous, qui aimons trop.

Ça a donné lieu à notre deuxième grosse dispute.

Un soir. Chez Stan. Billy venait parfois me voir, le jeudi, quand il donnait pas de *show*. Il aimait pas, mais alors vraiment pas que des clients me tournent autour. Et il y en avait plusieurs. Même si je faisais tout pour les décourager, je pouvais quand même pas me déguiser ou m'égratigner la figure avant de venir travailler.

Celui qui lui tapait le plus sur les nerfs, à Billy, c'était le beau millionnaire qui m'avait tout offert : James O'Keefe ! Le fils de bonne famille à qui j'avais dit non ! Ça le rendait encore plus amoureux de moi. Les hommes, des fois…

Ce soir-là, il s'est montré d'humeur encore plus généreuse que d'habitude. Il était assis au bar, et il a dit à voix haute et enthousiaste :

— Champagne !

Il était venu avec un type plutôt baraqué et deux filles de 20 ans à peine, des méchants pétards, comme s'il avait voulu me dire: « Regarde les femmes qui sont pâmées sur moi et que je pourrais avoir d'un seul claquement de doigts (il les avait peut-être eues, remarque: tout le monde a un prix, comme disait tristement Howard Hughes, et quand tu as des sous… !) et c'est toi que je préfère, c'est toi ma reine. » Les hommes et leurs stratagèmes pour qu'on leur dise je t'aime !

Stan a souri largement, il avait entendu la commande et se félicitait d'avoir commencé, à la suite de la dernière visite de Billy, à offrir du champagne : il voulait pas perdre d'autres ventes au cas où il aurait encore des goûts coûteux.

Tout le monde au bar avait entendu la commande de James. Qui semblait l'avoir dite dans cette intention-là. Pour bien affirmer sa richesse et dans l'espoir de s'allonger dans mon lit !

Pauvre rêveur, même riche !

S'il avait su combien j'étais fidèle : je le suis même longtemps après une séparation, dans l'espoir, la plupart du temps idiot, d'une réconciliation.

La bouteille de champagne revenait à 185 $ et des bulles, je veux dire des poussières. James a allongé trois billets de 100 $ sur le comptoir de manière ostentatoire. J'ai sourcillé, me suis dit, un mec riche, ça sait compter. Il veut probablement de la monnaie pour le pourboire.

J'ai mis 15 $ sur le comptoir à côté du billet de 100 $, que j'ai pas réduit en petites coupures.

Stan, de son côté, se montrait tout à coup fort serviable, apportait lui-même le seau à glace !

James a dit :

— Qu'est-ce que tu fais là ?

— Ben, je te rends ta monnaie.

— Oublie ça, voyons !

J'ai pris les 100 $ et des bulles, je veux dire des poussières. J'ai dit : « Merci, c'est très généreux de ta part. »

Il a ajouté :

— Tu vas boire avec nous, non ?

Il y avait un point d'interrogation. Mais c'était pas vraiment une question : c'était un ordre ! Comment aurais-je pu dire non ? Et moi, dire non au champagne, je ne peux pas, c'est mon péché mignon !

De toute manière, même si je bois pas ou presque pas, je peux pas refuser le verre d'un client : Stan, il le prendrait pas. C'est pas bon pour le *business*. Mais comme il est accommodant, et que les clients, trop occupés à reluquer nos seins même s'ils nous complimentent sur nos beaux yeux, reniflent pas nos *drinks*, on met pas de vodka dans nos verres, ou juste assez pour les parfumer.

Et le vin rouge, je le reverse dans la bouteille, je le laisse traîner sur le comptoir ou alors je le refile à Annie, notre serveuse alcoolique de service, qui déparle pas et garde toute sa tête, et surtout tout son équilibre même après 10 verres. On s'entraide, quoi !

James a fait sauter le bouchon de la bouteille, les filles ont gloussé. Il a servi tout le monde, moi y compris. Il a porté un toast. À ma personne :

— À la plus belle femme du monde !

Je lui ai souri poliment.

Les filles avaient des regards assassins: elles venaient de comprendre pourquoi un type si riche les avait entraînées dans une brasserie si ordinaire.

Un autre coup de poignard dans le cœur jaloux de Billy.

De Billy, qui était assis près de la caisse, avec Stan, qui venait de m'aider à faire le service, et qui avait tout vu, tout entendu et c'était évident qu'il fulminait.

Nibs aussi avait été témoin de la scène. J'ai bien vu, à son expression, qu'il trouvait que ça sentait mauvais. Surtout que Billy buvait depuis qu'il s'était levé, vers 4 h de l'aprèm, et il avait commencé fort… avec du fort, son incontournable vodka qu'il prenait rarement la peine de boire dans un verre, je veux dire à la maison: la bouteille lui suffisait!

Dans un bar, il se gardait une petite gêne, en tout cas pendant les heures d'ouverture officielles.

James O'Keefe a alors reçu un coup de fil, et je sais pas si c'est parce qu'il y avait trop de bruit ou qu'il voulait avoir une conversation privée, en tout cas, il s'est retiré vers le petit coin où il a disparu.

C'est ce moment que Billy a choisi pour s'approcher. Il était vraiment pas souriant, même qu'il avait plutôt une tête de règlement. De comptes. Je me suis dit: «Ah non, ça va mal finir, il va me faire une scène. Ou en faire une à James. Ils vont peut-être en venir aux coups.»

Car même si je vivais pas depuis longtemps avec lui, je l'avais déjà vu plus d'une fois rentrer à la maison le visage tuméfié: c'était pas juste les abus d'alcool. Il avait aussi les jointures en sang, comme preuve de ce que j'avais deviné.

Il s'était battu ou avait frappé dans les murs, sa manière préférée de s'exprimer quand il avait des émotions violentes dans le cœur, et pas de guitare ou de micro dans les mains.

J'avais vu juste. Billy m'est rentré dedans. Il a commencé à m'engueuler :

— Tu couches avec lui dans mon dos ?

— Ben non, voyons, c'est toi que j'aime, Billy. Pourquoi je coucherais avec un autre homme ?

— Tu lui souris comme si tu voulais qu'il te saute.

— Il vient de me donner un pourboire de 115 piastres, je suis quand même pas pour lui cracher dans la face.

— L'argent, c'est juste l'argent qui compte pour toi !

— Tu penses que ça m'amuse de travailler ici ? Que je fais ça pour l'art, ou parce que c'est ma mission de vie de servir des *drinks* à des alcoolos finis ou des âmes en peine et d'écouter soir après soir les clients me servir les mêmes conneries ?

— Tu as couché avec lui, je suis sûr.

— Je viens de te dire que non. Et pour ton information, si ça peut te convaincre, 100 $, pour lui, c'est rien. Il est multimillionnaire.

— T'es juste une fille à l'argent.

Drôle d'accusation quand je pense que j'ai toujours été avec des trous du cul que j'ai fait vivre, qui m'ont volée. Et pas juste mes rêves romantiques d'adolescente éternelle mais jusque mon dernier dollar, souvent. Et je me suis souvent endettée pour les faire vivre, pour financer leurs vices, leur paresse.

Et pas une seconde l'argent avait eu à faire avec mon coup de foudre pour Billy. À qui j'ai pas eu envie de répondre. J'étais trop bouleversée. J'ai détourné la tête. J'ai aperçu Viviane, la vendeuse de cigarettes. Elle avait malgré elle assisté à l'engueulade, et elle me regardait avec tristesse. Comme si je méritais pas ce sort-là. Billy a dit :

— Je vais te donner un choix, c'est ton dernier soir ici ou c'est ton dernier soir avec moi.

— Mais Billy, voyons…

Stan, lui, hochait la tête mais disait rien, se rendant bien compte qu'il assistait à une dispute de couple. Nibs semblait se dire, malgré sa reconnaissance pour Billy : « Encore le patron qui fait des siennes ! Il changera donc jamais ! » J'ai croisé son regard. Il compatissait avec moi. Discrètement, étant donné sa situation, mais il compatissait quand même.

Billy s'est détourné, comme s'il pouvait pas me regarder en attendant ma réponse, et il a allumé une cigarette, même si c'était interdit de fumer. Mais il avait l'air tellement furieux, et il avait une si mauvaise réputation de colérique alcoolique ou d'alcoolique colérique que personne aurait osé lui demander de l'éteindre. Puis, soudain, il s'est mis à sourire. Je me demandais ce qui se passait. Stan s'est approché, a dit :

— Billy, on se calme. Erica est O-B-L-I-G-É-E- de sourire aux clients. Ça fait partie de sa description de tâches.

— Et est-ce qu'elle est obligée d'aller leur faire des *blow jobs* aux toilettes ? C'est dans sa description de tâches, ça aussi ?

— Voyons, Billy ! C'est pas un bordel, ici.

Moi, toute cette discussion, ça me chagrinait infiniment. Ça voulait dire que Billy me prenait pour une fille de joie. Ou faisait semblant de. En tout cas, il me faisait pas confiance.

Billy se laissait pas démonter comme ça par les arguments de Stan. Même à jeun. Ce qui arrivait juste la semaine des trois jeudis, je te dis.

Billy a continué de m'interroger comme un inspecteur de police, le suspect d'un meurtre :

— Eille, je suis pas cave. Il était allé faire quoi, aux toilettes, après avoir craché son brun à la marde ?

— Ben, je sais pas, il est probablement allé faire ce qu'on fait quand on va aux W.-C. : chier ou pisser. Mais c'est un de nos meilleurs clients, Billy.

— Je m'en fous comme de l'an quarante. Je vais lui faire sa fête.

— Billy, voyons, calme-toi ! Tu peux avoir du trouble, c'est un gars puissant.

Craignant le pire, et sentant la vanité de ses arguments, Stan s'est tourné vers le chauffeur, a dit :

— Nibs, raisonne-le, s'il te plaît !

— Je peux essayer, a fait Nibs.

Trois secondes plus tard, Billy souriait. Nibs s'est rengorgé. Lui avait su lui parler. Mais il a vite été détrompé.

Billy, qui avait pas écouté un traître mot de ce que lui avait dit Nibs, parce qu'il était pour ainsi dire en transe, souriait parce qu'il venait d'apercevoir James qui revenait des toilettes.

Je me suis dit: «Ça va mal tourner.» Stan et Nibs le sentaient aussi, parce qu'il connaissait Billy. Et Billy, même s'il se pense bien mystérieux et que ses groupies sont d'accord avec lui, même s'il a ou croit avoir des centaines de cachettes, il est hyper prévisible.

Quand James est arrivé au bar, Billy s'est planté devant son tabouret pour lui en interdire l'accès.

— Tu permets? a dit James.

— Non, je permets pas.

— Eille, c'est quoi ton problème, le nain tatoué?

— Comment tu m'as appelé? a dit Billy qui bouillait parce que sa petite taille l'a toujours complexé: il fait à peine cinq pieds cinq, et James le dépasse facilement d'une tête, car il mesure six pieds deux.

Nibs s'est encore approché.

— Tu sais pas qui je suis? a jappé Billy.

— Oui, t'es le bouledogue miniature qui va partir en ambulance pour la SPCA dans cinq minutes s'il me laisse pas m'asseoir et boire tranquillement mon champagne pendant que tu bois ta bière de BS. Je suis un O'Keefe, je pourrais t'acheter puis te revendre à crédit, si du moins quelqu'un voulait acheter un tit pitou qui a la rage comme toi.

— Moi, je bois de la Molson, et je vais laver ta bouche sale de parvenu avec.

Billy a levé sa bière de BS et a voulu la lui verser sur la tête. Mais le type que je croyais l'ami de James était aussi son garde du corps, une vraie armoire à glace qui a attrapé le bras de Billy. L'a secoué.

La bouteille de Molson s'est fracassée en tombant sur le sol. Billy a frappé l'armoire à glace avec sa main libre. Le type a pas aimé. Ils ont commencé à se battre, mais il était évident que le garde du corps aurait le dessus. C'était son métier, se battre: Billy, c'était juste son passe-temps préféré.

Stan et Nibs sont intervenus. Stan a dit à James:

— C'est Billy Spade, le chanteur, il est soûl, il faut pas le prendre personnel.

James O'Keefe a fait un signe à son garde du corps. Pour qu'il cesse de le frapper. Il a obéi, mais il a pas pu résister à la tentation de le pousser violemment vers une table. Billy s'est écrasé dessus.

Ça m'a rappelé notre rencontre. Sauf qu'il était plus glorieux sur la table, comme un vrai conquérant. Mais les trois filles qui avaient une soirée... de filles, l'ont regardé amoureusement. Et avec admiration. Parce qu'il était prêt à se battre pour la femme de sa vie, et même contre un gorille.

Les deux filles qui accompagnaient James O'Keefe ont applaudi et l'ont même embrassé comme si c'était lui qui venait de tabasser ce pauvre Billy. Il les a repoussées, il voulait pas avoir l'air ridicule devant moi.

Les clients, eux, prenaient des photos avec leur iPhone: pas très le *fun* pour Billy et surtout son agent si soucieux de son image, étant donné les sous qui venaient avec, ou venaient plus, si l'image ressemblait plus au *poster* que se faisaient stupidement ses fans et ses commanditaires. Nibs, qui connaissait la routine, a essayé de faire un peu de *damage control*, mais c'était impossible de dire à tout le monde en même temps de pas prendre de photos et surtout de rien mettre sur les réseaux sociaux sinon ils seraient poursuivis! Ça viendrait juste grossir tout ce qui se disait au sujet de son patron, et des photos pas très glorieuses de lui. Nibs est allé l'aider à se relever.

Billy l'a repoussé. Il voulait pas passer pour une mauviette, laisser croire qu'il était ébranlé. J'ai vu qu'il saignait. À la bouche. J'ai dit à Annie: «Tu me remplaces deux secondes.» Elle a dit oui, avec un sourire triste et compréhensif. J'ai quitté mon bar, j'ai couru vers Billy avec une *napkin* blanche et un verre d'eau. J'ai voulu essuyer Billy. Il m'a rabrouée, le regard mauvais:

— J'ai besoin d'une femme qui m'aime! Pas d'une fausse infirmière.

Il a ensuite regardé en direction de James O'Keefe qui le toisait avec le sourire méprisant du vainqueur.

Il a fait un pas en sa direction comme s'il voulait en finir avec lui. Ou son garde du corps. Mais Nibs a dit:

— Billy, viens, ça donne rien. C'est un tueur à gages.

— Je vais le faire gémir comme une fillette.

— Billy, viens!

— Nibs a raison, mon chéri, que j'ai surenchéri.

Finalement, il s'est laissé raisonner. Il s'est tourné vers moi, m'a répété, d'une voix autoritaire:

— C'est ton dernier soir ici ou ton dernier soir avec moi.

Et il est parti sans me laisser répondre, escorté par Nibs qui, à deux reprises, a dû le retenir pour qu'il revienne pas sur ses pas. Je l'ai suivi des yeux, cet homme amoureux et fou, qui était prêt à se battre pour moi.

Avant de sortir, il a donné deux coups de poing violents dans le mur du vestibule. Ça a fait des gros trous. Il savait que Stan lui enverrait pas la note : personne la lui envoie jamais de crainte de devenir *persona non grata* dans sa cour.

Il y a plein de groupies qui sont allées prendre des *selfies* à côté des trous, comme si c'était des reliques de saint je sais pas trop qui. Je me suis dit, il y en a qui ont vraiment pas de vie !

De même que, chez les aveugles, les borgnes sont rois, chez les lilliputiens, les rock stars sont des géants.

Ensuite j'ai pensé, moi, je fais quoi avec ma vie ? Je fais quoi avec mon *job* ? C'est pas un *job* de rêve, on s'entend, mais ça me donne quand même une certaine liberté, un certain pouvoir : d'achat, en tout cas. Et même si ça se résume parfois à ça, notre liberté de femme, c'est mieux que rien. Enfin, je trouve. Ça comble pas le grand et vrai et désolant vide de notre cœur, mais ça occupe notre esprit. Un temps. Tant que notre carte de crédit est pas *maxée*. LOL. Ensuite, il faut faire nos paiements. SNIFF.

Surtout que, des paiements, j'en aurais, parce que, en abandonnant avant la fin mon cours d'infirmière, je devais régler la bourse d'études que j'avais obtenue : soit 20 000 $. Pas exactement la joie !

Mon cœur battait si fort que ça me faisait mal, et je me suis dit : « Tu es en train de te taper une crise cardiaque, fille. »

J'ai passé le reste de la soirée à réfléchir à l'ultimatum de Billy.

Je me suis demandé comment ça se faisait que je tombais toujours sur des hommes jaloux et possessifs : des *terminators* qui « terminaient » vite fait une femme et surtout ses rêves.

Des hommes qui me jetaient des ultimatums.

À moins que tous les hommes le soient, jaloux, possessifs et *terminators* : seule nuance, certains le montrent, d'autres pas, car leurs armes sont plus subtiles, et quasi invisibles mais tout aussi léthales.

Billy en tout cas le cachait pas.

J'ai eu une sorte de *flash-back* imprévu.

Qui m'aiderait peut-être à prendre ma décision.

29

J'ai revu mes débuts avec Jordan, le père de Guillaume. Quand on a emménagé ensemble, il était si jaloux, si possessif, qu'il a déchiré en mille morceaux mon carnet d'adresses et mes albums photo. Il avait presque la bave aux lèvres comme un mec qui fait une crise d'épilepsie, ou plutôt comme un chien qui a la rage. Oui, un chien. Qui a peur que sa chienne fasse des siennes, en fasse à sa tête au lieu de lui obéir au doigt et à l'oeil comme un animal bien dressé. Et, pourtant, quel crime avais-je pu commettre, à 16 ans?

C'est pas tout: un matin, je me suis levée, et mon coffre à bijoux était vide. Jordan, le conquérant de mes fesses, y avait fait une razzia pendant que je dormais. Il a dit:

— Tes bijoux t'allaient pas bien, ils sont laids.

Moi, je trouvais qu'ils m'allaient bien, même achetés bon marché, et certains avaient pour moi une grande valeur sentimentale. Et de toute façon, j'en avais pas d'autres.

— Fais-toi en pas, qu'il a dit, je vais t'en acheter d'autres!

— Avec quel argent? que j'ai osé dire.

Belle occasion ratée de me taire, car il y a des hommes que si tu leur dis pas toujours oui, mon chéri, tu as raison, tu es un génie, ils montent sur leurs grands chevaux: ils veulent juste que tu te taises et que tu baises.

Il gardait pas ses *jobs*, Jordan, et quand il en avait un, sa paye du jeudi était déjà dépensée le samedi, quand c'était pas le vendredi: il buvait, avait le nez aussi enfariné qu'un boulanger surmené. Pourtant quand j'étais tombée amoureuse de lui, à 13 ans, c'était un premier de classe et le mec le plus beau de l'école.

J'aurais pas dû dire ça, avec quel argent. Je le défiais, je l'humiliais. J'avais juste 16 ans, lui 18. Je commettais un crime de lèse-majesté. Son air courroucé me faisait peur, j'ai cru pouvoir lui échapper en me sauvant aux toilettes. Il m'a rejointe quelques secondes plus tard dans la douche. Je me suis dit : « Il veut qu'on se réconcilie. » Il a dit : « Tourne-toi ! » J'ai pensé : « Il veut me savonner le dos, une première. C'est charmant, quoi ! » Mais c'était pas pour ça. Il voulait me punir de ma révolte, pour les bijoux volés : il voulait mettre son zob là où tu penses. J'ai dit : « Qu'est-ce que tu fais là ? » Il a dit : « Tu vas voir, maudite chienne. »

J'ai voulu m'évader, il m'a attrapée par les cheveux. Les pieds mouillés, j'ai glissé. Je suis tombée sur le sol de la salle de bain.

Le lendemain, il a fallu que j'aille à l'hôpital.

Peut-on vraiment crier au viol quand on est ensemble depuis trois ans ? Même si on avait pas envie de faire l'amour et surtout pas de la manière qu'il le voulait !

Pendant deux mois, j'ai dû me faire des lavements : j'étais toute démantibulée, toute déchirée en dedans.

Et déchirée aussi dans mon cœur d'adolescente naïve de 16 ans.

Le soir, j'avais envie de me cacher dans le placard, de crainte de subir de nouvelles offensives punitives : lui bien vite en est sorti. Du placard.

Car la semaine suivante, il est arrivé à l'appart avec un sac de chez Priape. Je connaissais pas le nom. Je perdais rien pour attendre. C'est une boutique érotique, si on peut appeler érotique ce qu'il y avait dans son sac: pour moi, il y avait loin de la coupe aux lèvres.

Car il y avait… un dildo!

Il y avait aussi un tube de K-Y.

Je me suis demandé: «*Why*?»

Pourquoi?

Ledit dildo, il voulait pas l'utiliser sur moi: il voulait que je l'utilise sur lui!

J'ai dit: «Ouache! Non merci!»

Il l'a quand même utilisé un jour, ou quelqu'un l'avait utilisé sur lui: je m'en suis rendu compte en le retrouvant par hasard dans un placard. Pas lui mais le dildo!

Ensuite, parano malgré moi, poussée par les circonstances surprenantes de ma vie amoureuse – ou de ce qui en restait – j'examinais les brosses à dents avant de les mettre dans ma bouche, j'épluchais les concombres même si je les avais lavés pendant cinq minutes!

Il était gay, ou au mieux bi: pourtant, utilisant au grand max mes cases de déni – la spécialité des femmes qui aiment trop! – je suis pas partie, je lui ai pas donné son congé.

J'espérais que c'était juste une mauvaise passe, un cauchemar provisoire, même si je pleurais tous les soirs. Je suis restée. J'ai continué à faire ma vie avec lui, même si c'était pas une vie, même si c'était de moins en moins une vie, mais une saison en enfer qui ressemblait de plus en plus à l'hiver gris, moi qui rêvais d'un éternel printemps.

Je suis restée, usant mes yeux à lire des romans d'amour et d'Agatha Christie, pour me changer les idées, comme on dit. Usant mes yeux à pleurer. De plus en plus seule. Car lorsque je voyais des amis, il détestait ça. Il pensait qu'on parlait de lui, je veux dire *contre* lui, et que peut-être je faisais des révélations embarrassantes au sujet de ses préférences. Il avait un peu raison, j'avais pas grand bien à dire de lui, à part ce qui était évident : il avait une gueule d'enfer.

Pour ses goûts de cul, si tu me passes l'expression, je préférais les taire, car ça m'aurait désobligée de les avouer. C'est souvent ainsi, si tu y réfléchis : les femmes qui aiment trop se laissent petit à petit enfermer dans un silence qui les étouffe.

Parce que parler, tout dire, c'est forcément admettre sa faiblesse de femme, ou je devrais plutôt dire *ses* faiblesses avec un s, car chaque faiblesse en entraîne une autre, la prenant par la main, comme un aveugle prend un autre aveugle par la main, le conduit sur le chemin, le chemin du désespoir, à la fin.

Jordan était si possessif qu'il m'a forcée à cesser de travailler. J'ai accepté. Je pensais qu'il m'aimait. Il voulait juste me couper les ailes, pour que je puisse plus lui échapper, pour que, même en laissant la porte de ma cage ouverte, – et elle était pas dorée, crois-moi ! – je puisse plus m'envoler.

Lui, pourtant, se sentait libre comme l'air d'aller et de venir à sa guise. Et de venir dans qui il voulait. Parfois je trouvais des capotes dans ses poches. Mais chaque fois il me disait que c'était pas *ses* capotes, mais celles d'un ami qui était en train de se séparer de sa copine hystérique et qu'elle l'aurait pas pris (qu'il ait des capotes sur lui), ou qu'il les avait achetées pour rendre service à une de ses relations (sexuelles ?)qui vivait dans un lieu reculé où il y avait pas de pharmacies.

Oui, il se sentait libre; et moi, je me sentais comme le comte de Monte Cristo au Château d'If…

Château d'If…

If… I had known!

Si j'avais su!

If… I could!

Si je pouvais!

Autant de «si» qui nous coupent les ailes!

Un matin, Jordan m'a dit, l'air gamin: «Je vais aller acheter du pain.» Il est revenu un mois après. Après avoir fait je sais pas quoi avec je sais pas qui. Il est quand même revenu au bercail avec une bague de fiancailles, comme s'il voulait que je lui pardonne son étonnante et désolante fugue. Mais, déjà fine mouche amoureuse malgré mon jeune âge, je pense pas qu'il voulait *vraiment* se marier. Il voulait juste m'étourdir. Se faire pardonner son inconduite.

Aussi, lorsque, un jour frais de novembre, mois des morts, j'ai eu la chance de repartir à Milan, j'ai dit oui.

À une nouvelle vie.

Qui pouvait pas être pire que celle que j'avais pas.

J'ai dit oui, un peu sauvagement et sans préavis.

Comme il m'avait prise au sortir de la douche.

Je voyagerais en première: ça me ferait peut-être oublier qu'il me traitait depuis toujours comme la dernière des dernières!

Ça ferait peut-être cesser mes crises d'angine. Le cœur me sortait littéralement de la poitrine. Je le sentais même battre dans mes pupilles !

De toute manière, Jordan était devenu de plus en plus violent : l'alcool et la coke aidant, ou nuisant. Un jour, pour le calmer, et parce qu'il avait levé la main vers moi (et sa main ressemblait à un poing !) je lui ai lancé à la tête une bouteille de bière, une grosse : il buvait juste ça, c'était moins cher. Elle a éclaté en cent morceaux sur le mur, juste à côté de sa figure que je trouvais plus très belle depuis longtemps, une gueule d'enfer, je comprenais maintenant ce que ça voulait vraiment dire.

Mais là, j'étais dans mon présent.

Qui ressemblait étrangement à mon passé.

J'étais à Joliette.

Chez Stan.

Il était un peu passé 3 h du matin, et je réfléchissais à remettre ou non ma démission. À Stan. Je me suis dit : « Est-ce que t'es pas en train de commettre la même erreur, fille ? On dirait que la Vie, en tout cas *ta* vie, est une éternelle répétition. »

Mais en même temps, il fallait peut-être, justement, que je me laisse pas influencer par mon passé, que je donne une chance à la Vie, à mon nouvel amour.

J'ai remis le soir même ma démission à Stan.

Qui a dit :

— Je comprends. Reviens quand tu veux. Tu étais ma meilleure barmaid.

J'ai fait mes adieux à tout le monde, Annie, Viviane, et les autres, qui étaient un peu ma deuxième famille…

30

Au bout de deux ans, même si on faisait attention, je suis tombée enceinte.

J'ai pas osé annoncer tout de suite la bonne nouvelle à Billy : je voulais d'abord en parler à Fanny.

— Billy t'a demandée en mariage ? a dit Fanny, tout excitée, quand je lui ai dit que j'avais quelque chose de *big* à lui annoncer.

— Non.

— Alors tu es enceinte ?

— Oui.

— Qui est le gars chanceux ?

— Ha ! ha ! Très drôle. Non, le chanceux, c'est… et il faut pas le dire (j'ai baissé le ton, mis mon index devant mes nerveuses lèvres, ce qui a évidemment piqué un grand max l'attention de Fanny, c'est… (et après l'avoir fait languir quelques secondes) Goliath D. !

— Ha ! ha ! Très drôle. Non, sérieusement. Est-ce que Billy le sait ?

— Pas encore, que j'ai dit en baissant les paupières.

— Mais…

Elle a hésité à poser la question.

— Vous… vous aviez planifié le truc, je veux dire vous vouliez un enfant, non?

— Euh, non.

— Est-ce que tu penses qu'il va vouloir le garder? Je veux dire, c'est une rock star. Les couches et les biberons, je suis pas sûre que ce soit son fort.

— Non, son fort c'est la vodka, que j'ai plaisanté.

Elle a ri, puis a ajouté, redevenue très sérieuse:

— Mais s'il te demande de te faire avorter, qu'est-ce que tu vas faire? qu'elle a dit d'une voix un peu forte.

Je l'avais invitée chez moi.

On était dans la cuisine, je lui avais fait un cappucino avec la Faema.

Anaïs, la gouvernante, une quadragénaire avec des cheveux teints noirs et raides, et des yeux rapprochés, s'affairait pas loin, et je tenais vraiment pas à ce qu'elle apprenne la nouvelle avant Billy, surtout que j'avais le *feeling* qu'elle m'aimait pas, même si j'étais toujours hyper gentille avec elle.

J'ai fondu en larmes.

— Pourquoi tu pleures, ma colombe? m'a demandé Fanny et elle aussi avait les larmes aux yeux, car ce qui me chagrinait la chagrinait autant: c'est ça une vraie amie!

— Parce qu'il y a quelque chose que je t'ai jamais dit…

— Mais quoi? Dis-moi…

J'ai hésité un moment, j'ai essuyé mes larmes, j'ai pris une gorgée de cappucino. J'ai décrété:

— Ça manque de Baileys.

— Je voulais justement t'en parler !

J'en ai versé une once dans sa tasse, je l'ai regardée, pas sa tasse, elle. Elle a fait un air qui signifiait : tu peux continuer. Je me suis pas fait prier. J'ai aussi aromatisé de petites gouttes ma tasse de café.

Ensuite, Fanny a dit :

— Alors c'est quoi ?

J'ai été brève. Parce que j'en avais jamais parlé à personne. Même à Fanny.

— C'est la vraie raison pour laquelle je me suis séparée de Marc Simard.

— Il avait pas eu un contrat pour aller animer une émission de radio à Paris ?

— Non. En fait, c'est ce qu'on avait convenu de dire quand on s'est séparés. Mais la vérité est que j'étais tombée enceinte de lui.

— T'étais tombée enceinte de lui ? a-t-elle dit en haussant la voix avec le pire *timing* possible, parce que c'est ce moment qu'a choisi Anaïs pour s'approcher de nous.

Shit! ai-je pensé.

Elle s'est avancée vers nous, Anaïs, avec un air que je saurais pas décrire, parce que j'étais dans tous mes états, et la littérature, moi…

— Est-ce que vous avez besoin de quelque chose ?

J'ai eu envie de répondre: «La sainte paix», mais à la place, j'ai dit simplement: «Non.»

Elle s'est éloignée. J'ai regardé Fanny. J'ai dit:

— Est-ce que tu penses qu'elle a entendu?

— Non, je pense pas.

— Ouf ! tu me rassures.

— Remarque, elle avait un drôle d'air. Elle te regardait comme si elle avait découvert que tu faisais la rue Saint-Laurent depuis que t'as 14 ans.

— Ouf, je la fais depuis que j'ai 11 ans! que j'ai plaisanté.

Elle a ri, ensuite j'ai dit:

— Anaïs est trop fouine. Viens, on va aller ailleurs!

31

Cinq minutes après, on établissait nos quartiers d'hiver chez Juliette et chocolat, momentanément souriantes devant nos pâtisseries préférées, deux éclairs au chocolat pour Fanny, et pour moi deux millefeuilles aussi compliqués que les mille feuilles sur lesquelles je tentais sans succès de résumer ma vie amoureuse.

Une thérapie comme une autre, quoi!

Devant les luisantes merveilles aussi allongées que chocolatées, Fanny a dit, experte dans ces philosophies qu'on se confectionne à mesure qu'elles nous sont utiles:

— *Fuck* mon gros cul! Je me les enfile sans regret, tu vas pas bien, je te soutiens: une amie est une amie!

Et elle a croqué gaîment un premier éclair au chocolat, en engloutissant presque la moitié d'un seul coup.

Je me suis attaquée à un millefeuille. Puis j'ai repris la cadence, je me suis remise à mes confidences:

— Quand je le lui ai annoncé, que j'étais enceinte, je pensais qu'il sauterait de joie: ce sont plutôt ses plombs qui ont sauté. Et vite fait, crois-moi! Il a dit sans hésiter: «Je veux que tu te fasses avorter.»

— Oh...

— Il a fait son plaidoyer de grand avocat de merde qui exerce pas. Il a dit: «Si tu réfléchis un peu, ça fait même pas un an qu'on est ensemble. On se connaît pas vraiment. » En entendant son brillant raisonnement, je me suis sentie tout de suite aussi petite qu'aux petites créances.

— On se connaît pas vraiment, a surenchéri Fanny, même si tu me baises depuis un an ! Maudits hommes à marde !

C'était du pur Fanny ! Ma meilleure amie qui avait un doctorat en philosophie, mais qui travaillait pour le salaire minimum pour un sans-génie qui gagnait 100 000 $ par année, lui.

— Je lui ai juré sur la tête de Guillaume que je m'en occuperais. Je veux dire de l'enfant à venir. Qu'il serait pas obligé de payer une pension alimentaire. Que je lui signerais une déchéance parentale. Que, même, j'écrirais en grosses lettres PÈRE INCONNU sur l'extrait de naissance. Mais il a pas voulu.

À l'époque, je me souviens, j'ai pensé : « C'est un célibataire endurci. »

Un enfant, c'est juste un paquet d'inconvénients pour lui.

Moi, je dois être aveugle.

Je vois pas ça.

Je vois juste le sourire de l'enfant qui vient.

Comme bien des femmes, je suis mère dans l'âme.

Quand il y a un enfant dans mon ventre, comment puis-je lui dire : « Je regrette, mon petit, ta présence est tout sauf désirée, on faisait juste baiser comme des malades, si on te renvoie pas vite fait, en deux temps trois aspirations d'où tu viens, on pourra plus baiser comme des malades, justement, et, de toute façon, ce qui était l'idée générale entre nos draps de satin de célibataires endurcis, c'était de s'amuser. Tu as envoyé trop tard ton RSVP, ou ton C.V. On pourra pas retenir ta candidature, mais prends-le pas «personnel», tu avais tout plein de qualités mais on te retourne au Ciel!»

Ayant assombri mon esprit de ces réflexions, j'ai continué ma drôle de confession auprès de Fanny:

— Mais finalement, j'ai cédé. Marc m'a conduite rue Saint-Joseph dans une clinique. Pendant tout le trajet, il répétait, l'air navré: «J'ai l'impression de te conduire à la boucherie.» Mais il a pas rebroussé chemin.

— Évidemment…

— Après deux heures d'attente à la clinique, ils m'ont couchée devant un moniteur, et ils m'ont mis une ventouse-caméra sur le ventre. Et pendant deux minutes qui m'ont semblé deux heures, j'ai vu battre le cœur de mon bébé de trois mois. J'aurais voulu y aller avant mais j'étais indécise, j'attendais un miracle de la part de Marc, un changement soudain de sentiment, et, de toute façon, quand tu veux un rendez-vous pour te faire avorter, ils te le donnent pas le lendemain.

J'ai cru que mon cœur s'arrêterait. Comment ai-je trouvé la force d'emprunter le corridor de la mort, que tu empruntes à la fin pour conduire ton enfant à sa fin, ils appellent ça un curetage.

Fanny s'est mise à pleurer. J'ai versé quelques larmes.

La serveuse est arrivée, elle a demandé, surprise, émue:

— Vous… vous avez pas aimé vos pâtisseries?

J'ai répondu distraitement, et platement, sans avoir compris la question parce que mon cerveau, côté présent, était au chômage, et travaillait donc au passé composé:

— Non.

Et Fanny a ajouté, paradoxalement :

— On va reprendre la même chose.

La serveuse nous a regardées avec un drôle d'air, mais a noté notre commande avant de repartir.

Moi, j'ai dit :

— Après, ça a plus jamais été la même chose. Même mes cases de déni, elles marchaient pas, pourtant j'en suis la championne olympique toute catégorie. Chaque fois que je voyais le quasi-père, je voyais le cœur de mon quasi-bébé, alors j'ai fini par lui dire : « Je peux plus t'aimer parce que je me déteste trop d'avoir cédé à tes arguments par amour pour toi. Je pensais que ça passerait, mais mon amour pour toi a passé avant. Je t'envoie ton 4 % par la poste et, quant à nos souvenirs, tu peux les garder et te branler avec. Comme ça, tu feras pas de bébé à la prochaine connasse qui tombera en amour avec ta sale double face. »

Une pause, et j'ai conclu devant une Fanny qui hésitait entre la tristesse et la colère :

— Mais comme tu peux voir, ils me sont restés, mes souvenirs. Mes regrets aussi, la pensée de mon erreur dans cette clinique où mon bébé pouvait juste se taire comme dans *Le Silence des Agneaux*.

Nos nouvelles pâtisseries sont arrivées, on a souri.

La serveuse a paru surprise et ravie.

Tout est bien qui finit bien.

32

Toute vérité est pas bonne à dire, je sais.

Et les gérantes tyranniques de mes cases de déni sont certainement d'accord avec ça.

Mais il y a certaines vérités que tu peux pas cacher, même si tu étais la plus grande hypocrite de notre univers connu ou inconnu.

Parce que ton corps tardera pas à te dénoncer, surtout ton ventre, et tes seins qui profitent trop, et les nausées que tu as le matin même si tu as pas bu la veille.

Finalement, j'ai pris mon courage à deux mains et, entre le moment fort bref où Billy se réveillait et se mettait à boire, j'ai dit, en croisant les doigts dans l'espoir d'une réaction favorable à mon affirmation :

— Je suis enceinte !

Il est devenu blanc, a dit :

— Je te crois pas !

J'ai couru illico à la pharmacie du coin.

J'ai acheté un test de grossesse *First Response.*

De retour à la maison, j'ai trouvé sans surprise Billy, bouteille de vodka Absolut à la main, l'air inquiet, affalé sur le canapé italien, attendant le verdict de son destin.

J'ai relevé ma jupe, qui était de faux cuir noir et cousue du fil blanc des serments de mon amant, il m'a pas sauté dessus, comme il aurait fait en d'autres circonstances, la veille, l'avant-veille. Comme il en avait pris la (trop ?) facile habitude. Pourtant je portais pas de slip.

J'ai déballé le bâtonnet qui te révélait mieux ta destinée qu'une diseuse de bonne aventure patentée, et seulement pour 13,69 $ taxes comprises.

J'ai pissé dessus devant un Billy ahuri.

J'ai replacé ma jupe. J'ai attendu. Le temps qu'il fallait.

Le test a confirmé ce que je lui avais dit : j'étais enceinte, on pouvait pas l'être plus. En fait, c'est comme une porte : elle est ouverte ou pas.

La *First Response* de Billy a été un sourire.

J'ai souri moi aussi.

Il avait l'air content.

Je pensais qu'il viendrait m'embrasser, mais son téléphone a sonné. Il a répondu. Je l'ai entendu dire : « Ah Paul, puis finalement ? »

Il s'est levé, m'a annoncé :

— Je vais être obligé de prendre l'appel. On a un gros problème avec le producteur de mon *show* de demain. On a pas encore reçu son chèque.

— Ah ! je comprends.

Il a allumé une cigarette, a prévenu :

— Je vais aller la fumer dehors, il faut pas fumer à côté d'une femme enceinte.

— C'est vrai.

Et j'ai pensé du même coup qu'il me faudrait arrêter de fumer, comme j'avais fait pendant ma grossesse de Guillaume, et que ce serait pas évident : l'angoisse me porte à fumer.

Quand Billy est revenu, dix minutes après, il avait l'air préoccupé, fâché même. J'ai remarqué :

— Ça s'est pas arrangé.

— Quoi ?

— Ben, le truc avec le producteur.

— Ah oui ! oui, il fait le virement dans cinq minutes sinon je chante pas à son *show* de merde.

— Bravo… Mais alors qu'est-ce qu'il y a ?

Il a pris une rasade de vodka, il a déclaré :

— Je veux que tu passes un test de paternité !

J'ai pensé : « Il est fou, il sait pas ce qu'il dit. Il déparle, il veut dire un test de grossesse. »

— Je viens d'en passer un devant toi, tu es soûl ou quoi ?

— J'ai parlé avec Anaïs.

Merde, ai-pensé, non seulement Anaïs nous a entendues, Fanny et moi, mais elle a pas entendu tout ce qu'on disait, que j'étais tombée enceinte de Marc Simard, pas de Billy Spade ! J'avais pas encore eu ma *First Response* lorsque je causais nonchalamment avec Fanny. Et que la bonne nous a entendues alors que je mettais mon cœur à nu.

— Je sais pas ce qu'elle t'a dit, mais je suis sûre que je suis enceinte de toi.

— Ou de Marc Simard ou de James O'Keefe. Ou de n'importe quel client de Chez Stan que tu sautais pour arrondir tes fins de mois.

Je savais pas quoi dire.

Je lui ai lancé au visage le test de grossesse concluant. Qui semblait, hélas, me conduire à d'autres conclusions au sujet de ma relation.

Il a jappé son ultimatum :

— Si tu passes pas de test de paternité, tu peux faire tes valises. Je veux pas que tu te fasses photographier, dans tous les journaux, la bedaine grosse comme une baleine avec l'enfant d'un autre que moi !

— Faire un test de paternité, tu es fou ! C'est trop dangereux pendant la grossesse. D'ailleurs, ils font plus ça depuis des années, c'est bien trop risqué. (J'avais peur qu'il y parvienne malgré tout, grâce à ses contacts.) Alors sors-toi ça de la tête ! C'est comme si tu me demandais de planter une aiguille dans le cœur de notre enfant. Tu veux qu'il naisse mongolien, c'est ça ?

— N'importe quoi. Tu dis n'importe quoi.

— Tu devrais faire une chanson avec ça. Ça ressemblerait à ce que tu dis quand tu vomis tes idées au lieu de vomir ta vodka.

Il est sorti en furie.

Il était pas habitué qu'on lui tienne tête.

Je suis partie pleurer dans ma chambre.

Pleurer un bon coup dans cette chambre immense dans laquelle je me sentais toute petite.

Parce que notre histoire d'amour venait d'en prendre un coup.

Il est rentré à 5 h du matin. Je dormais pas. J'avais pas pu fermer l'oeil de la nuit. Guillaume aussi avait mal dormi. Il sentait mon désarroi.

Billy est venu me retrouver dans la chambre à coucher, titubant, bouteille de vodka à moitié bue à la main, avec un bout de papier.

33

— Tu me donnes ça pourquoi ?

— Lis ! Tu vas comprendre.

J'ai regardé le morceau de papier, il y avait un numéro de téléphone, un nom de clinique : la clinique Saint-Joseph !

Oui, la même clinique où je m'étais fait avorter, après avoir cédé aux stratagèmes de Marc Simard.

— Tu veux que je me fasse avorter ?

Comme il répondait pas, j'ai fait une boule avec le bout de papier qu'il venait de me tendre sans tendresse et je la lui ai jetée au visage, atteignant son œil gauche. Il en a laissé tomber sa bouteille de vodka. Il a affiché un air catastrophé. L'a ramassée vite fait, sa véritable fiancée, ça me tue d'y penser. Il en a vérifié le niveau, a poussé un soupir de soulagement : elle s'était pas complètement vidée ! Il a mis ses lèvres tremblantes sur son goulot comme j'aurais aimé qu'il les mette sur mes lèvres, entre mes jambes, et assez longtemps pour que je croie un instant qu'il m'aimait vraiment, et que je connaisse la volupté, que j'en aie pas juste l'idée, désespérante à la fin.

Et il m'a ordonné :

— Va te faire avorter !

Le doute était trop difficile à vivre pour lui, même si à aucun moment je lui avais donné le moindre soupçon d'infidélité…

— Je… je peux pas. Je… je t'aime, Billy. C'est notre enfant que je porte. Tu le comprends pas ?

— Je comprends juste une chose. T'étais rien avant de me rencontrer et tu veux être sûre que tu vas devenir quelqu'un, que tu vas sortir de l'anonymat en accouchant du supposé enfant de Billy Spade !

— Billy… voyons, pourquoi tu dis ça ? Je t'aime d'amour vrai, je suis folle de toi. Je suis prête à tout faire pour toi, tu peux tout me demander, mais me faire avorter, c'est…

J'avais pas envie de lui raconter toute la douleur de mon avortement passé.

Il était si jaloux qu'il l'était rétrospectivement : si je lui avais avoué que j'avais souffert pour un autre homme que lui, il l'aurait pas pris.

Un peu comme Jordan qui pouvait pas supporter que j'aie reçu des bijoux d'un homme autre que lui, même si ces bijoux pas chers, c'est moi qui me les étais offerts, car il était mon premier (stupide) amour.

— Tu m'aimes pas ! a vomi Billy. Tu aimes juste le *poster*, la Mercedes et la grosse maison. Mais je suis pas con. C'est pas vrai que tu vas ruiner ma vie avec un bébé. Je suis une rock star. Je suis Billy Spade.

— Va te faire enculer, Billy Spade !

Il y est allé sans se faire prier.

Moi, je suis restée dans la chambre.

Je me suis remise à pleurer.

Ensuite, j'ai vomi.

Ma vie.

Ou parce qu'il y avait une vie en moi.

Je me suis lavé la bouche, et j'ai pris un bain. Chaud. Pour faire une moyenne avec la froideur de l'homme de ma vie.

Ensuite, je me suis allongée sur le lit, j'ai pris mon cell, j'ai mis ma chanson préférée :

Amor, amor, amor,
Nacio de ti, nacio de mi,
de la esperanza.

Amor, amor, amor,
Nacio de Dios para los dos

Nacio del alma

J'ai prié Dieu pour nous deux.

J'ai prié Dieu pour Guillaume, car je me sentais une si mauvaise mère.

J'ai prié Dieu pour cet enfant qui allait paraître.

J'ai prié Dieu pour que les choses s'arrangent avec Billy.

En pensant, même s'il a tort, il a raison. D'une manière. De s'inquiéter. D'être en colère.

Quel homme aime penser qu'il est cocu ?

Quel homme applaudit quand il soupçonne sa femme d'être enceinte d'un autre homme ?

J'ai malgré tout fini par m'endormir.

Le lendemain, j'ai cru que Dieu avait exaucé ma prière !

34

Je me suis réveillée vers 11 h 30, j'aurais dormi plus longtemps, mais j'avais beaucoup à faire.

Je descends à la cuisine me faire un café, un double espresso dont j'ai vraiment besoin. Y trouve sans surprise Anaïs que j'ai envie d'étriper, car elle m'a foutue dans le pétrin en rapportant incorrectement à Billy la conversation que j'ai eue avec Fanny, mais je lui fais plutôt un sourire aussi large que bref, et reprends l'air bête qu'elle m'inspire : je sais maintenant qu'on est des ennemies pour la vie.

On sonne à la porte.

Anaïs me devance, répond, pendant que je la suis, intriguée, croyant tout naturellement que c'est Billy qui a oublié ou perdu ses clés, comme ça lui arrive un soir sur deux : je devrais dire un matin sur deux !

Je suis vite détrompée. C'est un fleuriste, ou plutôt un livreur tout ce qu'il a de plus mignon qui tient dans ses mains une gerbe presque plus grosse que lui, car on dirait un *Backstreet Boys*.

Anaïs vérifie mécaniquement la destinataire, comme s'il y avait une question possible à ce sujet. Et me remet presque à regret le bouquet enveloppé. Que je m'empresse d'ouvrir. Ce sont de magnifiques roses, au moins trois douzaines. Je lis aussitôt la carte, qui mentionne pas mon nom mais dit simplement : *À la plus belle femme du monde !*

Je suis ravie (même si c'est excessif et surtout loin de la petite image que j'ai de moi et de mes charmes!) je me dis: «Billy a réfléchi, et pour l'enfant, c'est oui!»

OUI!

Et ensuite le mariage viendra!

Je lui envoie au moins 10 textos. Auxquels il répond pas. Sa pile doit être morte ou sa sonnerie désactivée: c'est l'excuse qu'il me sert toujours quand il devient le commode héros de son film muet, Dieu sait pourquoi! Moi je peux pas la lui servir, il me croit pas. Me dit que je voulais le punir ou l'ignorer. Ou encore son scénario préféré dans sa cervelle ébranlée: je pouvais pas lui parler parce que j'étais avec un autre homme, et que bien entendu je baisais avec lui puisque j'étais en manque sévère puisqu'on baisait juste trois fois par jour sept jours par semaine!

Lorsqu'il rentre enfin vers 1 h 30, je lui saute au cou et lui dis:

— Merci pour les fleurs, mon amour!

— Quelles fleurs?

35

Billy, qui a l'air encore plus ivre que d'habitude, et vraiment fatigué, répète :

— Quelles fleurs ?

Et il voit bien, sur mon visage, une expression de consternation.

Car je vois bien qu'elles sont pas de lui, les fleurs.

Mais alors de qui ?

Je tente de le précéder vers le bouquet que j'ai déjà mis dans un grand vase de cristal, un Lalique Bagatelle qu'il a pas payé… une bagatelle, et qui lui a coûté 1500 $, a-t-il cru bon de préciser pour m'impressionner.

Car l'argent c'est comme les muscles, quand tu en as, tu peux pas résister à la tentation d'en parler, ou de le montrer, même si tu fais semblant que non.

Billy voit le bouquet dont j'aimais surtout le feuillage. Et les oiseaux amoureux perdus dedans.

Son visage devient blanc. De rage. Son émotion préférée. Que nourrit le vide de sa vie. Et sa cruauté infinie, déjà annoncée mais quand même. Je sais, il a des circonstances atténuantes, mais tout le monde en a, même ceux qui sont malgré tout gentils : est-ce un si grand exploit ?

Et Anaïs, qui est présente, comprend tout ce qui se passe et peut pas s'empêcher de sourire : elle se régale ! Comme les vautours de cadavres en devenir : le repas est servi, ou presque !

Billy prend la carte, la lit à haute voix :

— À la plus belle femme du monde !

Il jette la carte par terre, prend le vase (de 1500 $ supposément : les raisins de la colère ont un prix, très certainement !) le soulève au-dessus de sa tête, le lance avec toute la violence de son âme vide sinon de sa haine sur un mur porteur.

De mauvaises nouvelles.

Il éclate, le vase.

Et l'eau de la mer Rouge ou plutôt de la mer Noire se répand sur un tapis que Billy m'a dit être d'Iran, et qui lui a coûté tant, je me souviens plus comment. Une autre vantardise, assurément.

Anaïs, qui se réjouissait quatre secondes plus tôt de ma déconvenue, constate que ce sera elle qui en paiera le prix, qui réparera les dégâts, et sa figure se décompose.

— C'est James Molson ou O'Keefe ou je sais plus trop qui t'a envoyé ces hosties de fleurs-là quand tu lui as annoncé que tu étais enceinte de sa crisse de graine de fils de riche ?

— Billy, je te l'ai dit, j'ai jamais couché avec lui !

Il est parti.

Même si je l'ai supplié :

— Attends, Billy !

Moi, après, j'étais effondrée et j'ai laissé Anaïs réparer les dégâts.

Pendant que je tentais de m'expliquer comment ils étaient arrivés. De manière si inopinée. J'ai discrètement récupéré la carte du fleuriste, qui contenait les paroles flatteuses mais incendiaires, étant donné la mystérieuse absence de leur auteur : À la plus belle femme du monde.

La plus belle femme du monde (qui se sentait laide tout à coup parce qu'elle était en train de perdre l'amour de l'homme qu'elle aimait déjà le plus au monde) avait une petite idée derrière la tête.

Ou en tout cas l'idée de faire une enquête.

Je suis sortie marcher, cellulaire en main.

J'ai appelé Stan.

Il a pas répondu. Il était peut-être encore un peu tôt pour lui. Il se levait pas en même temps que monsieur Tout-le-monde, puisqu'il comblait les vides et les vices de monsieur Tout-le-monde jusqu'à 3 h du matin, ensuite il fallait faire la caisse, préparer la brasserie, vérifier qu'aux toilettes il restait plus de pipi ou de vomi, et *tutti quanti* quand t'es proprio de bar, c'est ta vie. Glamour, tu me dis ? Il y a le mot amour caché dans glamour, mais ils devraient ajouter le mot déception, ceux qui font les définitions. Ça ressemblerait plus à la vérité. Et à la vraie vie de compagne d'une rock star comme Billy.

Pas compulsive pour deux sous, j'ai laissé deux messages par minute. Heureusement que Billy avait pas de limite, comme moi, sur sa boîte vocale. (Il vivait pas sur un petit budget de pauvre *nobody* comme ta modeste narratrice !) Il a dû sentir une certaine urgence parce que lorsqu'il a enfin répondu il a dit : « Si j'avais pas fait un cauchemar à ton sujet, j'aurais pas pris ton appel en plein milieu de ma nuit : j'ai rêvé que tu te faisais tuer à coups de couteau par le diable en personne parce qu'il y avait trop de roses dans ton cœur, et il pouvait pas supporter ça. »

— Tu as fumé quoi avant de te coucher ? que j'ai plaisanté même si le récit de son rêve me laissait un drôle de sentiment dans le cœur comme si c'était la douloureuse prémonition de ma vie.

Il a ri, puis a dit, toujours aimable, un vrai et rare ami :

— Écoute, panique pas, beauté, si tu veux revenir à la brasserie, tu peux, une bonne barmaid comme toi, c'est rare.

— C'est gentil, vraiment gentil mais j'appelais pas pour ça. Je voulais juste savoir si tu as donné mon adresse ou non à James O'Keefe.

— Pourquoi j'aurais fait ça ?

— Parce que c'est ton meilleur client et qu'il te l'a demandée.

— Je sais pas ce que j'aurais fait s'il me l'avait demandée, honnêtement, mais il me l'a pas demandée. As-tu d'autres questions ?

— Oui.

— J'écoute.

— Est-ce que tu penses qu'il a pu l'obtenir de quelqu'un d'autre à la brasserie, mon adresse ?

— Je sais pas. C'est contraire à la politique de la maison. Mais on est moins fascistes que les libéraux sur la ligne de parti, alors je sais pas.

— Tu m'aides vraiment pas, là.

— Je sais.

Stan m'a redonné espoir en disant :

— Attends, ça me revient, là, James a parlé à Annie pendant une heure.

— As-tu son numéro de téléphone ? Je veux dire celui d'Annie.

Il me l'a donné, je l'ai appelée aussitôt. Je l'ai réveillée certainement parce qu'elle a répondu d'une voix endormie :

— J'ai posté mon chèque de loyer hier, je vous le jure.

Elle était en retard, de toute évidence. Ce qui est moins grave que d'être en retard dans tes menstruations mais je sais, c'est selon. J'ai dit :

— Annie, c'est pas ton propriétaire, c'est moi, Erica.

— Ah, désolée ! Ton numéro ressemble au sien. Il est quelle heure, en passant ?

— Je te réveille ?

— Oui mais c'est pas grave, j'ai rendez-vous avec un producteur pour un rôle.

— Tu vas jouer dans un film, que j'ai dit, excitée pour elle.

— Oui mais parles-en pas !

— Ben pourquoi ?

— C'est un film porno mais ils me donnent 5 000 $ pour une journée de tournage. Ça va payer mon voyage au Tibet, ça fait des années que je rêve d'aller méditer dans un temple bouddhiste.

La fin justifie les moyens, que j'ai pensé.

Non seulement le cul mène le monde, mais il aide ton âme, parfois.

— Ah, je vois…

— Je suis pas sûre que tu vois.

— Pourquoi tu dis ça ?

— Parce que, de toute évidence, tu as jamais vu de films pornos.

— C'est pas exactement ma tasse de thé, ni de café, espresso ou pas. J'aime mieux *The Notebook* ou *Liar liar* quand je veux mourir de rire parce que je meurs de chagrin.

— La vérité est que, en échange de 5 000 $, je vais me concentrer et penser au grand Gatsby en me laissant venir dans le visage et dans les cheveux par des zizis gonflés au Viagra, en me disant : « C'est juste un mauvais moment à passer, Annie. Juste un mauvais à passer. »

Je me suis dit spontanément : « On aura beau dire, affirmer qu'elle dit trop souvent oui à des étrangers qui le redeviennent une fois la nuit ou l'heure passée avec elle, elle a un plan de match. »

Ensuite, je lui ai précisé le but de mon appel :

— Je voudrais que tu me dises. Est-ce que c'est possible que tu aies donné mon adresse à James O'Keefe ?

— Non.

— Tu es catégorique.

— Oui. Parce que même s'il m'a payé cinq cognacs St-Rémy VSOP, et qu'il aurait tout fait pour me tirer les vers du nez, même me faire faire un tour dans sa Bentley, j'aurais pas pu.

— Pourquoi ?

— Je la connais pas ! Et même si je l'avais connue et qu'il m'avait fait subir le supplice de la goutte, je lui aurais pas dit parce que je t'aime trop, ma petite chérie, surtout depuis que tu es avec Billy.

— Qu'est-ce que tu veux dire ?

— Tu le sais, ce que je veux dire.

J'ai pas insisté. Elle avait raison, trop raison. J'ai juste dit, ce qui était vrai, vraiment vrai :

— Je t'adore.

— Si tu m'adores, est-ce que tu me permets de me recoucher, en plus je rêvais au prince charmant, et il savait quoi me faire au lit contrairement à tous les crapauds de ma vie.

— T'es folle, je t'aime.

— En passant, Billy Spade est une vedette, ça doit pas être si difficile que ça de mettre la main sur son adresse. Avec Internet maintenant plus personne a de vie privée, même les vedettes.

— On arrête pas le progrès.

J'ai raccroché. J'étais pas plus avancée. Mais ce qu'Annie, même endormie, avait dit, était pas insensé. James O'Keefe avait peut-être *googlé* Billy ou demandé à un de ses sbires où Billy créchait.

Je savais pas quoi penser. Et quand je sais pas quoi penser, il faut que je bouge, je peux pas rester en place, ça me rend folle, le hamster dans ma tête s'affole et perd du poids à vue d'oeil dans sa roulette philosophique.

Je suis allée chercher Guillaume chez ma mère, où je l'avais laissé quelques heures plus tôt, en attendant que la tempête des dernières heures passe.

Quand je suis rentrée, quelques heures plus tard, après avoir mangé avec lui son trio pour enfants préféré au McDo, une surprise désagréable m'attendait.

36

Billy tenait dans sa main un livre.

Qu'il m'a brandi en pleine figure, l'air menaçant.

Un livre que je connaissais et que j'avais lu, et qui me rappelait de mauvais souvenirs parce que c'est Marc qui me l'avait offert : *Le meurtre de Roger Ackroyd.*

J'ai remis Guillaume dans les bras d'Anaïs qui est allée le coucher dans sa chambre. Parce qu'il dormait. Sinon elle l'aurait commodément endormi de ses histoires à dormir debout, qu'elle concoctait dans l'éprouvette de son malheur.

J'ai dit à Billy :

— Pourquoi tu me donnes ça ?

— Parce que c'est un cadeau du père de ton enfant.

J'ai répondu spontanément :

— Jordan m'a jamais fait de cadeau de toute sa vie.

— Je parle de ton ex Marc Simard.

Il a ouvert le livre à la page qui contenait la dédicace de Marc, et qui disait :

— À Erica, la femme la plus mystérieuse que j'ai jamais rencontrée, le roman dont le narrateur ressemble le plus à un avocat, parce qu'il ment tout le temps, et c'est payant en crime parce que son auteur Agatha Christie en a vendu 100 millions ! Je t'aime pour toujours, Marc.

Je l'ai lue avec embarras, en fait à peine parcourue, car je la connaissais par cœur, cette dédicace bidon et surtout sa fin: «Je t'aime pour toujours.»

Oui, je t'aime pour toujours, c'est-à-dire, dans sa rhétorique, jusqu'au premier léger inconvénient: un enfant!

Je me demandais surtout où il avait pris ce livre, Billy. La réponse m'est venue tout de suite malgré la tempête dans mon esprit: sans doute dans la grosse caisse de livres que j'avais rapportée de chez moi et que j'avais pas eu encore le temps de placer sur des rayons que Billy était supposé me faire installer dans notre chambre ou dans la pièce destinée à devenir mon bureau, mais qui servait encore de débarras. Jusqu'à nouvel ordre. Du maître de l'univers. Je veux dire de *mon* univers. Mais notre univers c'est toujours notre univers. Ou vice versa. Jusqu'à ce qu'on devienne philosophe.

— Je… je vois pas pourquoi tu me montres ça. Oui, c'est Marc qui m'a offert ce livre-là à l'époque où on sortait ensemble, mais c'est fini depuis longtemps. Si tu veux, je le jette à la poubelle, je m'en fous comme de l'an quarante.

— Vraiment? Tu t'en fous vraiment?

— Puisque je te le dis!

— Alors ça, tu expliques ça comment?

Il a tiré de sa poche mon cellulaire.

— C'est toi qui avais mon téléphone? Je le cherchais depuis hier.

— Tu l'avais laissé sur le comptoir de la cuisine, à côté de la cafetière.

— Merci mais je vois pas le lien avec ce dont on discute.

— Peut-être que ça va t'aider!

Je savais que j'avais appelé Stan et Annie en dernier, mais…

Il m'a mis mon cellulaire dans la figure en appuyant sur des boutons pour qu'apparaissent les derniers numéros que j'avais composés. Quatre fois.

— Pourquoi tu me montres ça?

Je reconnaissais pas le numéro. Et surtout, il me semblait pas l'avoir composé récemment et surtout pas quatre fois. Au lieu de répondre, Billy a appuyé sur le bouton qui recomposait automatiquement le numéro et il a mis le haut-parleur à *On*.

Une voix masculine, que je connaissais trop, et que je trouvais aussi désagréable que la musique grinçante d'une craie sur un tableau, a dit:

— Vous avez joint le bureau de Marc Simard.

J'en revenais pas.

— Je… je comprends pas, ça fait une éternité que je l'ai pas appelé.

— Le numéro s'est composé tout seul, c'est évident. Il s'est composé tout seul pour que tu puisses lui annoncer la bonne nouvelle, parce qu'il avait le cœur brisé parce que tu avais fait une fausse couche après être tombée enceinte de lui. Maintenant, il va redevenir père, mais comme il a pas un rond parce qu'il est juste un raté, il préfère que ce soit moi qui paye pour l'éducation de son enfant. Tu vas te faire avorter.

— Billy, je sais pas où tu as pris ça!

Je me le demandais en effet. On aurait dit que, parano fini, ou pour mieux me contrôler, il avait fait une enquête sur mon passé, mais inexacte, comme s'il avait eu recours aux services du copain de Fanny, Goliath D, qui travaillait pour une agence de renseignements.

Personne m'avait emprunté mon cellulaire. J'avais pas quitté la maison. Son agent était passé porter une enveloppe, je le sais parce que je l'avais entendu parler avec Billy mais j'étais dans la baignoire…

Et le numéro de téléphone sur mon cellulaire, je l'avais pas composé. Même une seule fois. En tout cas pas depuis des mois. Mon cerveau voulait s'éteindre, c'était juste trop.

— Es-tu déjà tombée enceinte de lui ?

La question était claire, et, surtout, me plongeait dans un passé que je tentais de toutes mes forces d'oublier.

— Oui, mais c'était un accident. Et il a tout fait pour que je me fasse avorter.

— Quand est-ce que tu vas cesser de raconter des histoires et que tu vas faire face à la réalité ?

Je savais pas quoi répondre. Il n'avait qu'à l'appeler pour confirmer ce que je disais. Mais Marc l'aurait peut-être envoyé promener en lui disant que c'était pas de ses affaires. Et de toute manière, ça faisait un peu *loser* sur les bords, ce genre de vérification.

J'avais l'impression de rêver. Ou plutôt de faire un cauchemar. Le pire cauchemar de ma vie.

Billy a laissé tomber mon cell par terre, et moi je me suis effondrée.

37

J'ai retrouvé Fanny au spa où on va parfois quand ça va pas, le Spa Possible, à L'Île-des-Sœurs.

— Mais pourquoi tu as appelé Marc ? a demandé Fanny.

— Je viens de te dire que je l'ai *pas* appelé.

— Mais le numéro de téléphone sur ton cellulaire, il est apparu comment ?

Est-ce que je sais ? que j'ai protesté, agacée.

Une femme est arrivée sur ces entrefaites, une quinquagénaire qui devait peser au bas mot cent kilos (de quoi faire monter vite fait le niveau de l'eau !) et qui portait pas de maillot.

On a ce droit, dans le territoire réservé exclusivement aux femmes, chez Spa Possible, de se promener nues. Fanny et moi, on l'avait pas exercé, j'avais opté pour le bikini ; Fanny, pour un string acheté à Rio comme si elle s'était dit : « Même si j'ai un gros cul j'ass...ume ! » *Joke* compréhensible juste pour les bilingues, je sais ! On a quand même trouvé qu'elle aurait pu se garder une petite gêne, la madame sans complexes, surtout qu'elle s'était de toute évidence pas rasé les aisselles et le pubis depuis son adolescence : ça faisait vraiment artiste, comme buisson. Ou parisien, c'est selon.

Elle est descendue dans le spa en gloussant au téléphone : elle avait trop de *fun* pour nous remarquer. C'était aussi bien ainsi, on avait à discuter, et on avait une vie privée.

— En tout cas, a repris Fanny, j'espère que Billy a pas lu *Le meurtre de Roger Ackroyd.*

— Pourquoi tu dis ça?

— Parce que le médecin qui raconte l'histoire ment du début à la fin: c'est lui l'assassin.

— Oui, c'est vrai, je me souviens, je l'avais deviné en le lisant, mais j'avais pas pensé à ça. Mais t'inquiète pas! Billy, il lit pas. Sauf des trucs qui parlent de lui.

Fanny, je l'adore. Elle sait tout. A tout lu. Tout entendu. Tout vu. Et en es revenue. Ou presque.

À un moment donné, elle a froncé les sourcils comme si elle avait réfléchi, ou pensé à quelque chose de triste, ce qui lui arrive souvent. J'ai dit:

— Qu'est-ce qu'il y a, maintenant?

— Je pense que Goliath me trompe.

38

— Pourquoi tu dis ça ?

— J'ai trouvé des capotes dans ses poches.

J'ai pensé malgré moi à Jordan.

— Ah, je… je sais pas quoi te dire.

— Moi, je sais quoi te dire ! Avant-hier, on est allés au Marriott à New York.

— Je te suis pas.

— Ils avaient un match au Madison Square Garden.

— Ah… c'est le *fun*, New York, les boutiques, Fifth Avenue…

— Le *fun* ? La femme de Corey Spice m'avait prévenue, pourtant, dans une des réunions archi-plates des femmes de joueurs du National.

— Prévenue de quoi ?

— Que ce serait une épreuve pour notre couple.

— Je te suis pas.

Épreuve pour notre couple…

Le mot, de toute évidence, avait piqué la curiosité de notre compagne de spa. En tout cas, elle parlait plus au téléphone et faisait plutôt semblant de regarder ses ongles dont le vernis était un souvenir lointain, peut-être comme son bonheur.

— Je veux dire que ce serait peut-être pas une expérience agréable à New York. Quand je suis arrivée avec Goliath au Marriott, 24 escortes de luxe attendaient les joueurs.

— Ouille, je commence à comprendre.

— Il y en a aussi des moins chères pour les employés de soutien qui gagnent trois fois rien. J'en ai *spotté* au moins trois qui souriaient à Goliath et qui lui faisaient des clins d'œil avec leurs faux cils: je suis sûre qu'il a déjà couché avec et que si j'avais pas été là, il se serait envoyé en l'air avec les capotes que j'ai découvertes dans ses poches.

— Hum, pas évident...

— J'ai demandé à Goliath: «C'est quoi, ces capotes-là? Tu me triches?» Il a répondu: «Non, s'il y a quelqu'un qui triche quelqu'un ici ou qui veut le tricher, c'est pas moi, c'est toi.» J'ai demandé: «Qu'est-ce que tu vas chercher là?» Il a expliqué: «Ben, je suis pas cave. J'ai pas envie que tu tombes enceinte comme ta *chum* Erica.»

— Il se mêle de quoi?

— Je sais pas. Je sais juste qu'il a dit: «À partir de ce soir, on va faire l'amour avec des capotes.» J'ai protesté: «Je prends la pilule.» Il a dit: «Ça s'oublie, une pilule.» J'ai dit: «Tu me prends pour qui?» Il a dit: «Je te prends pour ce que tu es.»

— Oh... pourquoi tu le quittes pas?

— Si je le savais, si je pouvais trouver le mode d'emploi... Mais je sais juste une chose, depuis ce soir-là, on fait plus l'amour comme avant. Quand il dit pas qu'il est fatigué ou qu'il a mal à la tête, il me met juste son zizi dans la bouche ou dans le cul, on dirait que mon vagin est cousu. Avec du fil de fer.

Je me suis mise à pleurer.

Elle m'a imitée.

La grosse femme nue d'à côté aussi, qui avait cessé de parler au téléphone et, de toute évidence, avait écouté les confidences de Fanny.

39

La nuit porte conseil.

Le bouquet de roses, je voulais savoir qui me l'avait envoyé.

Marc, c'était pas son style. Il était trop radin. Même au plus fort de notre relation, il m'avait jamais acheté une seule fleur, alors un bouquet de 36 roses, il me fallait trouver autre chose !

Puis pourquoi ce soudain regain d'intérêt ? Il savait que j'étais avec quelqu'un d'autre. Billy et moi, à peine un mois après notre rencontre, notre photo à un combat de boxe s'était retrouvée dans tous les journaux : Billy voulait officialiser médiatiquement notre union.

Et lui aussi, Marc, avait été photographié dans une revue à potins avec la nouvelle sensation d'*Occupation Double* qui *frenchait* mieux que ses rivales dans le spa, en plus elle avait avoué avoir déjà *frenché* une fille : un tabac, quoi !

Alors qui avait pu m'envoyer ce bouquet anonyme ?

Des fois, dans ma fatigue, ou pour mieux dire dans mon surmenage, j'en venais à penser que j'avais peut-être des pertes de mémoire, et j'en concluais, non sans honte : c'est peut-être moi qui divague et pas Billy ; j'ai peut-être appelé Marc dans un moment de nostalgie, ou je sais pas pourquoi. Ensuite il m'a envoyé des roses.

Ou alors c'était un parfait étranger enfin pas parfait mais un client de Chez Stan, si grand amoureux qu'il m'avait envoyé un bouquet de roses de 75 $?

Nahhh…

Il aurait mis son nom et son numéro de téléphone pour rentabiliser ou en tout cas tenter de rentabiliser son investissement: les vrais poètes sont encore plus rares que les hommes cruels. Même un homme ordinaire fait rien sans calculer.

Restait James O'Keefe.

Mais j'allais quand même pas lui téléphoner et le lui demander!

J'aurais l'air de quoi, si c'était pas lui!

En plus, j'étais pas intéressée à lui, malgré ou en raison de son argent: j'en avais déjà assez de me faire répéter que je sortais avec Billy Spade pour la gloriole, pour me faire vivre, alors que, ironiquement, j'avais plus de vie depuis que j'étais avec lui et que je tirais le diable par la queue, que j'avais moins d'argent de poche, étant donné que je travaillais plus. En plus.

Je voulais en avoir le cœur net.

J'avais conservé la carte du fleuriste.

Je m'y suis rendue à la première heure, le cœur battant, craignant quelque bizarre révélation – et les ennuis qui viendraient naturellement avec. (Billy était pas encore rentré, alors j'avais pas d'explications à fournir à personne pour mes allées et venues, quel soulagement!)

C'est un sexagénaire à l'allure un peu efféminée, avec de jolies lunettes cerclées d'or mal enfoncées sur un nez couperosé, qui m'a accueillie à la caisse: « Qu'est-ce que je peux faire pour vous aider? »

Je lui ai expliqué, avec d'infinies précautions oratoires:

— Je sais que c'est pas habituel de… enfin je veux dire j'ai reçu un magnifique bouquet de roses, hier, mais il y avait pas de nom sur la carte d'accompagnement…

— Pas de nom ?

Je lui ai montré la carte, il a plissé les lèvres.

— Non, il y a pas de nom, en effet, a-t-il confirmé.

C'est peut-être juste une commande téléphonique. Je sais pas quoi vous dire.

— Vous pourriez pas juste me dire qui vous a commandé les fleurs ?

— Non.

Pas sympa. Mais clair et net comme réponse.

— Non ? Simplement non ?

— Oui. C'est contre la politique de la maison.

Je me suis recentrée, j'ai dit :

— Mais si c'est une erreur de votre part ? Si je remercie pas la personne qui m'a envoyé le bouquet, elle va croire que le bouquet m'a jamais été livré, et elle va vous blâmer pour votre négligence.

— Dans ce cas, elle va nous rappeler, a-t-il fait en me servant une nouvelle édition, revue et augmentée, de son sourire ironique.

Il était aussi intraitable que logique. Mais je me laissais pas démonter aussi aisément.

— Est-ce que je pourrais parler au gérant ?

— Non.

— Pourquoi ?

— Parce qu'il va vous dire la même chose que le propriétaire.

— Alors est-ce que je pourrais parler au propriétaire ?

— Oui. Même que vous lui parlez maintenant.

— Ah, je vois.

Je lui ai tendu la main :

— Toujours un plaisir de faire affaire avec vous. Je vous recommande à tous mes amis Facebook.

J'ai tourné les talons.

Mais à la porte du fleuriste, sur le trottoir, devant la vitrine pleine d'orchidées et de bromelias, je suis tombée sur quelqu'un que je m'attendais pas à revoir de toute ma vie, et pourtant, j'ai souri.

40

C'était le charmant petit livreur aux cheveux roux de la veille !

Il m'a reconnue lui aussi, même s'il avait l'air nerveux et pressé.

— Est-ce que je peux te parler ?

Il a regardé sa montre.

— Je suis déjà en retard de dix minutes.

— Ce sera pas long. Je… Hier le bouquet que tu m'as livré, il y avait pas de nom dessus, tu sais pas qui me l'a envoyé ?

— Un client.

— Très drôle. Mais sérieusement. C'est vraiment important pour moi.

Une lueur de compassion a brillé dans ses yeux. Il y avait de l'espoir !

— Je sais mais… je peux perdre mon emploi pour ça.

Il a regardé avec inquiétude à l'intérieur de la boutique, pour voir si le proprio le voyait pas en train de causer avec moi.

— J'étais dans la boutique quand le client est venu acheter les fleurs.

— Est-ce que tu peux me donner son nom ?

Il a pas répondu à ma question. Au lieu, il a regardé à nouveau à l'intérieur de la boutique. J'ai vu que le patron lui faisait les gros yeux.

— Il faut que j'y aille maintenant, qu'il a dit. Bonne chance dans vos amours !

Et il s'est engouffré dans la boutique.

J'étais pas vraiment plus avancée : juste plus frustrée, l'histoire de ma vie, quoi !

Il fallait que je parle à Fanny.

41

— Pourquoi Marc m'aurait envoyé des roses, comme ça, à brûle-pourpoint ?

— Parce que tu lui as téléphoné pour lui dire que tu étais enceinte.

— Mais je t'ai dit que je lui avais pas téléphoné.

— Mais les numéros sur ton cellulaire, ils sont apparus comment ? Par génération spontanée ?

— Qu'est-ce que tu veux que je te dise : je le sais pas. Et même si je l'avais appelé, je te l'ai dit, Marc est trop radin, en plus il est avec quelqu'un d'autre maintenant.

— Je sais pas quoi te dire.

Après un assez long silence, j'ai demandé :

— Es-tu encore là, Fanny ?

— Oui, et en plus, je viens de deviner qui t'a envoyé les fleurs !

42

— Qui, qui ? Dis-moi qui m'a envoyé les fleurs !

— Ben, Billy.

— Billy ? Mais pourquoi il aurait fait ça ?

— Ben, parce qu'il veut te *gaslighter*. Ça me paraît évident !

— Me *gaslighter* ? ai-je demandé à Fanny, qui savait tout, comme je t'ai dit.

— Oui, comme dans le classique des films noirs, *Gaslight*, avec Ingrid Bergman.

— Celle qui joue dans *Casablanca* ?

— Oui, mais là, son mari est moins amoureux qu'Humphrey Bogart, il fait tout pour qu'elle croit qu'elle est folle. Billy, lui, il veut te faire craquer ou te faire perdre la raison au cas où tu lui cacherais quelque chose. Il veut te culpabiliser, te fragiliser.

Je gère et digère l'information, la trouve finalement indigeste, m'oppose :

— Mais Billy, pourquoi il me ferait ça ? Pourquoi il voudrait que je me croie folle ?

— Ben, pour que tu l'écoutes au doigt et à l'oeil. Et que tu te fasses avorter de ta propre volonté sinon il va te faire interner, et le bébé ils vont te l'enlever du ventre pendant que tu vas être attachée sur une table de folle : ensuite, ils vont te lobotomiser, comme dans *Vol au-dessus d'un nid de coucou*.

— Je pense que tu as vu trop de films, ma chérie.

— Des fois, la réalité dépasse la fiction. Pourquoi tu penses qu'à Hollywood, ils écrivent toujours : basé sur une histoire vraie ?

J'ai médité quatorze secondes sur la profondeur de son observation, puis j'ai dit :

— Est-ce qu'il pourrait être aussi tordu ? Ou peut-être c'est ce qu'il voulait dire par être cruel…

— Les hommes, plus ils sont riches et célèbres, plus ils sont tordus. Sinon, ils seraient pas devenus riches et célèbres : toute chose a un prix.

L'observation, fine malgré sa brutale livraison, demandait réflexion. J'ai dit :

— Mais Billy est chanteur pas comédien, même si c'est son rêve de le devenir. Il peut pas avoir fait semblant d'être si fâché que je reçoive des roses. Et en plus, il a brisé un vase Lalique à 1500 $. Il est en pétard quand on va au restaurant puis que ça coûte plus que 100 $, je veux dire pour les fois qu'on y va encore. Il dit toujours qu'on est cassés, et qu'il doit tout payer pour tout le monde. Alors péter un vase de 1500 $ en plus d'avoir payé 75 $ de roses, t'es-tu folle, madame chose ?

— Touché.

— En plus, Billy, il est toujours soûl, alors je pense pas qu'il aurait pu accoucher d'une idée aussi machiavélique.

— Bon point ! a fait Fanny, résignée.

— Bon point peut-être, mais ça répond pas à ma question : « Qui m'a envoyé ce foutu bouquet de roses ? »

Fanny et moi, on est pas arrivées à une conclusion satisfaisante.

Mais le soir, vers 9 h, alors que je venais de mettre au lit Guillaume non sans difficulté, car il ressentait toute mon anxiété, toute ma détresse, comme si on était deux vases communicants, et me demandait toujours de rester couchée avec lui et il se réveillait même dès que je me levais du lit, j'ai reçu un appel étrange.

43

J'ai dit: «Allô?»

Pas de réponse à l'autre bout.

J'ai dit: «Billy, c'est toi?»

Pas davantage de réponse...

Ensuite je me suis dit c'est absurde, Billy m'appelle *jamais* sur la ligne de la maison, mais toujours sur mon cell. En fait, c'est pas tout à fait vrai. Quand je réponds pas sur mon cell, il m'appelle tout de suite sur la ligne de la maison.

Il supporte pas qu'on le fasse attendre. Que je lui réponde pas tout de suite. Comme si j'étais à son service. Et à son service exclusif. Et malgré mon orgueil de femme, force m'est d'admettre que c'est bien ça que je suis en train de devenir. Il est comme ça avec tous ceux qui travaillent avec lui ou, plutôt, je devrais dire, *pour* lui.

On se plie à sa tyrannie ou on travaille plus pour lui, c'est la règle. Il faut tout lui donner tout de suite: si on déroge à cette règle, s'inscrit en faux contre sa manière de penser, on est condamnés, ostracisés aussitôt.

Plus mon amour pour lui entre dans mon cœur, plus l'amie qui y séjournait prend congé, comme s'il y avait plus de place pour elle, qu'elle se sentait négligée, rejetée, abandonnée: et cette bonne, cette belle, cette douce amie, c'est moi, hélas!

Et le pire dans tout ça, dans ma descente aux enfers, est que je me rends compte que je commence à négliger Guillaume pour apaiser les colères de son «père»; j'ai même dû emménager une mini-section pour mon mini, je veux dire mon petit, dans le bas du frigo pour qu'il puisse se nourrir lorsque Billy me laisse plus une seconde pour moi. Ni pour le petit. J'y range des Ficellos de fromage deux couleurs, des yogourts.

Ses excès le rendent angoissé. Parfois il passe une semaine alité, à trembler: il a peur de mourir si je m'absente. Il me pompe toute mon énergie comme un véritable vampire. Avec Guillaume, même si je lui donne beaucoup, ça me vide pas: il me redonne sa joie.

J'ai une compensation, si je puis dire: Billy va adopter officiellement Guillaume, c'est juste une question de temps. On a rempli toutes les formulaires, alors ça lui fera un velours, une consolation, une vraie vie de famille, quoi! Ce dont j'ai toujours rêvé pour lui: je suis pas une femme bien compliquée, si tu y penses.

Guillaume, Billy…

Les deux petits hommes de ma vie…

Je demande à nouveau:

— Billy?

On raccroche.

Je me dis ça doit être un simple faux numéro.

Mais à peine une minute plus tard, le téléphone de la cuisine sonne à nouveau, alors que je m'escrime avec la Faema parce qu'il me semble que j'ai besoin d'un dernier café, et pas le moindre: un triple espresso. Pour me remettre de mes émotions. Ou les alimenter. C'est selon. Je suis si nerveuse que la tasse me tombe des mains et que le café se répand sur le comptoir. Merde et triple merde pour mon triple espresso envolé ! De toute manière, comme je suis enceinte, je dois y renoncer.

Ça doit être le destin, ou mon subconscient, qui m'envoie un message : « Tu bois trop de café, ma petite chérie d'amour, vas y mollo, *qui va piano va sano* (*Oh Milano, te amo !*) surtout pour ton cœur ! »

Il faut toujours se trouver des raisons glorieuses ou en tout cas rassurantes pour justifier nos gaffes, sinon la vie est trop déprimante, en tout cas c'est ma philosophie.

Je remets à plus tard la déprimante tâche de nettoyer le comptoir, même si le café tombe de manière inquiétante sur les portes d'armoire nec plus ultra, des Viceroy, et bientôt sur le marbre noir du sol qui m'a tant impressionnée, le premier matin, et aussi le suivant, après tu t'y fais, tu le vois même plus, ça devient ta réalité !

Je décroche.

Pas plus de réponse.

Je pense… et je dis : « Ja… »

J'allais dire : « James », mais je me ravise au dernier moment.

Si, pour une raison bizarre, et de lui seul connue, c'était Billy qui était au bout du fil : il me tuerait !

Ou m'enverrait un *bill* d'insultes si élevé que, à la fin, je serais ruinée, je ferais faillite.

Je suis sur le point de raccrocher lorsque j'entends une voix de femme que j'ai jamais entendue et qui semble me connaître, car elle prononce mon nom :

— Erica…

— Euh oui, c'est moi…

Elle me dit alors son nom, et mon cœur se met à battre à tout rompre, même que j'ai un point si fort que je me crois sur le point… de faire une crise cardiaque !

44

— C'est Marie-Ève. L'ex de Billy.

La femme de la douteuse œuvre de pop art, qui a failli faire vraiment *popper* mon cœur lorsque je l'ai découverte dans le *walk-in*, car elle était faite des lambeaux de soutien-gorge et de slip.

— Oui, je…

— Billy m'a dit que tu étais enceinte et qu'il allait adopter ton fils.

La phrase me frappe comme un coup de masse dans la figure. Plus qu'un coup, à la vérité :

Donc Billy lui parle. Lui dit tout. Ou en tout cas beaucoup. De notre vie privée. De nos secrets, au moins récents, comme ma grossesse qui a pas encore défrayer les manchettes, surtout qu'il tient absolument à ce que je me fasse avorter.

Lui dit-il aussi comment il me baise, combien de fois par jour et que je suis sa Kate, lui mon Leonardo, qu'il est mon Elvis, moi sa Priscilla ? Auquel cas j'ai envie de vomir.

Et pas simplement parce que je suis enceinte : les nausées m'ont pas encore ravagée. Je lui en veux pas pourtant. Comme si…

Je prends une grande respiration silencieuse, je confirme :

— Oui. Qu'est-ce que je peux faire pour t'aider ?

— Écoute, il a toujours refusé de me remettre mes vêtements.

Mais maintenant que je sais qu'il a refait sa vie avec toi, est-ce que je pourrais les ravoir ?

J'étais estomaquée. Billy m'avait menti.

Il avait jamais retourné les vêtements de son ex ! Un autre de ses *shows* de boucane !

— Écoute, je sais pas quoi te dire. Ils sont plus dans le *walk-in*, c'est moi qui ai pété les plombs pour qu'il te les retourne.

Alors je sais pas pourquoi mais j'ai ajouté :

— Si tu me crois pas, viens voir !

45

Marie-Ève a dit : « Je saute dans un taxi. Parce que Billy m'a dit qu'il me les remettrait jamais, et toi je suis sûre que tu aimerais qu'ils sortent de ta maison. »

Je pouvais pas dire non.

En plus, je me suis dit, je vais pouvoir lui poser des questions au sujet de Billy.

Des questions, j'en avais aussi à poser à Nibs.

Je l'ai rejoint sans surprise au Ballroom où il avait conduit Billy, qui flambait 200 $ par soir dans les jeux de hasard (heureusement, il payait pas souvent pour boire !) et vivait sa vie de rock star : je me disais souvent que ça devait être vraiment fascinant, surtout en novembre, un lundi soir.

Marie-Ève est arrivée avant lui.

Comme si elle était pressée de me rencontrer, ou de vérifier si je lui avais menti au sujet de ses vêtements.

J'ai été surprise de la voir : on aurait dit que je me regardais dans un miroir ! Enfin presque. Chose certaine, elle aurait pu être considérée comme ma jumelle, ou à tout le moins ma soeur. Grande, brune, les yeux bruns cependant, mince, style mannequin, quoi ! En plus elle s'habillait comme moi, portait, enfin ce soir-là, un t-shirt qui aurait pu appartenir à un homme et ressemblait à un t-shirt de Billy : d'ailleurs c'en était peut-être un !

J'ai eu envie de l'embrasser, et elle aussi, je crois, mais on était embarrassées. On s'est juste serré la main. Ça faisait un peu bizarre.

Marie-Ève est entrée, a dit :

— Ça m'étonne pas que tu sois grande. Billy t'a dit pourquoi il aimait tant les grandes femmes ?

— Parce qu'il est petit ?

— Oui, mais la vraie raison c'est qu'à 15 ans, il était amoureux fou d'une fille, mais elle avait six pouces de plus que lui et quand il lui a demandé de danser, elle a ri de lui. Il en est resté meurtri.

On est montées dans la chambre principale. Elle connaissait le chemin, bien évidemment. Ça m'a fait drôle quand même. Elle était encore chez elle. Étais-je déjà chez moi ?

Elle m'a pas demandé la permission pour ouvrir la porte du *walk-in*, pour y entrer. Elle a vu mes vêtements, qui remplaçaient les siens depuis longtemps, et a bien compris, par conséquent, que je lui avais pas menti.

— Alors ils sont où, mes vêtements ? a-t-elle demandé.

— On va avoir la réponse dans deux minutes.

— T'as pas demandé à Billy de venir s'expliquer, hein ? a-t-elle dit avec un air effaré.

— Non, à Nibs.

— Ah ! Nibs ! C'est un amour, il me manque. Mais pourquoi à lui ?

— Parce que c'est lui qui devait te rapporter tes vêtements.

— Ah, je vois.

Nibs est arrivé dans la chambre.

Quand il a vu Marie-Ève, il a évidemment été surpris, et il a eu une émotion. Ils sont tombés dans les bras l'un de l'autre.

Je les ai observés. C'était de l'amour pur. Mélangé avec de la nostalgie et de la tristesse évidemment, parce qu'ils pouvaient plus se voir aussi souvent qu'avant, et même sans doute se voyaient plus jamais. La vie passe : tous les êtres sont de passage. Et malgré tout, ce spectacle me faisait chaud au cœur. Ça me disait : il reste de l'amour, de l'amitié, appelle-le comme tu voudras, il est là, de ton ami, de ton enfant, de ta mère : il est là. De ton mari, je sais pas : personne a encore demandé ma main.

Mais Marie-Ève était pressée, il fallait pas l'oublier, alors j'ai pas tourné longtemps autour du pot :

— Nibs, que j'ai dit, les vêtements que tu devais lui rapporter, ils sont où ?

— Je... je peux pas vraiment répondre. Je risque de perdre mon emploi, et si c'était juste ça, ça me dérangerait pas tant, même si travailler pour Billy, c'est toute ma vie. Mais sans lui, je serais probablement en prison aujourd'hui alors le trahir...

— Tu le trahis pas. Tu m'aides à convaincre Marie-Ève que je lui ai pas menti. Puis ces vêtements sont à elle, elle a le droit de les ravoir.

— Évidemment, si tu les as jetés... a fait Marie-Ève.

J'ai bien observé Nibs, quand elle a dit ça, et c'était évident qu'il les avait pas jetés.

Il a hésité encore. A regardé Marie-Ève. J'ai dit :

— Ça va rester un secret entre nous trois. N'est-ce pas, Marie-Ève ?

— Oui.

Nibs a objecté :

— Mais Billy est pas fou : il va bien se rendre compte que les vêtements ont disparu.

Disparu d'où ? C'est la question qu'on se posait bien entendu, mais nous progressions, il me semblait.

Marie-Ève y est allée d'un bon argument, je crois :

— Il est toujours soûl, et il se souvient jamais de ce qu'il a dit. Tu inventeras un truc. Tu lui diras que finalement tu les as mis à la poubelle comme il te l'avait demandé.

— Et de toute façon, je sais pas où il les a mis, mais ça prend de la place, des vêtements. Il doit pas les avoir mis dans le compartiment à gants de sa Mercedes.

Je crois que c'est pour elle qu'il l'a fait, pas pour moi. Il a hésité encore quelques secondes, puis a dit, en désignant la grosse armoire noire :

— Ils sont là-dedans. Mais on est pas plus avancés, il y a un cadenas et j'ai pas la clé. Une seconde après, j'ai dit :

— J'ai une idée.

— Une idée ? ont demandé Marie-Ève et Nibs à l'unisson.

Je leur ai pas dit ce que c'était.

Je savais qu'il y avait un marteau dans un des tiroirs de la cuisine. Je savais pas ce qu'il faisait là, mais je savais qu'il y était. J'ai descendu les marches quatre à quatre, et les ai remontées trois à trois, marteau en main.

Quand Nibs m'a vue, il a dit, affolé, même s'il s'en doutait :

— Qu'est-ce que tu fais là ?

J'ai pas daigné lui répondre. J'ai juste donné un grand coup de marteau : le cadenas a cédé aussitôt.

J'ai regardé Nibs avec une certaine fierté.

Marie-Ève s'est précipitée pour ouvrir la porte. Il y avait tous ses vêtements pêle-mêle !

À la porte, on s'est serrées dans les bras l'une de l'autre, je sais pas pourquoi, comme si on était des amies dans le même combat, elle ancien, moi nouveau. Ensuite, elle m'a avoué :

— Il y a deux choses que je voudrais te dire. Une que tu vas aimer et l'autre que tu aimeras pas, enfin peut-être pas. Tu veux que je commence par laquelle ?

— Celle que je vais aimer.

— Je reviendrai jamais avec Billy.

— Et celle que j'aimerai pas ?

— Je l'aime encore.

Ça m'a hyper ébranlée. Elle a ajouté :

— Fais attention à toi, sinon tu vas y laisser ta peau.

J'ai cru que sa prédiction allait se réaliser le soir même. Ou plutôt le lendemain matin, à 6 h.

46

C'est l'heure à laquelle Billy est arrivé. Je dormais. Sans gêne aucune, il m'a réveillée : il a tous les droits sur moi y compris sur mon sommeil, dont je suis cruellement privée depuis des lunes, à telle enseigne que, souvent, j'ai de la difficulté à me concentrer, je vais dans une pièce d'un pas déterminé, puis je m'immobilise, me gratte la tête en me demandant ce que j'allais faire là. J'oublie des choses, quoi, de plus en plus de choses, de plus en plus souvent.

J'avais délibérément laissé ouverte la porte de la grosse armoire maintenant quasiment vide, et fait disparaître le cadenas désormais inutile, question de brouiller les pistes. Billy s'est mis à hurler :

— Qu'est-ce qui est arrivé ?

— Ben, ton ex est venue chercher son linge.

— Mais comment elle savait que je l'avais mis là ?

— Elle m'a dit que c'est toi qui le lui avais dit au téléphone avant-hier quand tu l'as appelée à 3 h du matin.

J'ai su tout de suite que je l'avais jouée finement, l'explication, parce que son ton a baissé comme par enchantement, et il avait même l'air confus, médusé, déjoué, perdu, comme tout alcoolo, cocaïnomane, médicamenté qui se respecte se retrouve quand il doit se souvenir de ses faits et gestes de l'avant-veille : même la veille, c'est nébuleux, surtout quand il a fait un black-out parce qu'il a trop bu !

Il a alors eu une drôle de réaction. Enfin, c'est une façon de parler, parce que moi ça m'a plutôt attristée.

Il s'est laissé tomber sur le lit: on aurait dit un enfant de trois ans.

— Elle m'a jamais aimé. Tout ce qu'elle a aimé, c'est le *poster*!

Il voulait dire le *poster* de lui, il voulait dire la célébrité. Il y en avait un, immense, dans le salon. Un autre tout aussi immense dans la cuisine. Un autre dans la chambre principale (Billy, lui, disait chambre des maîtres: expression grossièrement exagérée par lui car il n'y avait qu'un seul maître, lui!) et enfin un autre plus petit au petit coin avec une télé sur laquelle jouaient en boucle des extraits d'un de ses spectacles avec des groupies en extase et une remise de prix: de quoi rappeler aux visiteurs distraits ou trop avares de courbettes où ils se trouvaient.

Billy a continué sa lamentation:

— Elle était rien avant de me rencontrer, une BS de la pire espèce. J'ai toujours tout payé pour elle. Elle m'a utilisé pour partir son *business* de mode de merde et en plus elle m'a trompé.

C'était pas exactement la version que j'avais eue d'elle.

Mais qui croire?

Chacun a sa vérité.

Ensuite, Billy a continué à se lamenter:

— Elle retourne jamais mes appels ou mes textos. Elle me traite comme de la merde.

Et moi, je devais subir ça, recevoir ces coups de couteau dans le cœur, écouter avec compassion sa douleur, la douleur d'un homme avec qui je vis et dont je suis enceinte.

Sa douleur au sujet de son ex.

Je suis moderne, je suis ouverte d'esprit, enfin je le crois, je suis résiliente, à force d'avoir reçu tant de gifles, de la Vie et des hommes de mon passé, mais là, c'était trop, juste trop !

47

Le lendemain matin – y avait-il un lien avec ce qui s'était passé la veille ? – Billy m'a dit :

— Morand et Catherine vont venir prendre l'apéro, vers 5 h.

— Catherine ?

— Oui, Catherine Légaré, mon avocate.

— Tu veux me poursuivre parce que je suis tombée enceinte de toi par accident ?

— Ha ! ha ! ha !

Il a ri mais ma petite plaisanterie était prémonitoire, comme le reste de la soirée allait le montrer.

L'agent et l'avocate sont arrivés à l'heure. Billy déteste les gens qui sont en retard, même si lui l'est presque toujours : une star arrive jamais à l'heure, ça fait pas… star !

Catherine est une toute petite femme, habillée avec élégance, style tailleur à 600 $ minimum, comme toute avocate d'un grand bureau. Elle a beaucoup de poitrine pour une femme aussi maigre : j'ai deviné qu'elle se l'était fait refaire et elle me l'a même confirmé, non sans un certain étonnement agacé devant ma perspicacité, quand je lui ai demandé le numéro de téléphone de son chirurgien.

J'ai aussi appris, un peu plus tard, qu'elle s'était fait faire cette intervention mammaire pour augmenter ses chances auprès de Billy dont elle est follement amoureuse : c'en est même une obsession.

Il est toute sa vie, même si pour lui elle est juste son avocate. Elle savait qu'il aimait les grandes femmes qui ont de la poitrine. Elle pouvait pas se grandir, elle a donc fait ce qu'elle pouvait, son chirurgien aidant.

Elle me regarde jamais dans les yeux (elle a de petits yeux bruns, qui te glacent et te transpercent comme ceux d'une vipère) je sais pas pourquoi, peut-être parce qu'elle veut pas que je lise dans son âme, et surtout dans son cœur, pas un lieu qui me semble bien fréquenté.

Mais une chose est certaine, c'est évident qu'elle trippait sur mon homme, elle le dévore des yeux, boit ses paroles, rit de ses moindres plaisanteries, même celles qui sont pas vraiment drôles : un autre privilège des stars, tout ce que tu dis est intelligent, profond, drôle et admirable et surtout digne de citation dans les journaux à potins !

Billy m'avait pas trop précisé le but de cette rencontre, à laquelle assistait aussi Nibs, qui est presque toujours dans le décor.

Pourtant, je sentais qu'il y avait anguille sous roche, et même baleine : ça semblait gros, je veux dire. Billy fait rarement quelque chose innocemment : il a toujours un plan. Tu le découvres parfois juste un an plus tard. Il a du talent.

On venait à peine de porter un premier toast que ça a sonné à la porte. Je me suis levée pour aller répondre. Anaïs, la gouvernante, s'est précipitée pour me devancer, non sans m'agacer, car on dirait qu'elle tente constamment de me faire passer pour une impotente : est-ce ainsi qu'elle se sent importante ?

C'était la livraison d'une boîte rouge assez volumineuse, enrubannée d'or, un cadeau de toute évidence. Mon petit doigt m'a tout de suite donné un vilain émoi.

— Ça doit être pour moi, Anaïs, que j'ai dit, je m'en occupe.

Mais elle m'a littéralement arraché la boîte des mains. Et j'ai bien vu, une fois de plus, qu'elle m'aimait pas, et même qu'elle me détestait.

Elle a presque couru jusqu'au salon où on prenait un verre, a posé le cadeau sur la table à café devant Billy, et a dit :

— Un cadeau pour vous, patron.

Il recevait assez souvent, il est vrai, des cadeaux d'admiratrices ou de producteurs ou de gens qui voulaient lui plaire avant de lui proposer une affaire, question d'endormir sa méfiance légendaire.

Nibs, je sais pas pourquoi, a l'air embarrassé, comme si lui aussi avait eu une sorte de pressentiment pas très bon.

Billy aperçoit une carte, la lit : il est consterné.

— C'est pour toi…

Je dis de manière faussement désinvolte :

— Ah, je l'ouvrirai plus tard.

— Non, ouvre-le tout de suite ! ordonne-t-il d'une voix tranchante.

Et je vois bien qu'il est pas content, que, même, il est enragé, et que j'ai pas le choix.

J'ouvre la boîte : il blêmit.

C'est un soutien-gorge avec petite culotte assortie, qui laisse peu de place à l'imagination, et une bouteille de parfum à faire perdre la tête, en tout cas c'est celui que je préfère et que je porte le plus souvent: *Red Jeans* de Versace.

Je pense aussitôt: «C'est le même dangereux type que celui qui m'a envoyé les fleurs, les trois douzaines de roses, mais là, ça peut pas être James O'Keefe, c'est évident que c'est Marc, lui seul peut connaître mon parfum!»

Bien sûr, James O'Keefe aurait pu le respirer Chez Stan, mais de là à le deviner... *Red Jeans,* c'est pas un parfum aussi singulier (et identifiable) que, par exemple, *Poison*, qui sent un kilomètre à la ronde et qui attire ou repousse automatiquement les hommes, c'est selon.

J'étais fatiguée, épuisée, je savais plus quoi penser.

Paul Morand et Nibs, sans même avoir à se consulter, semblent hyper embarrassés pour moi.

Catherine fait semblant de l'être, mais au fond on dirait qu'elle se réjouit. Je suis une rivale après tout et, dans son raisonnement tordu, tout ce qui peut éloigner Billy de moi le rapproche d'elle.

Quant à Anaïs, je serais pas trop étonnée qu'elle soit en train d'avoir un orgasme: ses yeux brillent, ses lèvres sont humides. Celles de sa bouche mesquine, je précise: les autres, je préfère pas me les imaginer.

Billy, lui, rage.

Je m'attends à ce qu'il me fasse une scène devant tout le monde, car la présence des gens a jamais freiné ses ardeurs belliqueuses.

Mais, à la place, il se lève, prend la bouteille d'Absolut sans laquelle sa vie a absolument plus de sens, et ça me désole à chaque fois, car il dit à qui veut l'entendre qu'il l'a boit, sa vie, il a pas le choix et il monte dans la chambre du roi.

Je me demande si je dois ou non le suivre, on a des invités, en fait *ses* invités, mais bon. Et en plus, il vaut peut-être mieux que je laisse passer un peu la tempête, que je trouve ce que je vais pouvoir lui dire, même si au fond il y a rien à dire, rien de plus qu'avec les trois douzaines de roses, un mystère pour moi : je travaille pas pour la CIA.

— Écoute, a dit Morand, c'est peut-être pas le bon moment pour aller négocier avec lui.

Il regarde le mystérieux et embarrassant cadeau en dodelinant de la tête, et tire alors une enveloppe de la poche mouchoir de son veston, me la tend.

Intriguée, je l'ouvre : elle contient un chèque, libellé en mon nom, d'une somme de 5 000 $.

Et je comprends alors que j'avais raison de penser que Billy avait une idée derrière la tête, que cette petite réunion était tout sauf innocente.

Je me tourne vers Anaïs, et je lui dis, avec un sourire de la plus fausse des amabilités :

— Anaïs, vous pouvez disposer. Si on a besoin de vous, on vous fait signe.

Elle me jette un regard incendiaire : je lui souris largement. La bave du crapaud atteint pas la blanche colombe que je suis. J'avais l'impression d'être l'héroïne accidentelle d'un film d'horreur dont je pouvais pas m'échapper.

Anaïs dispose.

Catherine maugrée.

Me regarde avec jalousie.

Avec mépris.

Il y a d'autres femmes qu'elle, même pas avocates, et de surcroît grandes et avec de vrais seins, qui savent donner des ordres et se faire obéir !

— Tu me donnes ça pourquoi ? que je dis à Paul Morand.

— Pour couvrir les frais de l'avortement et que tu puisses faire un petit voyage pour te remettre du désagrément.

Me remettre du désagrément !

Je suis atterrée, ou pour mieux dire dégoûtée, toute revirée. Je dis, faisant semblant d'être *cool* :

— L'idée est bonne mais pas le chiffre, mon coco.

Je veux voir jusqu'où Billy est prêt à aller, à quel point il déteste l'idée de la paternité.

— Je reviens dans une minute, me dit Morand, en apparence réjoui, confirmé dans l'image qu'il a hélas de moi, que, artiste monochrome, le nuancé Billy a peinte en une seule couleur, sa préférée, le noir, comme son âme, comme sa bière, la Black.

Il y a pas de hasard, le monde est une forêt de signes, pour Morand, je suis une profiteuse, une femme juste intéressée au signe… de piastre, une femme dont tous les émois sont monnayés et *fakés* !

Morand revient comme un revenant, comme il a promis. Même pas une minute plus tard. Avec un nouveau chèque. Signé de la main de Billy. À mon nom évidemment. Avec un nouveau montant. Et le zéro manquant : 25 000 $!

— Ça demande réflexion, que je dis.

Même si je me dis surtout: il a pas mis bien longtemps à convaincre Billy, qui en plus est ivre et en colère, et surtout assez proche de ses sous, en général, de signer un chèque aussi important même si c'est ce qu'il gagne en une soirée.

Morand a l'air vraiment ravi de ma réponse.

— Tu permets que je fume en réfléchissant.

Pour toute réponse, il me tend son briquet complaisamment allumé avant même que j'aie pu tirer une cigarette de mon paquet.

Enchantée de ma vénalité, Catherine sourit largement, découvrant ses coûteuses fausses dents, pour qu'elle ait l'air d'avoir seulement 20 ans.

— Merci bien mais j'ai le mien, que je dis à Paul, et je sors mon propre briquet, le seul en lequel j'ai confiance pour allumer ma cigarette, comme j'ai confiance en un seul homme pour m'allumer.

J'allume ma cigarette, et en tire une bouffée faussement réflexive, car c'est déjà tout réfléchi. Puis, du même briquet, j'enflamme le chèque que je regarde sans émotion, du moins au début de ce bûcher des vanités. Parce que, à un moment, je note ou en tout cas crois noter qu'il est daté non pas du quatrième mois de l'année mais du troisième, donc de mars au lieu d'avril, et il me semble que c'est bizarre. Remarque, comme Billy était ivre, il a peut-être inscrit le mauvais mois: il est pas à ce genre de petite erreur près, loin de là.

Je voudrais en avoir l'assurance, mais le chèque me brûle les doigts, je dois le laisser tomber dans le cendrier. D'ailleurs, la date a-t-elle vraiment de l'importance? Ce qui est dégueulasse, c'est le chèque lui-même. Que je regarde brûler comme mes rêves dans le cendrier encombré de mégots, comme ma vie est encombrée de cendres, amoureuses et autres.

Morand, ahuri, se brûle les doigts en tentant stupidement de récupérer le chèque flambant neuf (ou peut-être pas si neuf) comme s'il avait encore une valeur: mais les réflexes anciens!

Catherine est déçue, car elle comprend mon détachement; même avocate, elle reste femme!

Depuis la cuisine, Anaïs surveille les événements comme une fouine.

Paul me demande, même si tout le monde a compris, mais c'est plus fort que lui:

— Tu joues à quoi, là?

— À une femme qui se respecte.

— Je te suis pas.

— Serais-tu content que ta mère ait vendu le fœtus de ta merveilleuse personne pour 25 000 $?

Il grimace.

Et Catherine rage.

Anaïs, qui a pas pu résister à la tentation de s'avancer, murmure le mot fœtus et semble scandalisée.

Je suis pas une femme qu'on achète aussi aisément.

Mais comme elle est avocate, Catherine s'est reprise rapidement, après avoir échangé un regard entendu avec Paul Morand.

Elle tire illico de son attaché un document, en deux exemplaires, et m'explique avec un embarras, réel ou feint:

— Comme tu veux pas te faire avorter, Billy veut que tu lui signes une déchéance parentale.

— Pas de problème, que j'ai dit avec un large sourire, même si le trou dans mon cœur était large comme le Grand Canyon : étant donné mon triste passé d'avortée selon les volontés de Marc, j'avais l'habitude de ce genre de document déprimant, qui sauve les fesses des hommes qui te promettaient tout, juste pour les voir, tes fesses. Ensuite, ils ont changé d'idée, et ils font semblant qu'ils sont désolés.

Radieuse, Catherine m'a tendu sa plume Montblanc, noire comme ses yeux de serpent, et comme l'enfer dans son cœur, et comme la merde dans laquelle elle tente, sourire aux lèvres, de me mettre.

— Je signe où ?

Une fois le contrat signé, en deux exemplaires, sans même m'abaisser vulgairement à le lire, j'ai dit :

— Est-ce qu'il y a autre chose ?

De la manière que je l'ai dit, ça voulait dire : on a plus besoin de vos services. Ils ont compris.

L'avocate a pris un exemplaire signé de l'entente, a laissé l'autre sur la table. À côté des sous-vêtements, du parfum et de la boîte à cadeau.

Et elle a tiré sa révérence en même temps que Paul. J'ai pas pris la peine de les reconduire à la porte. Nibs a annoncé :

— Je vais aller donner des coups de fil dans la Mercedes. Si Billy a besoin de moi, il sait où me trouver.

J'ai fait un peu d'ironie avec Anaïs :

— Tu peux aller dire à ton patron que ses esclaves sont partis.

Elle a obéi. Billy a mis dix bonnes minutes à descendre. Il était vraiment plus ivre que lorsqu'il était monté quelques minutes plus tôt, et en tout cas il avait une bouteille de vodka à la main, bue aux trois quarts.

Je crois que son avocat ou son agent lui avait parlé au téléphone, parce qu'il avait l'air au courant de tout, et surtout il avait vraiment pas l'air du plus heureux des hommes.

Il a commencé à m'engueuler comme du poisson pourri.

Il a recommencé à me parler des foutus cadeaux.

Je savais pas quoi lui dire. J'avais pas d'amants, même pas d'admirateurs connus, alors…

J'ai commencé par prendre la bouteille de *Red Jeans* et je l'ai versée dans l'évier. Ça me faisait quand même un petit chagrin. Que j'ai caché : c'était du Versace.

Ensuite, j'ai pris les sous-vêtements supposément affriolants, et j'ai utilisé la déchiqueteuse de la cuisine que mon amant parano, étant donné la cocaïne dans ses narines, utilise constamment : j'ai tout réduit en morceaux.

Billy me regardait, ahuri.

Et Anaïs aussi, qui était redescendue en même temps que lui.

— Pourquoi tu fais tant de chichi pour te faire avorter ? C'est pas si compliqué pourtant.

— C'est vraiment bas de gamme de m'avoir proposé de l'argent pour ça. Tu me prends pour qui ?

Il a pas eu l'air de comprendre ce que je venais de dire au sujet de l'argent, il fronçait les sourcils. Il a dit :

— Pourquoi tu me fais ça ?

— Te fais quoi ? Depuis que je suis enceinte, le mélodrame arrête pas. Le bébé, je le garde que tu le veuilles ou pas.

— Tu gâches ma vie. Je suis une rock star, j'en veux pas d'enfant ni de toi ni de personne.

D'une manière, j'étais plus triste pour lui que pour moi, parce que ces peurs étaient vraies dans sa tête, elles avaient une réalité : elles étaient *sa* réalité.

Il a déposé sa bouteille, a marché vers le mur et a donné un coup de poing dedans. Ça a fait un trou. Il devenait enragé. Je lui tenais tête, et c'était la chose au monde qu'il détestait le plus, mon tsar petit format.

Je l'avais déjà vu faire ça Chez Stan, mais là, le voir faire chez moi, ça m'inquiétait. Qui me disait que ce serait pas vers moi que sa rage se déverserait, la prochaine fois, qu'il me frapperait pas dans le ventre ? Je voyais parfois passer dans ses yeux un éclat inquiétant, quelque chose de quasi démoniaque, et je…

J'ai dit, en tendant le doigt vers le document :

— De toute façon, je t'ai signé le certificat de déchéance parentale, tu es *safe*. Je te coûterai rien. Tiens, d'ailleurs, j'ai une idée.

J'ai pris le document.

— Je vais en envoyer un exemplaire à tous les journaux. Ce sera officiel que tu es pas le père, et que je me suis faite engrosser par un autre.

Il m'a arraché le document des mains, le visage blanc de rage : pour Billy, tout est image, et l'image est tout. Même si, si tu veux mon avis, il la soigne drôlement, je veux dire drôlement mal, son image, et que s'il y avait pas Nibs et son agent pour faire du *damage control*, pour limiter les dégâts et étouffer des scandales dans l'œuf, le beau Billy serait peut-être en prison ou dans de beaux draps, je veux dire de sales draps, enfin tu vois. Ensuite sans rien dire de plus, Billy est sorti faire sa vie de rock star.

Je suis sortie moi aussi, mais pour passer un coup de fil à partir d'une cabine téléphonique pour me prémunir de la suspicion infinie de Billy. J'ai eu la chance de joindre tout de suite celui à qui je voulais parler : Marc.

Je lui ai pas dit pourquoi tu m'as envoyé ce cadeau stupide, mais seulement j'appelais seulement pour savoir comment tu allais. Il me l'a dit, sans prendre le soin de me demander de mes nouvelles ou la raison bizarre de mon appel : peut-être que c'était sa manière de m'expédier ou de décourager la tentative de réconciliation qu'il craignait peut-être. Il m'a dit, tout excité, qu'il avait enfin rencontré la femme de sa vie, une fille vraiment le *fun*, et en plus elle était médecin : j'ai aimé le « vraiment le *fun* », qui semblait sous-entendre que, moi, je l'étais pas vraiment, et je me suis dit que c'était peut-être pas tout à fait étranger à son métier de médecin : les hommes aujourd'hui, aussi « intéressés » que les femmes du passé ! J'ai dit :

— C'était le *fun* qu'on se reparle après tout ce temps. On se texte et on lunche.

Et j'ai raccroché sans attendre sa réaction.

Je me suis dit qu'il restait un seul suspect : James O'Keefe…

Mais j'avais peine à accepter qu'il puisse être aussi déséquilibré. Remarque, les hommes, surtout quand ils sont riches, ils ont parfois de ces caprices…

Ou alors c'était un admirateur secret, probablement un client de Chez Stan qui fabulait sur moi…

Je suis rentrée et j'ai tenté d'appeler Fanny. Mais elle avait suivi Goliath en voyage, je crois, en Floride, pour affronter les Taponneurs de Tampa Bay. Ma mère, je préférais pas lui raconter ce qui venait de m'arriver.

Je suis allée quelques instants voir Guillaume dans sa chambre : il dormait à poings fermés. Je me suis sentie si coupable.

Je le négligeais.

Par amour pour un homme qui me négligeait.

Quelle triste ironie de la vie !

Pourtant chaque semaine, je me disais : « Je vais m'en occuper davantage. »

Mais Billy devenait de plus en plus exigeant, tyrannique, et moi je cédais par amour fou, par amour aveugle. Je devenais une mauvaise mère, moi si maternelle. Je me détestais, car je sacrifiais mes valeurs à un amour de plus en plus incertain, pour un homme de plus en plus fuyant.

Bien sûr, je tentais de me donner bonne conscience en me répétant, c'est juste provisoire, cette négligence : Billy était tellement exigeant.

Je me suis réfugiée dans ma chambre, et j'ai fait ce que, hélas, j'avais pris l'habitude de faire : j'ai pleuré toute la nuit.

48

Billy est rentré plus tard que d'habitude, vers 6 h du matin. Il avait un regard mauvais. Il est tout de suite allé se coucher. La nuit porte conseil, si on peut appeler « nuit » le temps qui s'écoule de 6 h du matin à 3 h de l'après-midi. Heure à laquelle il s'est levé.

Il a pris son verre de jus d'orange habituel, c'est-à-dire une bière, s'est allumé une cigarette, et a dit :

— Pour Guillaume, je signe plus les papiers d'adoption.

— Mais je…

J'étais estomaquée, mais j'ai vite compris la raison, ou en tout cas son raisonnement. Maintenant qu'il serait père, il voulait plus de l'enfant d'un autre. Il l'éliminait comme font les animaux sauvages avec les petits d'un rival dont ils ont conquis la femelle.

— Billy, tous les papiers étaient prêts, il te restait plus qu'à signer.

— Je t'ai dit que je signerais pas. Oublie ça !

Ça été un coup de poignard dans mon cœur.

Parce que je savais que ça en serait un dans le cœur de mon enfant.

Mon cœur, il se console, il se répare. Si du moins on peut réparer un cœur si usé, si endommagé.

Mais le cœur pur et neuf d'un enfant, qui croit avoir enfin trouvé le papa qu'il a jamais vraiment eu, tu fais comment? Je veux dire pour penser le réparer…

Je suis resté un instant à regarder Billy.

Le grand Billy qui est toujours du même avis que la dernière personne à qui il a parlé: pourvu que cette personne soit pas moi!

Car tout ce que je dis, il le trouve stupide, il le dénigre, il en rit, même si j'ai raison.

Je venais de comprendre que, la veille, il avait dû parler à son avocate, à son agent, qui lui avait donné «ses» idées, lui avait inspiré «sa» ligne de conduite.

Je lui ai demandé:

— Tu vas lui annoncer comment que tu veux plus l'adopter?

— C'est toi qui vas le lui annoncer. C'est ton enfant. Pas le mien.

Comme c'était commode pour lui!

Non seulement c'était pas moi qui faisait le coup de cochon à Guillaume, mais en plus je passerais pour le *bad guy*, la méchante. Il s'en tirait, comme il s'en tire avec tout le monde autour de lui, même s'il multiplie les gaffes et les conneries.

Ça faisait des mois et des mois que j'endurais tous ses caprices, ses méchancetés, sa froideur, son ivrognerie, sa bizarre vie de rock star qui doit sortir tous les soirs, là c'était la goutte qui a fait déborder le vase.

J'ai pété les plombs.

Je sais que la violence, c'est pas beau.

Dans la vie, en général, je suis calme.

Mais là c'était trop.

Juste trop.

Je l'ai frappé comme Oscar De La Hoya.

Un coup.

Un seul coup.

Sur le nez.

Qu'il a commencé à se poudrer, je le sais, même s'il pense que je le sais pas.

J'ai un nez pour ça: je suis barmaid depuis des années, alors j'ai vu pleuvoir, ou plutôt neiger, puisque la coke c'est blanc, évidemment.

Le sang a pissé.

Billy semblait surpris.

Que:

1. Je l'aie frappé

2. Que je l'aie frappé avec tant de force, de vitesse et de précision.

3. Que son nez saigne tant.

Pourtant il m'avait vu m'entraîner dans son gymnase. Frapper sur le sac Everlast. Même qu'une fois ça l'avait tellement allumé qu'il m'avait prise debout appuyée contre le sac, en me disant: «Je t'aime *forever, love*», et en me le prouvant par sa vigueur habituelle.

Il a réagi comme un grand garçon.

Il savait que j'avais raison.

Que ce coup de poing sur le nez, il le méritait.

Il y avait eu crime, il y avait châtiment.

J'ai de la classe, cependant.

Je lui ai tendu un mouchoir.

Il l'a pris.

C'est ce moment qu'a choisi Guillaume pour arriver dans la cuisine et demander :

— Papa, on va aux animaux, comme tu avais dit hier ?

— Non. On y va pas.

— Papa a trop mal à la face, que j'ai ajouté.

Guillaume avait l'air déçu mais il a quand même dit, avec une noblesse qui m'a tuée :

— C'est pas grave, papa.

Il m'a regardée, j'avais de la difficulté à retenir mes larmes. J'ai dit :

— Va dans ta chambre, mon chou ! Maman va aller te voir dans cinq minutes.

Je savais la tâche douloureuse qui m'attendait.

Le lendemain matin, comme pour se faire pardonner sa cruauté de la veille, il a dit :

— Demain, on va inviter la famille, on va faire une petite fête pour leur annoncer la bonne nouvelle.

— La bonne nouvelle ?

— La bonne nouvelle ? Que tu adoptes plus Guillaume ?

49

Il y a des gens, quand tu rencontres leurs parents, tu comprends pas. Ils sont grands et leurs parents sont petits.

Mais quand j'ai rencontré les parents de Billy, j'ai tout de suite compris : ils sont tous les deux petits. Comme lui.

J'ai aussi compris d'où il tient sa beauté, ses yeux bleus magnétiques, sa blondeur : de sa mère, Dorothée.

Jeune, elle rêvait de devenir la Doris Day moderne (d'ailleurs tout le monde lui disait qu'elle était son sosie tant elle lui ressemblait), et elle avait même gagné le premier prix aux *Jeunes talents Catelli*, le *Star Académie* de l'époque.

Mais à 16 ans, sur la banquette arrière de sa Camaro, son beau Roméo, Réal Spade, qui avait 19 ans, l'avait mise enceinte, et ils avaient uni leur destinée, pour le meilleur et pour le pire, surtout le pire, car à l'époque, la pilule du lendemain et l'avortement, c'était pas vraiment offert, et ça aurait été la préférence du futur père, parce que la mère, il aurait même pas pu dire son prénom le lendemain : il appelait toutes ses conquêtes « chérie », ça t'attire moins d'ennuis.

Billy, il tient aussi de son père cet air menaçant qu'il a, surtout quand il a bu, et pour boire, il boit : comme je t'ai dit, il a commencé à servir de la bière à son fils quand il avait juste 10 ans, pour qu'il bavasse pas tout le temps à sa mère que papa avait bu et que même il l'avait vu. Dans les bras d'une autre femme.

Réal, on dirait à première vue un Mohawk (il lui manque juste le tomahawk!) avec son air enragé, son teint foncé, ses yeux bruns, ses cheveux noirs, qu'il teint et gomine abondamment pour qu'ils puissent se dresser vers le plafond et donner aux gens l'impression qu'il est moins petit que dans la vraie vie, en plus il porte comme son fils des talons pour compléter l'illusion. Son fils a hérité de lui d'autres de ses goûts: Réal est tatoué et bagué à souhait.

Billy, son père et sa mère, ils sont comme chien et chat. Chien et chat divorcés de surcroît. Pas besoin d'être un grand génie de l'observation pour constater qu'ils se blairent pas, ces deux animaux-là. Ils se sont assis le plus loin possible l'un de l'autre dans le salon: si son père avait pu s'asseoir sur le trottoir, il l'aurait fait. De plus, dans le quartier où Billy habite, il y a des filles qui le font, le trottoir, le soir, et même le matin, pour les travailleurs de nuit. Et comme les femmes, il les a toujours aimées à la folie, sauf sa femme, bien entendu, qui est vite devenue sa femme de ménage et son esclave.

Mais un jour, quand Billy avait même pas 12 ans, Réal a eu une prise de conscience, une sorte d'élan vers les autres, et il s'est dit: «Il faut que je cesse de rendre Dorothée malheureuse, de l'emprisonner. Et il lui a rendu sa liberté.»

Il l'a laissée avec les trois enfants: il avait rencontré une femme riche qui lui avait donné l'envie soudaine et inexplicable de la fidélité. Peut-être parce que, comme sa paie était déjà toute bue le vendredi, il a fini par penser qu'il y a pas juste le sexe dans la vie: il y a aussi l'argent. Je dis ça juste comme ça.

Réal, il a l'air d'un bon vivant, je peux pas lui reprocher son passé et ses agissements. Il rit tout le temps. Peut-être pour montrer qu'il a une dent en or, une incisive gauche dont il est fier : ça fait riche, et bien sûr il dit à personne que c'est un cadeau de la femme riche, comme sa grosse montre et sa chaîne en or. Ça ferait pauvre.

La mère de Billy, elle lui a donné la vie : mais elle le possède encore. Lui qui est un petit caporal avec tout le monde, c'est elle, son Napoléon. Ça m'a pris une fraction de seconde avant de m'en rendre compte. Même avant que je la rencontre, la première fois, peu de temps après mon installation chez lui, parce que Billy m'avait fait une scène : le bac ou plutôt les trois bacs de récupération avaient pas été vidés depuis trois jours.

Il y avait dedans 5 bouteilles de vodka, 23 de vin, sans compter les 7 caisses de Black à côté. Et comme sa mère a toujours nié que son fils avait des problèmes d'alcool… Tu fais la moindre allusion à ce sujet, elle sort aussitôt de ses gonds, le défend bec et ongles.

Billy, sa mère, j'ai senti tout de suite qu'elle m'aimait pas, même si j'ai fait plein ronds de jambe devant elle, des sourires à en plus finir, des compliments sur comment elle était belle et avait l'air jeune. Et qu'elle ressemblait à Doris Day. L'ennui est que je suis malgré moi devenue tout de suite sa rivale : on aime toutes les deux le même homme. Et surtout, elle pardonne pas à son fils sa trahison. Son ex, Marie-Ève, elle l'a détestée jusqu'à la séparation ; maintenant, elle a que de belles et bonnes choses à dire à son sujet. Et, à chaque rencontre, elle passe son temps à me les réciter, justement, à vanter sa beauté, sa « propreté », ses mérites exceptionnels, à quel point elle était distinguée, bien habillée, toujours à sa place : la femme idéale, quoi ! Je trouvais ça comme un peu beaucoup inconvenant, et ça me chagrinait, mais bon… Il y a des situations où tu peux jamais gagner.

Son père, au contraire, il m'a tout de suite aimée. Ça se voit qu'il a déjà aimé les femmes. La femme riche, c'était la femme invisible ce soir-là : il l'emmène jamais chez Billy, car ce serait trahir sa mère, et ça il pourrait pas.

Il y avait aussi le frère de Billy, ce soir-là, Martin, qui fume du pot du matin au soir. Heureusement, il a sa femme, Martine, qui travaille… du matin au soir ! Un vrai couple miroir ! Ou dit autrement, les contraires s'attirent.

Il y avait aussi l'avocate, l'agent et le chauffeur, presque que tout le *staff*, quoi.

Et, dernière mais non la moindre, il y avait ma meilleure amie, Fanny.

Elle était venue sans Goliath : il lui avait expliqué un truc pour la préparation d'un gros match.

Ma mère, Billy préférait qu'elle soit pas là. Il sait qu'elle le *truste* pas, que tout ce qu'il dit, même si c'est gros, elle le multiplie par moins 1 (-1) alors c'est toujours négatif. Elle fait trop souvent des mots d'esprit quand il est là, pas directement contre lui, mais il pige l'ironie, la pointe de sarcasme, sauf quand il est chaud : son alcoolisme le protège contre ma mère, si on peut dire.

La soirée a bien commencé.

Quand tout le monde a été là, Billy a fait sauter le bouchon d'une grosse bouteille de champagne. J'ai dit :

— *Wow*, un Magnum !

Et je pensais à notre rencontre arrosée de champagne, Chez Stan, qui me semblait si proche, qui me semblait si loin.

Catherine m'a tout de suite reprise, avec un plaisir non dissimulé :

— Pas un Magnum, un Jéroboam. Il y a quatre bouteilles dedans.

La mère de Billy applaudissait même si elle comprenait rien à la nuance : on abassait sa rivale, ça lui suffisait. Fanny avait envie de pousser les hauts cris, pour la même raison.

Moi, même si j'avais été longtemps barmaid, je savais pas. Je savais juste qu'elle était grosse en Mathusalem, ladite bouteille. Et je me disais, si Billy veut sabrer le champagne pour ma grossesse, c'est peut-être que je suis plus importante que je pensais dans son cœur.

La soirée s'est poursuivie. Comme d'habitude, Billy a trop bu.

Et quand il a trop bu, il change, et pas pour le mieux : il devient méchant et cruel, comme il m'avait prévenue qu'il le serait avec moi le premier soir. Il tenait parole.

Premièrement, il m'a ignorée presque toute la soirée.

Comme si j'étais même pas là, moi qui, sans avoir d'exigences particulières, devait d'une manière être la vedette de la soirée.

Mais je me disais : « Il faut pas que je joue à la princesse, Billy se doit quand même à ses invités, surtout à sa mère tyrannique. »

Qui va me détester encore plus si je fais la capricieuse et adresse des reproches à son merveilleux fils.

Mais Billy a fait pire encore. Il a passé une bonne partie de la soirée à parler avec Fanny.

Je me sentais vraiment humiliée, une laissée-pour-compte, une quantité négligeable. Qu'est-ce qu'il pouvait avoir de si important à lui dire ? La *cruisait*-il ? Bon, j'étais enceinte, je sais, et mes hormones me rendaient peut-être hyper émotive, hyper imaginative, et par conséquent hyper jalouse. Surtout que tout le monde avait remarqué ce qui se passait, l'insistance de Billy à parler avec Fanny. Catherine, elle, semblait se retenir pour pas applaudir.

La mère de Billy? Je pouvais lire dans ses pensées ravies: son fils m'aimait pas. Opportuniste, j'étais tombée enceinte de lui pour lui mettre le grappin dessus, et lui s'amusait à le prouver sadiquement à tout le monde en faisant du charme à ma meilleure amie. Ça confirmait d'ailleurs ce que Fanny avait pensé au premier instant: il était méchant, un mauvais parti, en un mot comme en mille, un écœurant!

Fanny qui me lançait des oeillades désespérées, tentait de s'excuser à distance comme si elle avait quelque chose à voir avec cette lamentable comédie. Heureusement, elle a reçu un coup de fil de Goliath qui lui a dit: «J'ai besoin de toi, là.» Elle s'est pas fait prier. Elle avait surtout besoin d'être ailleurs alors elle est partie, même si Billy a paru insister pour qu'elle reste.

Avant de tirer sa révérence soulagée, elle est venue me serrer dans ses bras et a dit: «Je suis désolée, je pouvais pas me débarrasser de lui. Tu devrais le quitter.»

J'ai objecté:

— Je suis enceinte de lui.

Elle a dit:

— Je sais, je sais.

Moi aussi, parfois, j'avais le goût de partir, t'as beau être résiliente, quand tu sens que la partie est perdue d'avance.

Mais vers minuit, j'ai eu une petite lueur d'espoir quand Billy a pris sa guitare et a annoncé:

— Maintenant, je vais chanter une chanson à Erica.

Il était assis à côté de moi. C'était la première fois de la soirée qu'il faisait ça. J'avais un émoi. J'aurais aimé que Fanny soit là.

Tout le monde s'est tu, l'idole demanda : « Votre attention s'il vous plaît ! »

Il a commencé par prendre une gorgée de bière (il était vite passé du Jéroboam à une boisson plus bas de gamme) puis a joué quelques accords, et s'est mis à chanter :

Au début, ma belle Erica
Je te croyais vraiment pas
Quand tu m'as dit tu seras papa

(Je souriais, ravie. Il continuait la même mélodie, et la pointe de son ironie entrait en moi.)

Je me suis dit c'est n'importe quoi
Elle se moque de moi
Puis tu as fait pipi…
Sur un bâton qui dit non ou oui
Moi, j'ai poussé un cri
Ensuite j'ai fait pipi
Deloadé mon gun sur le tapis
On fait tout ensemble
On est ensemble pour la vie

Je me sentais humiliée. Pourquoi racontait-il cet instant d'intimité ? C'est vrai que j'avais fait pipi sur le bâton de test de grossesse, mais avait-il besoin de le chanter à tout le monde ?

Tout le monde qui riait.

De moi ?

Il continuait de plus belle. Ou de plus laide. Manière. C'est sa manière justement : il t'élève ou fait semblant de t'élever, pour que tu tombes de plus haut et que ça fasse plus mal, avec parole et musique de son mal. D'être. Dans lequel il veut entraîner tout le monde autour de lui. Même ceux qui l'aiment. Follement. Et sont prêts à tout pour lui, et ont pas le choix de le faire, s'ils veulent avoir encore l'honneur de faire partie de sa cour. Il est le vrai Dr Jekyll et Mr Hyde. Le bonheur le tue, on dirait, alors il cultive la seule chose qu'il connaît, qu'il a apprise : le malheur et toutes ses sœurs. Il a aussi des frères.

Tout le monde, même les gens qui me détestaient, trouvaient que son humour était douteux. Que sa chanson était pas vraiment drôle. Il continuait, inspiré par un des démons qui en lui sont légion.

Je t'ai regardée, Erica…
Bientôt tu tiendras dans tes bras
Un petit qui fait toujours caca
Adieu ! nuits folles, en tout cas
Je serai papa…
Je pourrai plus faire n'importe quoi
Je serai papa
Je pourrai plus faire n'importe quoi
Merci, ma belle Erica
Je pourrai plus faire n'importe quoi
Merci, ma belle Erica

Et il a fait un *fade out* en répétant ces mots, et moi j'avais envie de faire un *fade out* de mon moi.

Tout le monde a applaudi même si le numéro avait plu juste à demi.

Puis Billy a dit, après avoir attendu un inutile rappel :

— Qui a une idée de prénom pour le poupon ?

D'abord personne a rien dit. Puis Catherine a fait remarquer :

— On sait même pas si ça sera une fille ou un garçon.

— On s'en fout, a dit Billy, on veut juste des prénoms.

Alors les gens ont commencé à en donner à foison.

Finalement, quelqu'un a dit : Charlot.

Billy a tranché :

— Charlot ! J'aime ! Reste plus qu'à le baptiser.

Il a pris son verre de bière, et il l'a versé sur mon ventre, baptisant l'enfant qui y était.

Le gens savaient pas s'ils devaient applaudir ou s'indigner. Tout le monde trouvait ça bizarre, d'un goût discutable, et pas vraiment amusant en tout cas.

Moi, je me suis sentie comme Carry dans le film du même nom. Quand, à son bal des finissants, elle se fait renverser un seau de sang sur la tête, devant tous les élèves de son école.

Je me suis enfuie vers notre chambre, ou plus probablement *sa* chambre, où je suis juste admise provisoirement, il me semble, même si j'ai son enfant dans mon ventre. J'ai retiré ma robe qui puait la bière. La bière de la honte et de la dérision. Dans ma tête, je disais à mon enfant : « Pardonne à ton père, il sait pas ce qu'il fait, il fait n'importe quoi quand il a bu. »

Cinq minutes plus tard, Billy est venu me rejoindre. J'avais passé un jean, un t-shirt : pas un de lui comme je faisais si souvent mais un de moi. Qu'il avait pas déchiré. Celui-là. Et déchirerait pas. Elle était vite passée, cette époque glorieuse de nos débuts où il avait réduit à néant ma garde-robe, dans la passion du moment. J'avais ouvert une valise sur le lit, et j'y jetais sans trop penser des vêtements.

— Tu fais quoi ?

— T'es trop chaud pour le voir ? Je fais ma valise.

— Pour aller où ?

— À Moscou.

— À Moscou ? Mais pourquoi ?

— Pour t'acheter de la vodka russe pour faire changement de ta stupide vodka suédoise.

— Mais je comprends pas.

— Non, que j'ai expliqué en haussant le ton, je vais à Moscou parce que c'est loin même si c'est froid. Mais j'ai l'habitude maintenant, non ? J'ai même été entraînée avec de la bière froide sur le ventre.

Il a supplié :

— Reste ! J'ai besoin de toi.

— Oui, ça paraissait, ce soir. Tu as passé toute la soirée avec Fanny. J'avais l'air d'une vraie conne.

— C'est elle qui me lâchait pas. Elle a un projet de télé ou de film, je sais pas trop quoi, et elle voulait que je l'aide à le financer. Je devais faire quoi ? L'envoyer chier ? C'est ta meilleure amie, après tout.

Ça m'a déstabilisée. Un doute a germé dans mon esprit. Parce que Fanny m'avait effectivement parlé d'un vague projet télé. Elle m'avait juste pas dit qu'elle voulait en parler à Billy. Mais comme Billy connaît tout le monde dans le *showbiz*, ça avait du sens.

J'ai demandé :

— Tu laisses tes invités seuls ?

— Je leur ai dit que la soirée était terminée.

— Ça va être moins humiliant pour toi. Ils me verront pas partir avec ma valise.

Alors il a eu une réaction surprenante. Il s'est effondré sur le récamier de la chambre et il s'est mis à pleurer.

J'ai eu une hésitation.

Il me brisait le cœur, malgré la soirée épouvantable qu'il venait de me faire passer.

Billy, même s'il est toujours entouré, c'est l'homme le plus seul au monde.

Robinson Crusoé, à côté de lui, il était moins seul. Même sur son île déserte, il était mieux entouré.

Il avait Vendredi, lui.

Moi, j'ai juste le lundi.

Parfois.

Parce que Billy sort six jours sur sept.

Et comme, le lundi, c'est encore plus déprimant dans les bars que de rester seul avec moi, il devient sentimental. Parfois. Si tous ses amis, son agent, son avocate sont occupés. Comme c'est flatteur pour moi !

Je me suis approchée, me suis assise à côté de lui et j'ai commencé à caresser ses cheveux blonds que j'ai toujours aimés.

Il m'a regardée de ses beaux yeux bleus et mystérieux qui m'ont séduite dès le premier soir. Ils étaient rouges : il avait bu, il pleurait.

J'ai touché sa cicatrice.

Il a fait comme il a fait depuis le premier soir : il a embrassé ma main.

J'ai flippé.

Comme j'avais fait le premier soir.

Billy a beau avoir des défauts, et même, si tu veux, tous les défauts du monde, il a beau être un homme cruel parfois, avoir des lacunes dues à son enfance, c'est l'homme que j'aime.

Que j'A-I-M-E.

Toutes celles qui l'ont pas connu, sauf comme le chanteur connu, et me reproche de l'aimer, et me taxe de toutes les vanités, de la plus grande cupidité, ont jamais rien compris, et surtout ont jamais été aimées de lui.

Et ça a rien à voir avec le *poster*, comme il dit, la gloriole, les bagnoles : il est le dernier amant romantique.

Il suffoque sans la femme de sa vie.

Je sais que jamais plus, quoi qu'il advienne, j'aimerai un autre homme comme lui.

Je ferai juste semblant.

Je dirai à mes amis, en parlant de mon prochain amant, si jamais le sort m'inflige cette épouvantable punition : « Il est charmant, je l'aime énormément. » Mais toutes celles qui me connaissent vraiment sauront que ce sera juste en attendant. En attendant qu'il me revienne. Je veux dire si jamais la Vie me punissait en me séparant de lui.

Car je sais en mon cœur, en mon ventre, en ma tête, qu'aucun homme après lui, quoi qu'il advienne, lui arrivera à la cheville. Même s'il doit porter des talons pour se donner du galon.

On aime vraiment juste une fois.

Ensuite on joue la comédie.

Pour faire semblant qu'on a encore une vie.

Qu'il y avait pas juste un billet gagnant à la loterie.

Oui, on dit j'ai retrouvé l'amour, pour pas perdre l'autre, qui lui fait pas semblant.

Ou peut-être le fait-il.

Il est si mystérieux, le cœur humain !

En plus, et c'est ça qui pèse le plus dans la balance de l'amour : dans mon ventre, j'ai un enfant de lui.

De Billy.

Même s'il me réclame stupidement un test de paternité.

Même s'il semble persuadé que je l'ai trompé.

Moi qui admettrai jamais personne d'autre que lui dans ma vie, dans mon lit, dans mon esprit, ce qui pour moi sont les trois seuls mêmes mots.

Je me suis dit : « Malgré tout ce qui arrive, il m'aime encore, mais il l'exprime mal. S'il me fait mal parfois, c'est involontaire de sa part. Ses mots, ses gestes dépassent sa pensée : ça lui fait mal de faire mal. C'est lui-même qui me l'a avoué. Et ça prenait beaucoup de courage. Et de lucidité. »

Mais, je sais, quand il a bu – et il prend de plus en plus d'alcool et surtout le prend de plus en plus mal – sa cruauté s'exalte. Il peut plus se retenir. Il me fait penser à Valmont, le séducteur du film *Les Liaisons dangereuses*, tiré du livre du même titre, quand il avoue la raison de ses infidélités à répétition : *It is beyond my control.* (C'est hors de mon contrôle.)

Mais là, il m'a fourni une autre explication. Il s'ouvre pas souvent. Il est méfiant, en fait quasiment parano. Il a peur qu'on utilise ses confidences contre lui. Il a pourtant dit :

— Je… ce soir je… j'aurais pas dû faire ça avec la bière. Mais il y avait mon père, et je voulais qu'il se souvienne…

— Qu'il se souvienne de quoi ? Je te suis pas.

— Qu'il se souvienne de ce qu'il m'a fait quand j'avais 11 ans.

Je le suivais encore moins. Il poursuivit son récit :

— C'était mon anniversaire, et aussi celui de mon père parce qu'on est nés le même jour. Tous mes amis étaient là. Ses amis aussi, il y avait plein de monde. J'avais composé une chanson juste pour lui. Je l'avais répétée 56 fois pour être sûr de pas me tromper. Quand j'ai eu fini de la jouer, au lieu de me remercier, il a pris sa bière, la quinzième ou la vingtième qu'il buvait depuis le matin, et il me l'a versée sur la tête en disant : « Je te baptise la nouvelle vedette de la chansonnette. » Tout le monde a trouvé ça drôle. Moi, jamais de ma vie je me suis senti aussi humilié.

— Oh ! je savais pas…

— Lui, il sait, et quand j'ai versé la bière sur ton ventre, on a échangé un regard, et je sais qu'il a compris ce que je voulais dire parce qu'il a baissé les yeux, il avait l'air honteux. Je devinais pourquoi.

J'avais le cœur brisé.

Cinq minutes après, on faisait l'amour.

Passionnément.

Comme avant.

Enfin presque: j'allais dans quelques mois être maman. J'aurais peut-être pas dû accepter cette rapide réconciliation. Mais Billy, j'ai tellement de difficulté à lui résister, même quand il m'a blessée : je l'ai vraiment dans la peau.

Je dis ça parce que, le lendemain matin, je me suis réveillée avec une drôle d'idée. Une drôle d'idée qui m'a trotté dans la tête toute la journée : et si cette histoire de bière versée sur sa tête par son père était inventée ? Juste un autre *show* de boucane dont Billy, homme de spectacle accompli, a la déplorable recette.

Comment savoir ?

Avec Billy, tu peux jamais avoir de certitudes.

Tu penses que tu viens de voir le visage de la vérité, et c'est juste un miroir. Juste un autre tiroir. Qu'il vient aisément d'ouvrir dans l'immense commode de ses excuses.

Aussi, il est tout le temps tellement ivre, que lui-même sait plus s'il ment ou dit la vérité et, en tout cas, il se souvient certainement pas de ce qu'il a dit ou a promis la veille, et c'est pratique pour lui, il a juste à nier, à dire qu'il a jamais dit ça, quand il veut plus tenir sa parole, ou a changé d'idée. Parce qu'il a parlé avec quelqu'un. Qui l'a fait changer d'idée.

Il est le maître des illusions.

Peut-être aussi que je suis conne, archi-conne.

Que, dans le fameux Visuel (le dico où tout est expliqué par des dessins), juste en haut du mot naïveté, tu vois en gros mon visage.

Ou mon cœur.

Que j'ai gros.

Dans tous les sens du mot.

Que la femme qui a jamais trop aimé me jette la première pierre.

P.-S. J'ai pensé que cette réconciliation serait le prélude d'une période nouvelle entre Billy et moi, notre période rose, après avoir traversé la bleue, après avoir traversé la noire.

Mais je me trompais…

50

Avant que je sois enceinte, il me textait 20 fois par jour qu'il m'aimait. Me demandait où j'étais, avec qui, pour combien de temps : une vraie manie, quoi ! Mais qui me déplaisait pas, qui, même, me flattait.

Maintenant, il me texte juste une fois par jour, les bons jours.

Et la plupart du temps, pour des choses prosaïques et pas très romantiques, pour me demander de lui acheter des cigarettes, sa vodka ou sa bière, parce que monsieur s'abaisse pas à aller à la SAQ ou à l'épicerie, des fois qu'il passerait pour un alcoolo.

Hier, j'ai fait un calcul pas très rose : ça fait six jours qu'on a pas fait la chose. Et, pourtant, il est un véritable animal au lit. Il aime peut-être pas baiser des femmes enceintes. Ma mère prétend qu'il y a beaucoup d'hommes comme ça. Mon père (biologique) entre autres. Il l'a plus jamais touchée après qu'il ait appris la « bonne » nouvelle : il deviendrait père. Je me pose tout naturellement des questions. Quand je lui en pose, à lui, Billy, au sujet de sa froideur soudaine, il me dit qu'il est stressé, fatigué, et qu'il a pas la tête à ça parce qu'il prépare un album, qu'il fait trop de spectacles, et que son agent le bombarde de demandes. J'ai pas osé lui dire qu'il serait pas aussi exténué si, en plus de son travail de rock star, il sortait pas six soirs sur sept.

Seul.

Car on sort presque plus jamais ensemble. Il dit que je dois me ménager puisque je suis enceinte, et que ce serait pas bon pour le bébé, de toute façon. Il rentre aux petites heures du matin, parfois à midi ou 1 h.

On est quand même allés à un gala ensemble, où Billy a reçu un prix. Quand il m'a annoncé qu'on y allait, j'étais hyper excitée. Je me suis dit: «Il va m'envoyer avec Nibs m'acheter une robe chez Holt Renfrew, ou au pire Plaza Saint-Hubert, et peut-être aussi des chaussures, parce que, c'est connu, une femme, même si elle en a 100 paires, elle a jamais celles qui va *vraiment*, qui va *parfaitement* avec sa nouvelle robe. C'est un mystère pour les hommes, mais ils sont quand même contents qu'on soit bien habillées. Parce que ça leur donne envie de nous déshabiller.»

J'avais raison et j'avais tort.

Il m'a envoyée avec Nibs.

Mais pas chez Holt Renfrew ou Piazza San Uberto: plutôt chez le costumier de TVZ, où il m'a fallu choisir parmi des robes d'occasion, déjà portées des dizaines et des dizaines de fois, et il fallait en plus que mes prédécesseures soient grasses ou en tout cas corpulentes et grandes: j'étais quand même enceinte.

J'ai d'abord eu envie de pleurer. Ou d'appeler ma mère ou Fanny pour tout leur raconter. Finalement, j'ai déniché quelque chose. Qui avait pas l'air trop usé. Si bien que je ferais pas trop honte à Billy. Et même le ferait sourire, ravi.

Heureux de sa (facile) victoire sur ma complaisance: d'autres l'appelleraient mon «idiotie»! Parce que Billy m'avait expliqué, en long et en large, avec abondance de détails (vrais ou inventés: est-ce que je sais?) qu'on était cassés, mais alors là vraiment cassés.

J'étais toujours la meilleure de ma classe en calcul mental. Alors je me suis dit: «Quand un homme gagne 30 000 $ par spectacle (moins ce que lui vole supposément son agent), 40 semaines par année, s'il peut pas payer une robe de 500 $ à sa femme (je rêvais pas de grands couturiers, je savais ce qu'il en coûtait, étant donné mon passé milanais) son supposé oxygène, sa raison d'être, à qui il a demandé tant de fois de faire semblant de l'aimer un peu et qui est la future mère de son premier enfant même s'il réclame stupidement un test, il y a des chiffres qui marchent pas là-dedans. En tout cas pas dans mon petit ordinateur à moi. »

Mais une autre déception m'attendait, précédée d'une grande joie.

Billy a gagné le prix de l'artiste de l'année, ou meilleur vendeur, ce qui, chez les académiciens modernes, est la norme suprême. Mais quand est venu le temps des remerciements, il a donné un coup de chapeau à tout le monde. Sauf à moi. Pourtant quand son nom est sorti comme le grand gagnant de sa catégorie, je me suis mise à pleurer. D'abord par fierté. Puis par déception parce qu'il m'a ignorée. Moi qui l'aide, le conseille, le pousse à donner le meilleur de lui-même avec chaque chanson, qui suis sa meilleure critique, même si, autour de lui, tous les *yes men* lui disent que sa première version est un chef-d'oeuvre, de crainte de le contrarier.

Ignorée.

J'ai été ignorée.

Comme si j'avais pas foulé le tapis rouge à son bras, qu'il était arrivé seul au gala.

Seule.

Comme je me sentais dans mon fauteuil.

Je sais, c'est peut-être juste un oubli, une distraction, le résultat de son stress, de son émotion de gagnant.

Mais Billy voulait peut-être aussi m'humilier. Simplement parce que j'avais bousillé ou étais sur le point de bousiller sa vie. C'était sa manière à lui de dire publiquement que, même si j'étais assise à ses côtés, enceinte de son œuvre, j'étais rien pour lui, une *nobody* même si mon *body* portait son enfant.

Il y a des paroles blessantes, chacun en convient : mais certains silences sont assassins.

51

Le téléphone de la maison sonne souvent, puis on raccroche. Je me dis est-ce que c'est encore Marie-Ève ? Pourtant elle m'a bien dit que Billy et lui c'était fini. Mais c'est souvent quand on croit que tout est fini que tout recommence.

De surcroît, elle m'a aussi dit qu'elle l'aimait encore.

Ce qui ajoute à mon inquiétude, c'est qu'il s'est rasé le pubis.

J'ai dit :

— Pourquoi tu as fait ça ?

Il a répondu :

— J'ai fait quoi ?

— Tu t'es rasé le pubis.

Un peu stupidement, il a répondu :

— Parce que c'est la nouvelle mode.

— Et elle intéresse qui, la nouvelle mode ? Les groupies à qui tu te montres le zizi rasé de frais ?

Il a protesté, prévisible, intraitable :

— Tu dis n'importe quoi.

Je me suis répétée, je crois, j'ai commodément suggéré :

— Tu devrais faire une chanson avec ça.

— Tu fais des drames avec un rien.

— Peut-être.

J'en ai quand même parlé à Fanny, du pubis rasé et de son explication à la con. D'autant plus que depuis quelque temps, plusieurs fans me rapportent (pour me prévenir ou me faire chier, je sais pas…) qu'elles voient Billy tripoter d'autres femmes après des *shows*, et pas toujours des beautés dignes du *Banquier*, il y en a même qui, apparemment, sont édentées et d'autres qui ont à peine leur majorité, ou alors, et c'est encore pire, des cartes trafiquées.

Fanny, c'est une fille d'idées, étant donné son doctorat en philosophie. Elle a tout de suite dit :

— Pourquoi tu vas pas chez Spytronic ?

— Spytronic ? C'est quoi, ça ?

— C'est Goliath qui m'a parlé de ça. C'est un des *business* de son *chum* qui fait des contrats de surveillance pour le NM, quand ils ont des raisons de penser qu'un des joueurs va trop souvent Chez Parée et voit trop souvent une danseuse même s'il est marié, ou qu'il se poudre trop le nez.

— Ça m'en dit pas plus long.

— Ils peuvent prendre le cellulaire de ton *chum*, et, aussitôt, il est relié avec le tien et, sans qu'il le sache, tu reçois tous ses textos, tous ses appels, tous ses courriels.

— Tu me niaises, là ?

— Non, je te dis.

— Je t'aime, toi.

52

Le lendemain matin, quand Billy est rentré, je l'ai aidé à se déshabiller. Il avait les jointures en sang. Il s'était battu. Il avait aussi un œil tuméfié, je crois qu'il avait pas eu le dessus. Remarque, j'ai pas vu l'état de son ou de ses adversaires. Billy, quand il est en furie, il peut foncer sur trois mecs en même temps, trois mecs qui sont trois fois plus gros que lui.

Une fois, dans un bar, à l'époque où on sortait souvent ensemble, un type a fait l'erreur de toucher à mon collier en me faisant un compliment. Billy lui a donné un coup de tête sur le nez. Nibs a réussi à éviter les poursuites. Mais l'agent a été obligé de signer un chèque pour acheter le silence du type. Qui avait le nez cassé et saignait comme un cochon.

J'ai mis Billy au lit, il a ronflé tout de suite. J'ai pu lui piquer sans difficulté son cellulaire.

À la première heure, j'étais chez Spytronic. Des gens sympathiques. Qui te posent pas trop de questions, te disent juste combien ça va te coûter une fois que tu leur as expliqué ce que tu voulais. Ils veulent pas vraiment savoir si c'est pour espionner un mari ou une femme infidèle, un partenaire d'affaires véreux, un employé malhonnête…

Quinze minutes après, j'étais rentrée à la maison. Et mon cellulaire était relié à celui de Billy.

Il y a un dicton qui dit ou à peu près : *attention aux souhaits que tu fais parce qu'ils peuvent se réaliser.*

Je voulais savoir la vérité sur Billy, sur sa fidélité réelle ou supposée. Et j'en avais soupé de ses excuses à la con, et des rumeurs de plus en plus en plus persistantes, et de plus en plus dégueulasses de ses infidélités, d'autant qu'elles étaient publiques, donc plus humiliantes pour moi.

La réalité dépassait la fiction de mon imagination inquiète.

Texto: *Tu me manques. Déjà un an. Un an. Et pourtant il me semble que c'était hier, que je pouvais te voir, te boire, boire avec toi. On se revoit? Ou c'était juste une fois. Je veux dire trois! Ha ha ha!*

Autre texto:

Je peux plus vivre sans toi. Tu sais que tu peux me faire n'importe quoi. Même les choses que j'ai jamais voulu faire avec d'autres. Pourquoi me les as-tu faites juste une semaine? Je peux plus vivre sans toi.

Dernier texto qui m'a tuée et m'a donné envie de tuer:

J'attends juste un signe de toi. On part une semaine à Venise, comme lorsqu'on s'est connus?

Elle signait mon arrêt de mort en signant: *Ta Marie-Ève en or!*

J'ai pleuré, ragé. J'ai attendu une semaine. Étant donné les textos de quatre filles dont le rêve était de toute évidence de prendre ma place dans le cœur – ou en tout cas le lit – de Billy.

J'ai réveillé Billy au beau milieu de sa nuit, d'ailleurs peuplée de rêves de moins en moins sympathiques pour moi (il faisait l'amour avec des étrangères ou alors il m'avait inventé de nouveaux surnoms dont il me réservait la surprise). Il était 10 h du matin.

Il a dit:

— Pourquoi tu me réveilles?

— J'ai reçu des bizarres de textos sur mon cell, cette semaine.

Je les lui ai montrés. Il les a lus à moitié. Il comprenait pas, il avait l'air sidéré. Il a regardé mon téléphone, comme si c'était le sien et non pas le mien. Il a un BlackBerry, moi un Samsung. Ça se ressemble pas vraiment. Il m'a remis l'appareil. Il a dit :

— Attends !

— Tu vas où ?

Il a pas répondu. Mais j'ai vite compris : il est descendu prendre une bière. Il est revenu avec. Il voulait penser plus clair.

— Tu as eu le temps de réfléchir ?

— Je sais pas quoi te dire, c'est des filles avec qui je suis sorti avant de te rencontrer. Et je sais pas si tu l'as remarqué, mais je leur ai même pas répondu. D'ailleurs, je sais même pas c'est qui. Et de toute façon, c'est toi que j'aime, je te tromperais jamais. Je me le suis fait faire une fois, et ça fait trop mal.

Il avait un point.

Restait le cas de Marie-Ève. J'ai demandé :

— Et Marie-Ève, tu sais pas c'est qui ?

— C'est une folle.

— Évidemment. Comme toutes tes ex.

— Non, elle est vraiment folle, elle. Elle se fait suivre par un psychiatre.

— Comment tu sais ça ?

— C'est son psychiatre qui l'a dit à mon agent.

— Il se fait suivre lui aussi ?

— Non, c'est juste un ami, un ancien camarade de classe.

— Tu lui as dit que tu voulais te débarrasser de moi ?

— Elle invente ça.

— Vous êtes déjà allés à Venise ensemble ?

— Oui, et après ?

— J'attends ton explication.

— Écoute, je sais pas quoi te dire, elle est déséquilibrée. Est-ce que je lui ai répondu ?

J'ai vérifié sur le cellulaire. Il lui avait pas répondu effectivement. Et au fond, c'est ça que j'aurais dû avoir. Comme preuves. Qui auraient été vraiment compromettantes.

Ses réponses.

Mais il avait peut-être pas répondu aux textos simplement parce qu'il les avait pas encore lus. Ma hâte avait été mauvaise conseillère. Il est pas très techno, Billy. Quand je l'ai rencontré, il pensait qu'une souris, c'est un petit rongeur, ou alors une fille, dans un vieux film français, avec Eddie Constantine dedans.

D'ailleurs, il préférait me laisser répondre à tous ses courriels. J'aimais. Je me sentais importante, je me sentais en confiance. Ça avait changé, ça aussi, quand j'étais tombée enceinte. Comme si une femme enceinte, il fallait la ménager, que ça pouvait l'épuiser de répondre aux courriels de son *chum*. Je lui avais évidemment demandé pourquoi j'étais pour ainsi dire remerciée de mes services de secrétaire particulière. Il avait dit de but en blanc :

— Comme on est moins souvent ensemble parce que tu dois maintenant rester à la maison étant donné ta grossesse, des fois que j'aurais un appel urgent de mon gérant pour une décision à prendre au sujet d'une entrevue ou d'un contrat.

C'est vrai que pendant notre lune de miel, on était pour ainsi dire toujours ensemble, de vrais fusionnels, 24 heures sur 24, 7 jours sur 7.

Il avait un bon argument.

Je pensais pourtant, sceptique : un appel urgent ?

D'une ex ou d'une groupie qui l'invitait dans son lit.

Ou de Marie-Ève qui voulait tout recommencer avec lui ?

Le doute est si obsédant pour une femme, en tout cas pour une femme comme moi, qui non seulement aime trop, mais pense trop, que, des fois, je me disais que j'aurais préféré avoir la certitude de son infidélité…

Mais au fond n'avais-je pas toutes les pièces à conviction en main ?

La vérité, mon petit doigt me la disait…

Et ce pubis rasé sans raison…

Et cette froideur soudaine…

Billy semblait réfléchir. Ou jongler. J'aime pas quand il fait ça. Ça donne rarement de bons résultats. En tout cas pour moi. Son expression s'est durcie.

— Tu m'as pas encore dit comment ça se fait que tu recevais mes textos sur ton téléphone.

Billy, il a un sixième ou même un septième sens, il devine tout ou presque. Et en même temps, il se fait manipuler par son agent et son avocate. Et plus il est ivre, plus c'est facile pour eux d'en faire leur commode pantin, de se servir de lui à leurs fins.

J'ai hésité puis je me suis dit : « Rien de mieux que de dire la vérité. » J'ai déclaré :

— Je crois pas à toutes tes histoires. Je sais que tu me trompes et probablement avec ton ex, parce que, la vérité, c'est que tu veux qu'elle soit encore amoureuse de toi, ça t'excite, et surtout, oui, SURTOUT tu le prends pas qu'elle t'ait laissé pour un autre après t'avoir trompé pendant des mois.

Furieux, Billy a lancé sa bouteille de bière sur un mur où elle a explosé. Une peur est montée en moi, et, pourtant, j'ai foncé : toute vérité est bonne à dire parfois, en tout cas dans mon livre à moi, en tout cas quand la chose la plus importante pour toi en dépend : ton amour. J'ai craché le (surprenant) morceau.

— J'ai fait trafiquer ton téléphone. Tous les textos, tous les courriels que tu reçois, je les reçois aussi. Voilà.

J'ai entendu le son que fait un texto entrant. *Timing is everything* ! Je l'ai lu, accro comme tout le monde à mon cellulaire, d'autant qu'il était devenu fusionnel avec celui de Billy : j'étais depuis le début devenue, comme tous mes contemporains, ou presque, comme ces valets d'une autre époque qu'il suffisait de sonner pour qu'ils viennent.

— Tiens, justement, Marie-Ève qui te souhaite bon matin. À trèsss bientôt, j'espère.

Une pause, et j'ai ajouté :

— C'est charmant, l'amour, hein, chéri ?

Chéri a foncé vers moi, m'a arraché mon cellulaire des mains, l'a lancé contre un mur de la chambre. Il a volé en éclats : fini le suivi des amours secrètes de chéri !

Qui a explosé :

— Tu m'as manqué de respect. Tu as pas respecté ma vie privée. C'est dégueulasse, ce que tu as fait. Comment je vais pouvoir te faire confiance à l'avenir !

53

Il me trompe, c'est évident.

Avec combien de femmes ?

Depuis combien de temps ?

Est-ce vraiment si important, le décompte exact, les détails ? Quand on a un sentiment. Général.

Je cesse pas de m'interroger sur la raison de ce pubis rasé de frais, sans que je lui en aie exprimé le bizarre souhait, surtout qu'il a plutôt l'air d'un petit poulet. Déplumé. Je suis enceinte de trois mois, je sais, mais j'ai pas pris beaucoup de poids, sauf mes seins, mais il a toujours aimé les seins. Et les femmes qui en avaient, je sais. Il devrait se réjouir de cette métamorphose de l'amour et de ses conséquences, non ?

La chose est que, depuis la scène du cellulaire trafiqué, on a pas fait une seule fois la chose.

Je pourrais mettre sa froideur sur le compte de sa colère contre moi. Mais y a-t-il juste ça ?

Quand je dis qu'on a pas baisé, c'est pas tout à fait exact.

Parce que, parfois, le soir, tard, ou le matin, tôt, quand il rentre, il a une envie folle de me bouffer la chatte, je sais pas pourquoi. Peut-être parce que, même si c'est le grand et célèbre Billy Spade, il a eu moins de succès, et qu'il veut se venger sur moi des femmes qui l'ont éconduit. C'est flatteur, non, surtout pour une femme enceinte qui se sent moins désirable ?

Avant, il me donnait des cadeaux improvisés sans raison autre que son amour fou. Maintenant, je le sais, ce sont des cadeaux calculés. Des cadeaux que j'ai baptisés les cadeaux de la culpabilité. En voici l'origine : chaque fois qu'il donne des spectacles dans une ville éloignée et peut pas rentrer coucher, il revient avec un cadeau.

Je sais que c'est parce qu'il m'a trompée. Et qu'il croit ainsi naïvement étouffer mes soupçons. C'est pour ça que, ces cadeaux, je pourrais aussi les appeler les cadeaux de la stupidité.

Si c'est un bijou, comme trois fois sur quatre, je le porte pas. Même pas après l'avoir ouvert devant lui. Je souris, comme l'idiote de service, je dis : « Merci, mon chéri, je suis ravie », et je remets le bijou dans son écrin.

Une fois, il m'a demandé, un peu contrarié par mon détachement :

— Tu veux pas l'essayer tout de suite ?

— J'ai des nausées. J'aurais trop peur de vomir dessus.

— Ah, je comprends.

À force de réflexion, au sujet de l'interprétation de ces « cadeaux de la culpabilité », j'ai conclu, sans avoir d'autres preuves que celles que me susurre à l'oreille mon petit doigt (ou mon entourage, malicieux ou pas, je sais pas) que plus c'était dégueulasse quand il me jouait dans le dos, plus le bijou qu'il veut me mettre au cou ou au doigt était beau. Chaque faute a son prix. Le purgatoire (inutile) de Billy est pavé de cadeaux, comme le chemin du Petit Poucet de cailloux, mais Billy a des sous.

Souvent, en replaçant le cadeau dans sa boîte, surtout si c'est un bijou, je pense illico au *regifting*.

Le *regifting*, c'est, comme tu l'as deviné, un mot anglais. Ça veut dire redonner un *gift*, un cadeau que tu as reçu.

Pas parce que tu veux «payer au suivant», mais parce que le cadeau te plaît pas, ou t'irrite, ou t'insulte pour toutes sortes de raisons dont il serait trop long de faire la liste.

J'ai redonné plein de bijoux à Fanny. Qui, elle, s'est empressée de les mettre à son cou, à ses oreilles, à son poignet.

P.-S. Billy et moi, on va plus dans le sauna, faire l'amour sous le regard romantique de Leo et Kate. Ça me donne des vapeurs d'y penser. Et aussi l'envie de vomir. Est-ce seulement parce que je suis enceinte? L'affiche du film *Titanic* – j'ai vérifié hier soir, en attendant inutilement Billy – est pourtant toujours là. Mais sans doute mon amant est-il déjà las. De moi. Il veut donner au suivant. Ou plutôt à la suivante.

L'affiche du film *Titanic*...

Qui me rend si nostalgique.

Notre amour sombre dans les eaux froides, que dis-je, glaciales, de son infidélité, et dans quelques mois, je perdrai mes eaux pour lui donner son premier enfant.

Il m'appelle plus sa Priscilla: et il est l'Elvis d'autres femmes, le pantin de ses vices.

Comme son père l'était des siens.

Comme j'étais pas sûre, j'en ai parlé à Fanny, pendant son heure de lunch, qui dure juste cinquante minutes parce que son patron est pingre.

Suave, elle a dit, après avoir croqué une aile de poulet (on était au Saint-Hubert):

— C'est du pur Lacan.

— Du pur Lacan, je… je suis pas sûre que je te suis, même que je suis sûre que je te suis pas du tout.

— Ben, c'est simple, toi et Billy vous êtes la preuve que la théorie du cahier des charges affectives, elle marche.

— Le cahier des charges affectives ?

— Ben, oui, quand tu es enfant, tu as un cahier.

— À l'école ?

— Non, avant d'entrer à l'école.

— Tout se joue avant six ans, évidemment.

— Une vraie maman.

Un temps, et Fanny poursuit :

— Dans ce cahier, tu notes sans t'en rendre compte les qualités et les défauts de la personne qui a été la plus importante dans ton enfance. La plupart du temps, ça va être ta mère, bien sûr, ou ton père, mais ça peut aussi être un oncle, une tante, ta grand-mère. La personne justement qui a été la plus importante pour toi.

— Moi, même si j'adore ma mère, même si elle a toujours été là pour moi, je crois que ça a été mon père, pour le truc du cahier.

— Dans la vie, souvent, sans s'en rendre compte, on recherche cette personne comme partenaire. Ça s'appelle la zone de confort.

— Vraiment ?

— Ton père, il avait les cheveux blonds ?

— Euh… oui.

— Et les yeux bleus ?

— Oui.

Je sentais que je m'enfonçais dans les délices de cette révélation inattendue.

— Et il buvait ?

— Tout le monde boit.

— Mais ton père, il buvait pas un peu plus que tout le monde, non ?

— Il a bu sa mort.

— Comme Billy boit sa vie. En tout cas, c'est ce que tu m'as dit.

— Oui.

— Et c'est quoi, la vibration principale qu'il a eue pour toi, ton père ?

— La vibration principale ?

— Oui, c'est, comment dire… la façon dont il te voyait, dont il t'accueillait, ce que tu étais pour lui.

— Je suis pas sûre de te suivre, Fanny.

— La vibration principale, c'est un peu comme pour un homme et une femme, leur chanson. Celle qu'ils écoutaient quand ils se sont rencontrés, quand ils ont fait l'amour pour la première fois, se sont dit : « Je t'aime et c'est pour la vie. »

Je me suis mise à pleurer.

Fanny a dit :

— Qu'est-ce qu'il y a, ma chérie ?

— Ce qu'il y a ? Tu veux vraiment le savoir ?

— Oui. Je veux vraiment le savoir. Et je pense que c'est important que tu me le dises, là.

J'ai hésité un moment. Personne aime donner la clé vraie de son âme. Même à sa meilleure amie.

— La chanson de mon enfance, que mon père me chantait tout le temps, à chaque occasion, quoi que je fasse pour tenter de l'impressionner, c'était *Anything you can do I can do better*. Ou alors c'était du Elvis.

— Oh, je vois… a-t-elle dit avec émotion.

On parlait plus de pâtisseries ou de chaussures.

— C'est juste quand j'ai eu 26 ans que, pour la première fois de sa vie, mon père m'a dit : « Je suis fier de toi, Erica. Vraiment fier. Tu fais tant de choses mieux que moi. Beaucoup mieux. *Everything I can do* <u>*you*</u> *can do better*, finalement. Tu élèves ton enfant comme la meilleure mère au monde, tu fais toujours ce que tu dis que tu allais faire, tu penses toujours aux autres, presque jamais à toi, tu te décourages jamais, tu gardes toujours le sourire, même si tu l'as pas eue facile, et que tu as un mauvais père… » J'ai protesté : « Pas si mauvais père que ça, papa. On a toujours fait plein de trucs ensemble je veux dire quand tu étais à la maison. » Il m'a redit ce qu'il m'a souvent dit : « Aussi, il faut toujours que tu te souviennes que c'est pas parce que je t'aime pas comme tu voudrais que je t'aime que je t'aime pas jusqu'à la mort et grand comme le ciel. »

— Hum, c'est souvent comme ça, et c'est pas toujours facile à accepter. Remarque, des fois *c'est* inacceptable et il faut pas l'accepter.

— Vrai, que j'ai dit.

Et j'ai ajouté, nostalgique :

— On était à l'endroit le moins romantique du monde : une station-service. Je venais de faire le plein. Et sans le savoir, mon petit papa venait de faire enfin le plein dans mon cœur.

On est restées un instant silencieuses, puis Fanny a dit :

— Au fond, Lacan avait raison, Billy est ton père.

— C'est sa copie carbone.

— C'est pour ça que les coups de foudre sont si forts.

— Et si dangereux. Je cherchais sans le savoir un homme qui me diminuerait et me tromperait. Billy cherchait une femme qui lui obéirait au doigt et à l'œil, qui accepterait sans rien dire toutes ses incartades, comme sa mère avait accepté celles de son père. On allait l'un et l'autre danser ensemble la danse qu'on avait toujours rêvé de danser : ce serait la parfaite cadence.

Une pause, et comme conclusion à cette sorte de séance de psychanalyse improvisée sans le fameux divan, je me suis dit et j'ai dit à Fanny :

— Alors je fais quoi ? Stop ou encore ? Je m'arrête ou je continue.

Elle a alors regardé l'heure sur sa montre qui me fait toujours pensé à Billy : il me l'avait donnée, je la lui ai *regiftée*. Elle a dit :

— Merde, il faut que j'y aille ! Mon patron va me tuer.

Elle a sorti son portefeuille, mais j'ai insisté, même si je suis fauchée, depuis que je vis avec Billy, l'amour a un prix :

— Non, non, c'est moi qui t'invite.

— Mais…

— T'es moins chère qu'un psychanalyste.

— Hi ! hi ! hi !… Ça c'est vrai !

Elle a déguerpi. Je suis restée avec la même lancinante question : Stop ou encore ? Je m'arrête ou je continue ?

54

J'ai fait l'erreur d'accorder une entrevue à Kim de Funès, une amie qui travaille pour une revue artistique.

Quand Billy a lu l'article (surtout que j'avais eu trois pages), il a explosé :

— Jamais plus tu vas me faire ça. La femme qui sort avec moi doit vérifier avec moi avant de donner une entrevue. C'est pas une question de contrôle ou rien du tout. Même moi j'accorde pas une entrevue sans en parler avec mon imprésario ou l'agent de ma compagnie de disques. Je suis une personnalité publique, j'ai des *shows* et des disques à promouvoir, il faut choisir le *timing*.

J'ai dit : « Oui je comprends. » Après la parution de l'article, cinq ou six journalistes m'ont appelée pour faire d'autres articles, j'ai dit que je pouvais pas.

55

Un soir, on a eu une grosse dispute, au sujet de l'argent.

On en avait de plus en plus souvent.

Presque aussi souvent qu'on avait des nuits d'amour à nos débuts !

J'ai avoué à Billy :

— J'arrive pas.

Il a vérifié :

— Ça te prend combien par mois ? Je viens de te donner un chèque de 5 000 $ et un autre de 25 000 $. Et je paye pour tout.

— Les chèques pour me faire avorter ? Je les ai jamais touchés.

— Tu parles de quoi, là ? Tu dis n'importe quoi. As-tu bu ou quoi ?

J'avais pas bu. J'étais enceinte, je fumais même plus. Lui, il avait bu comme d'habitude. Peut-être un peu plus que d'habitude. Et il avait pas envie de discuter. Il a dit :

— Je sors.

— Moi aussi, je sors. Je retourne travailler Chez Stan ce soir même. On se verra demain matin. Si je rentre coucher à la maison. Amuse-toi bien en faisant ta vie de rock star ! Moi je vais recommencer à faire ma vie de moins-que-rien.

Il est sorti en claquant la porte. Il déteste qu'on le défie. Anaïs m'a fait les gros yeux : j'avais froissé son patron. J'étais juste une chipie : elle le pensait depuis le début. J'ai haussé les épaules, fait un grand sourire, j'ai fait remarquer :

— Il y a de la vaisselle sale qui traîne sur le comptoir, tu pourrais la mettre dans le lave-vaisselle ? J'attends un gros producteur de cinéma pour lui raconter ma vie avec Billy.

Je disais n'importe quoi, juste pour la faire chier. Je suis comme ça parfois. Avec les gens qui m'aiment pas.

Seule dans la salle de bain, devant un miroir qui me renvoyait une image de moi dont je raffolais pas, j'ai pensé, en tentant de me refaire une beauté (inutile mais des fois, tu sais jamais, il ouvrira peut-être les yeux sur moi, me redécouvrira) : ça a pas de bon sens que Billy se soit pas rendu compte qu'il est jamais passé dans son compte.

Qu'il se souvienne pas où il a mis son briquet (j'en tiens toujours trois sur moi pour éviter que son impatience s'enflamme) passe toujours ! Et il a peut-être oublié le chèque de 5 000 $, c'est de l'argent de poche pour lui, comme 50 $ pour moi, mais celui de 25 000 $, c'est gros quand même !

Remarque, je crois pas que Billy sait jamais combien il a d'argent dans son compte. Il s'occupe juste d'en faire et il y réussit merveilleusement bien. Il a la touche de Midas. Tout ce qu'il effleure se transforme en or. Sauf le cœur en or de sa femme, hélas.

C'est pas lui qui fait sa comptabilité, de toute façon. Je l'ai vu un midi signer à toute vitesse, et distraitement, une dizaine de chèques pour son agent, qui était pressé. Il a pas posé une seule question, a pas vérifié les montants (j'en ai aperçu un de 12,500 $), il écoutait un combat de boxe à la télé.

Après la dispute avec Billy, j'ai suivi ma ligne de conduite, même si elle était un peu désespérée et peut-être pas si raisonnée.

56

Parfois la colère est une prière. Que l'oreille occupée de Dieu entend. Car elle s'élève au-dessus des autres prières, trop timides.

J'ai laissé 14 messages à Stan.

Il me les a pas retournés.

Je me suis dit : « C'est pas grave. »

Je me suis savamment maquillée pour le personnage que je devais jouer, et j'ai revêtu le costume tragi-comique qui va avec : barmaid, tu disais ?

Ou vendeuse d'alcool, marchande de cette illusion que tu coucheras avec moi. Si tu savais comme mon émoi est faible, quand, cher client de mes fesses (qui justement t'intéressent !) tu gémis, disant combien est lourde ta solitude, comment ta femme est grasse (*Tu t'laisses aller*, Aznavour a déjà tout dit avant toi et avec du génie, lui !) et combien ton cœur serait léger avec moi !

Je me suis pointée Chez Stan à 18 h 30.

Annie était là, et Olga, un fausse russe de 38 ans (qui disait en avoir 29) aux faux cheveux blonds et aux faux seins qui m'a remplacée à mon départ et que j'ai tout de suite trouvée sympa quand j'ai appris qu'elle avait trois enfants de trois pères différents qui avaient une chose en commun : ils avaient pris la clé des champs après l'avoir prise et engrossée.

Annie avait l'air contente de me voir, elle m'a serrée dans ses bras. M'a repoussée, m'a regardé le ventre, a plaisanté :

— Ça paraît pas que tu es enceinte. Es-tu sûre que tu l'es ?

— Oui, je suis juste pas sûre du nom du père !

— *Who cares ?*

— Hi ! hi ! hi !… Et toi, ça va ? Ce voyage au Tibet, c'était le *fun* ?

On s'était pas reparlé depuis qu'elle était partie faire le voyage de sa vie.

— Oui et non, qu'elle a dit. En fait plutôt non que oui.

Elle s'était rembrunie tout à coup.

— Ah bon ! Pourtant, tu en rêvais, du Tibet. Les moines sont aussi décevants que les autres hommes ?

— Non, ils sont adorables. Mais j'ai pas pu méditer trente-trois secondes d'affilée.

— C'est plus difficile que tu pensais.

— Je sais pas. Je sais juste que je pensais toujours à ce que j'avais été obligée de faire pour me rendre au Tibet.

— Le voyage est long ?

— Non, c'est comment je l'ai payé.

— Ah, le film porno ?

— Oui, même au milieu de tout plein de gens purs et détachés des illusions de ce monde, je pouvais pas arrêter de penser à toutes les choses dégueulasses que j'ai été obligée de faire.

— Oh, ma pauvre Annie…

— Je croyais pouvoir laisser mon esprit en vacances pendant le tournage, mais c'était une illusion. Je pensais vendre juste mon corps, mais j'ai aussi vendu mon âme.

— Je te comprends, je…

— On devrait jamais accepter de faire des choses contre nos valeurs, parce que nos valeurs, c'est nous. Ensuite, quand on les a vendues, il nous reste plus rien.

J'ai dit : « C'est vrai. »

Je la comprenais.

Et je pensais : moi mes valeurs de femme libre, de femme indépendante, est-ce que je les avais vendues ?

Et est-ce que j'en paierais le prix, comme ma douce amie Annie ? Qui a dit en riant :

— En attendant que ça passe, je bois du rouge.

Et elle a repéré un verre de vin, que lui avait sans doute offert un client. Et elle l'a vidé d'un seul trait. Je l'avais jamais trouvée aussi belle, aussi attachante.

Un bref silence, puis elle a encore dit :

— As-tu revu ou reparlé à James O'Keefe ?

— Pourquoi je l'aurais revu ? Non seulement je vis avec Billy, mais je suis enceinte de lui. Enfin c'est ce que je tente de lui expliquer, mais il insiste pour que je passe un test de paternité.

— Un petit peu angoissé, le mec.

Un temps, et Annie a dit :

— Je… je disais ça comme ça, pour James O'Keefe. C'est juste qu'il revient ici presque toutes les semaines, et il finit toujours par me poser 56 000 questions sur toi, même après tout ce temps, je pense qu'il est vraiment amoureux de toi, il est mignon.

Moi, je trouvais pas ça mignon du tout, cette histoire-là.

Et j'ai pensé tout de suite: « C'est peut-être ça, l'explication pour les roses, les cadeaux et surtout le *Red Jeans.* » Je me suis aussi souvenue que, un soir tranquille où on avait eu le temps de bavarder, Annie m'avait demandé ce que je portais, comme parfum, et je le lui avais dit.

Alors ça devenait de plus en plus évident que c'était lui...

Bizarre et inquiétant.

Mais j'ai pas eu le temps de me confier à Annie, parce que Stan est revenu de son bureau. Il avait l'air surpris de me voir. Contrarié serait peut-être un meilleur mot. Je me demandais un peu pourquoi. Il avait toujours été gentil avec moi.

— T'as pas eu mes messages ?

Il a dit non. Mais je sentais qu'il mentait.

— Écoute, ai-je expliqué, je suis pas juste venue ici prendre un verre. Il faut que je me remette à travailler. Je peux pas t'expliquer vraiment pourquoi, mais c'est comme ça.

— Ah, qu'il a dit, je vais voir ce que je peux faire, mais je peux vraiment rien te promettre. Je viens juste d'engager une nouvelle fille.

Il a regardé en direction d'Olga.

— Elle a trois enfants, elle veut faire les deux *shifts*.

— Ah, je vois.

— En plus, je sais même pas si je vais pouvoir la garder, même si elle vend, le business est pas bon.

Il a fait un geste circulaire pour appuyer ses dires: la salle était aux trois quarts vide.

— Le monde a plus d'argent, à cause de notre hostie de gouvernement. Et en plus la terrasse est ouverte. Imagine à l'automne, quand elle va être fermée. Je vais peut-être être obligé de fermer, justement. Surtout que la banque est à un doigt de tirer la plogue.

— Je vois, que j'ai admis.

Mais j'ai aussi vu un groupe d'au moins 20 personnes arriver, l'air guilleret, prêt à fêter et à dépenser, de toute évidence.

Stan aussi, et il a paru embarrassé de cette contre-preuve, alors il a conclu:

— Tu vas m'excuser, j'ai un coup de fil à donner.

Tout le monde a un coup de fil à donner, à un moment donné. Mais quand c'est quelqu'un que tu croyais un ami vrai, ça te fait vraiment quelque chose de te faire servir ces commodités de la politesse qu'on appelle aussi des «mensonges blancs».

Annie a vu ma déception, a suggéré, en baissant le ton, ce qui annonce souvent quelque secret, une confidence, une déclaration d'importance:

— Viens, je vais te dire quelque chose, mais à une condition: que tu le répètes à personne. J'ai un job de merde mais je peux pas le perdre.

Intriguée au plus au point par cette habile mise en bouche, j'ai dit: «Juré craché.»

Annie a aussitôt avoué:

— Billy a appelé Stan tout à l'heure.

— Comment tu le sais ?

— C'est lui qui me l'a dit.

— Et il lui a répondu quoi ?

— Que s'il t'engageait, il remettrait jamais plus les pieds dans son bar.

J'étais barrée. *Persona non grata.* Je rageais. D'impuissance. Une des pires rages. Pour une femme. Car c'est celle que nous font le plus souvent éprouver les hommes.

Je constatais une fois de plus le sale pouvoir du vedettariat.

Aussi dégueulasse que celui de l'argent.

Je suis restée ébranlée quelques secondes, mais ensuite Annie m'a donné une lueur d'espoir.

57

— J'ai une de mes amies qui travaille au Bongiurno, une autre au Kingdom, il paraît qu'ils cherchent des filles. Dis que c'est Pamela qui t'envoie.

J'étais une fille, enceinte, mais une fille quand même.

J'ai déclaré :

— J'y vais de ce pas. Bonne chance, Annie. Appelle-moi quand tu veux. Je suis toujours là pour toi.

J'ai commencé par le Bongiurno, le restaurant B.C.B.G. de la rue Saint-Laurent. Parce que, le Kingdom, je connaissais pas.

J'ai expliqué au gérant, Giorgio, un Italien de 50 ans assez basané, aux cheveux grisonnants, charmant, quoi :

— Je cherche un emploi, c'est Pamela qui m'envoie.

J'ai tout de suite senti que je lui faisais bonne impression. Il faut préciser que je lui ai dit quelques mots en italien que je parle couramment. Il a paru surpris, pour pas dire ravi, j'ai révélé :

— J'ai vécu trois ans à Milan.

— Je pense qu'on va bien s'entendre. Tu as le salaire de serveuse, bien sûr, tu gardes tous tes pourboires, et pour les spéciaux bons clients, tu nous donnes une comm de 30 % et tu gardes tout le reste.

— Les spéciaux bons clients ?

— Ben oui. Pamela t'a pas dit ? Nos bons clients, ils viennent pas ici juste pour manger. Ils veulent ramener des filles à la maison ou à l'hôtel. Alors tu peux pas leur dire non.

— Je suis enceinte.

Il a paru surpris, puis a cligné des yeux : il voyait des diamants.

— Oh ! enceinte, tu pourrais avoir 2 000 $ par passe, peut-être plus.

— Vous êtes sérieux ?

— Très sérieux, il y a des hommes qui recherchent ça.

— Eh bien, qu'ils continuent leurs recherches ! Ils vont peut-être finir par gagner le prix Nobel de l'homme le plus dégueulasse de l'année.

J'ai tourné les talons, et je suis partie.

J'ai marché jusqu'au Kingdom, qui est juste un peu plus bas sur Saint-Laurent.

Mais arrivée à 100 mètres dudit lieu, je me suis arrêtée : je croyais halluciner.

Sur l'enseigne du commerce, on aurait dit qu'il y avait ma photo : une grande brune souriait. Et elle cachait ses seins nus avec ses bras : c'était un bar de danseuses !

J'ai eu envie de vomir, et c'était peut-être pas juste parce que j'étais enceinte.

Je suis rentrée à la maison.

J'ai remis ma démission : à tous mes futurs patrons.

Je me concentrerais sur mon rôle de mère.

Et celui de femme qui aime trop.

J'avais du talent pour ces modestes emplois, pour lesquels tu touches même pas le salaire minimum : pas tout le monde qui a le génie des affaires.

58

J'ai accouché de Charlot (déjà baptisé sur mon ventre) le 18 décembre, à 8 h 30 du matin.

Billy était pas encore rentré de son spectacle de la veille, alors je me suis rendue en taxi à l'hôpital avec ma mère.

Billy est arrivé avec son agent et Nibs, à 15 h 13.

Il avait bu.

Il avait l'air un peu perdu, fatigué.

Il avait une rose.

J'ai souri.

Fanny, qui était là depuis un bon moment, souriait pas : elle trouvait que Billy exagérait une fois de plus, me traitait comme la dernière des dernières : non seulement il avait pas assisté à l'accouchement, mais il arrivait avec des heures de retard, et soûl comme une botte ! Il aurait pu faire un petit effort. Mais son enfer est pavé de bonnes intentions. Il a beau être plein de bonne volonté, c'est toujours sa maladie – car c'en est une – qui l'emporte : elle se nomme « l'alcoolisme », et nourrit ses démons comme le lait d'une mère le nourrisson.

Quand Billy a vu Charlot, que je serrais contre mon cœur, et que je venais d'allaiter, il a souri.

Nibs qui avait l'air ému de voir le bébé, a murmuré :

— Ohhhhh… une vraie merveille ! C'est pour ça qu'on est sur Terre. Bravo à la maman !

Billy a mis la rose sur ma table de chevet, a pris son fils, l'a embrassé sur le front, a commenté :

— Il est beau.

J'ai confirmé :

— Oui, il est beau, il te ressemble.

Il avait l'air fier, lui qui pourtant voulait pas être père, et avait tout fait pour pas l'être. Il a embrassé une deuxième fois Charlot, l'a regardé avec tristesse et il a confessé :

— J'espère que tu auras un meilleur père que moi.

Personne savait quoi dire. Ma mère m'a regardée un peu bizarrement. Finalement, Morand a lancé :

— Félicitations !

Billy m'a remis le poupon qui me manquait déjà, a lancé à son agent, assez cavalièrement, comme il lui parle tout le temps :

— Tu peux faire rentrer les photographes, Paul.

Sa mère est entrée en même temps qu'eux. Catherine aussi. J'avais pas pris le soin de les appeler, étant donné que je pouvais survivre à leur absence. Sa mère m'a regardée avec un drôle d'air. Comme si elle était fâchée que j'aie eu cet enfant. De son fils adoré. Catherine avait pas l'air enchantée, non plus.

Les photographes avaient l'air ravis, eux. Ils ont pris des dizaines et des dizaines de clichés.

Puis Morand, en tapotant sur sa montre, a prévenu :

— Billy, on a un spectacle à deux heures d'ici à 20 h. Il faut partir, là.

Il a pas cru bon d'argumenter avec lui. A simplement dit :

— Désolé, *love.*

Il m'a embrassée sur le front, et il est parti sans prendre la peine de dire bonjour à personne.

J'ai regardé ma montre. Il était 15 h 29. Sa visite avait duré 16 minutes.

Mais je sais : *the show must go on.*

P.-S. J'ai finalement fait le test de paternité, sans surprise. Charlot était de Billy : ils se ressemblaient d'ailleurs comme deux gouttes d'eau.

59

Notre troisième Saint-Valentin a pas ressemblé à la première. Ni à la deuxième. On l'a pas fêtée à l'hôtel W. Ni ailleurs. Billy donnait un spectacle à l'extérieur de la ville.

Il m'a quand même fait un cadeau avant de partir : un collier en argent. Magnifique. Et qu'il a dû payer une fortune.

Mais j'ai pourtant eu envie de le *regifter*.

Je l'ai pas fait, mais j'ai pas l'intention de le porter : il me rappelle trop que c'est lui que j'aurais aimé avoir à la Saint-Valentin. Pas un cadeau. Même princier.

Surtout que, comme Billy était soûl, il a fait la gaffe de dire :

— Je savais que tu l'aimerais. C'est Catherine qui l'a choisi, et, elle, les bijoux, elle connaît vraiment ça.

Les bijoux, elle connaît vraiment ça !

Fascinant !

Billy m'avait prévenue dès le premier jour, je sais : « Je suis un homme cruel. »

Mais quand il est ivre, il se rend même pas compte de sa cruauté.

Comment puis-je la lui reprocher ?

Il a fait une autre gaffe, en tout cas un truc qui m'a fait sourciller : il m'a donné… un bouquet de 36 roses rouges !

Exactement comme celui que j'avais reçu de l'admirateur inconnu.

Je me suis dit: «Est-ce qu'il le fait exprès? Pour voir ma réaction? Pour me tester?»

Est-ce qu'il se souvient de ce bouquet d'un inconnu qui l'a mis en rage, qui lui a fait briser le beau vase Lalique à 1500 $ ou je sais plus trop combien?

À moins que ce soit lui qui me l'a envoyé pour me *gaslighter*, pour me faire croire, et faire croire à tous ses amis, à toute sa famille que je suis folle ou infidèle?

Mais si c'est lui qui me l'a envoyé, est-ce qu'il se trahit pas stupidement en m'en donnant un autre identique?

Il faut à nouveau que je me souvienne qu'on peut pas vraiment raisonner logiquement avec Billy. Sa mémoire est de plus en plus pleine de trous. Que remplissent commodément l'alcool et ses vapeurs. Il s'appartient de moins en moins, cède de plus en plus le pouvoir (absolu) de son être à la vodka Absolut. Voilà sans doute pourquoi il y a si peu de place dans sa vie pour une femme, même si elle est la mère de son seul enfant; il a sans doute déjà eu une ou des maîtresses, et elle sont de plus en plus encombrantes.

J'ai quand même vérifié la provenance des fleurs: elles venaient pas du même fleuriste que le premier bouquet.

P.-S. Pour compenser ou en tout cas «tenter» de compenser l'absence de Billy, je me suis quand même fait un repas aux chandelles. Avec les deux autres petits hommes de ma vie: Guillaume et Charlot.

Il y avait aussi ma mère. Et Fanny. Qui était seule elle aussi pour la Saint-Valentin, car Goliath était en tournée dans les villes de l'Ouest américain et qu'elle avait pas pu le suivre : il faut qu'elle travaille.

On s'est tapé du caviar, du homard et du champagne, une manière de se consoler. J'ai pas regardé à la dépense : Billy avait laissé son portefeuille sur le comptoir de la cuisine. J'ai cru qu'il voulait que je fête en son absence. J'ai pas pris le soin de vérifier ce détail inutile.

Après avoir couché les enfants, on a mangé comme des reines, ri comme des folles.

La soirée a fini sur une note imprévue.

Fanny a le vin triste – vin de Champagne ou pas.

Elle nous a avoué que Goliath et elle, elle savait plus. Ou plutôt elle savait. Ou peut-être qu'elle avait juste trop bu. En tout cas ils se voyaient presque plus.

60

Deux mois que Billy m'a pas touchée !

Je sais, j'ai pas encore exactement repris mon corps d'avant, je veux dire d'avant la grossesse.

Malgré le gym. Et le régime. De mon super coach en nutrition, Martin Allard. Il m'avait prévenue, je sais, Billy, pas Martin : « Je dois vivre ma vie de rock star. »

Mais en fait il doit surtout vivre sa vie.

Et on dirait que j'en fais pas partie, de sa vie.

Je l'encombre.

Je l'agace.

Il m'évite.

Me critique.

Me nargue.

Me répète constamment que je patine sur de la glace bien fine.

Que plein de femmes prendraient ma place sur un simple claquement de ses célèbres doigts.

Et que je dois m'estimer heureuse d'être où je suis.

Près de lui.

Même si, à la vérité, il est si loin de moi.

Je sombre.

Toutes les lumières des projecteurs sur lui me projettent dans l'ombre.

Me rappellent ce que mon père me répétait: «*Anything you can do I can do better.*»

Pas difficile à comprendre: tout ce que je fais passe inaperçu; lui, même ses pets font l'objet de fascinants articles dans les journaux à crottins, je veux dire à potins.

Confinée dans son ombre.

Réduite au silence.

Niée dans mon existence.

Souvent dans ma tristesse, et ma solitude, une fois que les enfants dorment, j'écoute mon air favori, *Madame Butterfly.* Chanté par Maria Callas. Qui l'a déjà chanté à La Scala. De Milan, évidemment.

Je sais, il y a les téléréalités, la musique rock, les Big Mac, et si tu veux avoir l'air branché, et pas rétro, il faut que tu dises que c'est bien et que tu aimes, et même que tu carbures à ça, ces imitations de culture: c'est la seule qui nous reste.

N'empêche…

Madame Butterfly, c'est comment dire, oui… la bonne image me vient: il y a les vêtements que tu achètes Plaza Saint-Hubert, pour des raisons évidentes de budget, et il y a la haute couture, que tu te permets juste si tu gravites dans les… hautes sphères.

Il y a La Belle Province, et il y a Maxim's, la Honda Civic, et la Bentley.

En tout cas, chaque fois que j'entends la voix de la Callas, hélas, je pleure.

Peut-être parce *Madame Butterfly*, ça me rappelle qu'on m'a coupé les ailes…

Pour peu, on me verrait deux cicatrices dans le dos, là où jadis j'avais encore de quoi prendre mon envol, car j'avais encore des ailes.

En ce temps lointain et comme irréel où je me croyais encore belle…

Où j'avais encore des rêves.

Où j'étais pas l'ombre de moi-même.

Où je vivais pas dans l'ombre de quelqu'un.

Maintenant je m'efface de plus en plus, de plus en plus systématiquement, pour pas lui faire d'ombre : ce serait l'enfer pour lui.

J'entre dans les limbes, comme on entre dans les ordres.

Son existence se nourrit de mon inexistence ; pourtant, il dit qu'il peut pas vivre sans moi. Va comprendre ! Il se fane, angoisse, dépérit, quand il se sent pas constamment adulé, admiré, et disons-le plus simplement : léché au cul par autant de langues que possible, sales ou pas. Il appelle ça des amis, j'appelle ça des « parasites ». Ou des vautours, comme il s'en est plaint à moi, car ils tirent profit de sa vanité infinie. Sans cette gloire à cinq cents, il étouffe d'ennui, sa bouche s'assèche.

Alors il boit, et boit, et boit ; et moi je me noie, me noie, me noie.

61

Et, pourtant, bizarrement, par quelque défectuosité de mon cœur qui me le brise justement et quasi quotidiennement, plus Billy crée le vide autour de moi plus un vide se crée dans mon âme, et plus je l'aime.

Pourtant comme il me reste un peu de lucidité et d'estime de moi (je sais pas comment, honnêtement) je me suis dit : « Il faut que je fasse un bilan. »

Stop ou encore ?

Je m'arrête ou je continue ?

Je reste ou je pars ?

Bien des femmes, je sais, m'auront depuis longtemps condamnée. Taxée de stupidité. De faiblesse.

Mais elles oublient peut-être que j'ai un enfant de Billy.

Même s'il est un père absent.

Elles oublient qu'il mène pas la vie de tout le monde : c'est une star.

Il est demandé partout, il vit un stress énorme : il peut pas rentrer à la maison à 5 h du soir comme un gentil fonctionnaire qui finit de travailler ou de faire semblant de travailler à 4 h de l'après-midi.

Puis je dois me demander : « Ai-je "retourné toutes les pierres" de notre union chaotique ? »

Ai-je fait tous les efforts ?

Ma démission, elle est pas un peu hâtive ?

Même si on est pas mariés, est-ce qu'on est pas ensemble pour le meilleur et pour le pire ?

Aimer, vraiment aimer, est-ce que c'est pas accepter les deux côtés d'une même pièce de monnaie ?

Billy, il a jamais été aimé, il a été élevé à coups de pied et de poing, bafoué et humilié.

Alors me donne-t-il pas TOUT l'amour qu'il peut me donner ? Et qu'il donnera jamais à une femme ?

Même si, comme disait mon père, c'est pas l'amour que j'aurais vraiment aimé, c'est quand même de l'amour.

Et cet amour, puis-je vraiment m'en passer ?

Surtout l'amour, le plus grand amour que peut me donner l'homme qui est mon grand amour.

Aussi, on oublie souvent, quand on marche pas dans les souliers, même inconfortables, de la femme qu'on accuse de cécité, de lâcheté et de stupidité, de pas voir que son grand amour existe juste dans son esprit illusionné, que quitter un homme, c'est *ipso facto* admettre (souvent une fois de plus, et c'est encore plus accablant, humiliant !) son manque de jugement amoureux.

C'est admettre (souvent une fois de plus) : j'ai fait une erreur ?

Je suis juste une conne : j'ai choisi le mauvais homme.

Stop ou encore ?

Partir ou rester ?

Facile de décider à la place de l'autre, quand, justement on est pas à sa place, vraiment, car si on y était, on ferait forcément exactement la même chose que l'autre fait.

Facile de décider à la place de l'autre, quand tu es pas comme cet « autre », empêtré dans les filets de l'amour, qui emprisonnent ta raison et qu'il y a… personne d'autre dans ta vie que toi et tes joies, que toi et tes ennuis, que toi et tes oublis : on appelle ça être seul dans la vie.

Parce que partir, c'est connu – ou ça devrait l'être – ça veut aussi dire partir pour l'inconnu.

Et se demander…

Est-ce que ce sera mieux ?

Serai-je plus heureuse sans l'autre ?

Ou au moins, moins malheureuse ?

Partir ça veut dire tenter ma chance avec un autre homme.

Qui devra me prendre avec mes deux enfants de deux hommes différents.

Les hommes cruels, je sais, courent pas les rues, mais les hommes généreux – ou amoureux – non plus !

Hier soir, j'en parlais à Fanny, de mon dilemme de femme qui aime trop, et elle m'a dit : « Tu souffres peut-être du syndrome de Stockholm. »

J'ai voulu lui demander c'était quoi, mais elle pouvait pas me parler, elle avait Goliath sur l'autre ligne : celle du cœur.

Curieuse, je me suis rabattue sur Wikipédia.

Ledit syndrome, qui selon Fanny m'allait comme un gant, ça vient de Jan Erik Olsson, un type qui, le 23 août 1973, a braqué une banque à Stockholm, et a pris quatre otages. Finalement, comme son vol était mal planifié, il s'est rendu à la police. Contre toute attente, au procès qui a suivi ce délit, les otages ont refusé de témoigner contre lui. Une des otages, Kristin, était même tombée follement amoureuse de lui : il se sont mariés alors qu'il était en prison. L'amour a ses raisons…

J'ai versé des larmes quand j'ai lu ça.

Ça m'a aidé à me comprendre.

Moi aussi j'ai mon Jan Erik.

Et lui aussi m'a prise en otage.

A pris ma vie, a pris mon cœur en otage et je peux pas lui en vouloir. Même que j'aimerais l'épouser. Dans la prison dans laquelle il m'a enfermée.

Et où je vis depuis.

Et où je me meurs.

Billy a été mon ravisseur.

Oui, je dois souffrir du syndrome de Stockholm.

Ça m'interpelle d'autant plus que le type s'appelait Jan Erik : je m'appelle justement Erica.

Même s'il me parle pas de mariage.

Même si je refuse de témoigner contre lui, dans le procès de notre amour.

Ou peut-être que je le fais un peu malgré moi dans ce livre, même si tous mes reproches sont juste une manière mal déguisée, dans l'Halloween de ma vie avec Billy, de dire: «Je t'aime, et je voudrais juste que tu m'aimes, que tu laisses tomber le masque de ta haine. Que tu m'aimes juste un peu plus: je suis mendiante, tes miettes me suffiraient. Je suis junkie de toi, comme tu es junkie de ta vodka. Je sais tu me donnes déjà tout ce que tu peux, car on t'a jamais rien donné: à l'impossible nul amoureux est tenu.»

Stop ou encore?

Comment trancher?...

Peut-être que je suis la femme au monde que Billy Spade, oui, le grand Billy Spade, alcoolique et narcissique devant Dieu et les hommes, devant Dieu et contre les femmes, surtout les femmes de sa vie, a le plus aimée, mais comme il sait pas aimer, tout ce qu'il peut me donner, c'est ce qu'il me donne. La mesure de son amour est de donner tout. Tout le peu qu'il a reçu en partage: maigre héritage pour une femme qui comme moi aime trop.

Mais peut-être que j'aime trop parce que, justement, je cherche et trouve toujours, avec une efficacité désolante, des hommes qui aiment pas assez. Ils sont mon ombre, je suis leur lumière: on croit les femmes lunaires, c'est souvent le contraire. Elles sont le soleil des hommes ténébreux. Ils sont leur tristesse, elles sont leur joie: on appelle ça l'harmonie conjugale.

Qui commence par le coup de foudre par Fanny décrit, Lacan aidant.

Stop ou encore?

Partir ou rester?

Et si je meurs d'amour après être partie?

Et si je m'éteins, loin de lui?

Même si je m'éteins déjà à côté de lui ?

Est-ce que je suis un paradoxe ambulant ?

Ou une femme qui aime trop, seulement ?

Un matin, alors que Billy dormait encore, Nibs, à qui je venais de faire un café sur la fameuse Faema, et qui sentait ma détresse, a suggéré :

— Viens, tu as besoin de te changer les idées ! Je te fais faire un petit tour de Mercedes.

Le hasard parfois fait bien les choses, car pendant cette brève balade, j'allais apprendre des choses étonnantes.

62

Assise non pas sur la banquette arrière, mais sur celle du passager parce que ça faisait plus sympa, moins «patron- employé» (ce que Nibs a jamais été à mes yeux, et de toute manière, c'est pas moi qui paye son salaire !) et surtout plus pratique pour avoir une conversation, j'ai demandé, après une longue gorgée de cappucino :

— Je peux tout te dire, hein, Nibs ?

— Oui. Sauf ce qui te concerne ou concerne Billy, a-t-il plaisanté.

— D'accord, parlons du réchauffement climatique.

Il a souri. Il sait bien que tout ce qui m'intéresse en ce moment, à part bien entendu mes enfants, c'est Billy. Billy et moi. J'ai dit :

— Je sais pas quoi faire. Des fois, je me dis que je suis en train de devenir folle.

— Pourquoi tu dis ça ?

— Parce que peut-être j'imagine des choses.

— Comme quoi ?

— Ben que… je sais pas… des fois, je me dis que Billy a voulu me *gaslighter*.

— Te *gaslighter* ? Comme dans le film d'Alfred Hitchcock ?

— Je sais pas si c'est dans le film d'Alfred Hitchcock mais oui. C'est Fanny qui dit ça.

— Mais pourquoi Billy voudrait-il faire ça ? Vous êtes pas mariés. Sauf erreur ça lui coûterait rien si vous vous sépariez. Je veux dire à part la pension alimentaire pour l'enfant.

— Je sais pas, il veut peut-être garder l'enfant pour lui tout seul, en me faisant enfermer. Ce qui est bizarre, en passant. Il a quand même signé un chèque de 25 000 $ en plus d'un chèque de 5 000 $ pour que je me fasse avorter.

— Non, a dit Nibs de manière catégorique.

— Qu'est-ce que tu veux dire : non ?

— Il les a pas signés pour ça.

63

J'étais sidérée par cette déclaration, surtout que Nibs, tout ce qu'il me disait, je le croyais.

Malgré son passé tortueux, c'était l'homme le plus droit que j'avais jamais rencontré. Sauf peut-être mon père, même s'il buvait et se souvenait pas toujours de ce qu'il avait dit. Comme Billy, en fait. Lacan et le cahier, je sais. On échappe pas à son enfance. En plus, Billy, je savais depuis le premier jour qu'il m'aimait. Alors il ferait rien qui me nuirait.

On roulait sur Côte-des-Neiges. Il y a deux motards qui sont arrivés juste à côté de la Mercedes, un côté Nibs, l'autre côté place du mort, ou de la morte. Et qui nous ont pour ainsi dire escortés. J'ai pas aimé. C'était des Terminators. Je me suis dit : Qu'est-ce qui se passe ? Qu'est-ce qu'ils nous veulent ?

Nibs, lui, paraissait pas nerveux, bien au contraire.

Il a abaissé sa vitre, a montré un pouce victorieux au motard de son côté. Je me suis souvenue de son passé peu glorieux, et, soulagée, j'ai descendu ma vitre, et je l'ai imité : j'ai montré le pouce au motard.

Il a accéléré et nous a dépassés, comme son complice. Nibs a dit :

— Si jamais tu as besoin d'un service, tu me dis. Ils sont de service. Des vrais anges. Exterminateurs… En plus je t'en dois une. Pour mon frère.

— Et il me doit encore les 1 000 $ mais c'est pas grave. J'ai fait une croix dessus.

— Ah ! je… je savais pas, je vais te rembourser.

— Oublie ça !

— Je t'en dois deux.

— Noté, que j'ai fait, pas habituée à recevoir pareilles propositions, totalement inutiles dans le genre de vie rangée que je menais.

Nibs a roulé encore un peu et j'ai dit :

— Alors c'était pourquoi, ces foutus chèques ?

— C'était l'argent que Billy te donnait parce que tu avais dit que tu arrivais pas. Puis il y avait la chambre du bébé à faire, les vêtements, tout le bataclan…

— Oh…

J'étais émue aux larmes, moi qui avais toujours trouvé Billy radin, mesquin, enfin sauf au tout début où, comme la plupart des hommes, il m'éblouissait de sa générosité. Je l'avais accusé injustement. Il avait juste été manipulé. Comme il l'est presque tout le temps, et moi de même. Par tout son entourage, les « vautours », comme il les appelle lui-même, qui tire profit de son talent. Facilement. Étant donné l'alcool dans son sang. L'alcool, locataire de sa cervelle, propriétaire de sa vie. Au détriment de la mienne. Au détriment de la sienne.

— Mais comment ça se fait que c'est son agent qui les avait ?

— Billy les lui avait signés. Mais Morand, il te les a jamais donnés. Il voulait que tu te fasses avorter, c'est clair. Un rocker, ça se marie pas et ça a pas d'enfants. C'est pas bon pour la vente des disques et des spectacles, s'il a l'air d'un homme trop rangé : il faut qu'il ait l'air dérangé, même extrêmement dérangé, si possible. Le mariage est pas une option.

J'ai pensé: «Toutes les groupies de Billy doivent espérer qu'elles vont finir par lui mettre le grappin dessus, un jour.»

J'ai ensuite réfléchi que, effectivement, le chèque de 25 000 $ que m'avait présenté Morand pour l'avortement et que j'avais fait brûler, indiquait une date qui précédait la sordide proposition. J'en avais eu l'impression, invérifiable, car le chèque brûlait. Maintenant j'en avais la certitude.

Tout se tenait!

Billy disait la vérité, la triste vérité.

Pourtant, trop habituée à ce qu'on me mente, j'ai voulu vérifier.

— Mais comment tu sais ça? Pourquoi Morand t'a dit ça?

— Parce que je l'avais deviné. Et j'ai confirmé avec lui.

— Et pourquoi il a avoué cette dégueulasserie?

— Parce qu'il me dit tout.

— Il te dit tout. Pourquoi?

— Il a fait des gaffes dans le passé. Et si mes vieux amis Terminators le protégeaient pas, il serait mort et enterré depuis longtemps.

— Oh! je vois... Alors Paul Morand est un écœurant.

— Je sais. C'est ce que j'essaie de faire comprendre à Billy depuis cinq ans. Mais il pense qu'il a besoin de lui pour sa carrière, que s'il le congédie, il court à la faillite.

— Je vais aller lui dire ma façon de penser, à ce chihuahua mégalomane qui pense contrôler la vie de mon homme! Emmène- moi tout de suite à son bureau!

— Non, je peux pas. Tu as promis que ce serait un secret.

— J'ai promis, que j'ai admis.

Je pensais quand même que j'avais envie de l'étriper, le trou du cul de Morand, et que ça me prendrait tout pour respecter la parole donnée.

Ensuite, Nibs a dit :

— Il y a autre chose que tu devrais savoir. Et quand tu vas le savoir, tu vas arrêter tout de suite de croire que tu es folle. Et tu accuseras plus les mauvaises personnes. Mais là, il faut vraiment que tu me jures de le répéter à personne.

J'étais si intriguée. Comment aurais-je pu pas promettre ?

— Je le jure.

64

— Les roses, les sous-vêtements, le parfum, c'est Paul qui te les a envoyés. Je pensais jamais te l'avouer, mais étant donné ce que tu as fait pour mon frérot, et que tu es si loyale, et… je sais que tu me trahiras pas, car Billy, c'est mon gagne-pain, comme tu sais.

J'étais sous le choc.

Un instant, j'ai cru devenir folle.

Et moi qui pensais que Billy était le maître de l'univers : il était juste le pantin de son agent.

Et de son passé, je veux dire de son enfance, je veux dire de son mauvais père.

Je savais pas quoi dire : c'était trop difficile à *processer*, ou si tu veux à digérer.

— Mais je… Comment tu peux dire ça ?

— J'étais avec lui quand il a acheté les fleurs, les sous-vêtements, le parfum.

— Billy est au courant de rien ?

— Non. Rien. Absolument rien.

J'ai pensé, il tentait pas de me faire passer pour folle, comme Fanny avait pensé. Il jouait pas la comédie, dans sa furie.

— Morand, a expliqué Nibs, c'est comme la CIA dans le gouvernement américain. C'est un gouvernenent dans un gouvernement.

Un gouvernement dans un gouvernement. Et comme le président de ce gouvernement était toujours ivre, ça devait pas être une tâche si difficile.

J'en revenais tout simplement pas.

— Est-ce qu'il y a autre chose que je sais pas ?

— Oui. Mais je le sais pas moi non plus, a-t-il répliqué non sans esprit.

J'ai demandé à Nibs de me ramener à la maison.

Je suis tout de suite descendue au sous-sol, au gym, et j'ai frappé de toutes mes forces sur le *punching bag*. De frapper sur un Everlast me libérait des toxines de ma colère. Qui est mauvaise conseillère. Mais je pouvais pas m'empêcher de destiner chaque coup à Morand. Dans le visage, dans le ventre et même un peu plus bas. Où ça fait vraiment mal. Je pouvais pas m'empêcher de sourire malgré ma révolte. Je voyais Morand gémir de douleur : ça a eu un effet calmant.

Au bout d'une heure.

Dans la douche qui a suivi cet entraînement intensif, j'ai conçu un plan.

Quand Billy est revenu, je l'attendais dans la chambre, avec un déshabillé de Victoria's Secret.

Peine perdue. J'aurais porté le pyjama en gros coton de ma grand-mère, que ça lui aurait fait le même effet ou à peu près.

J'ai avoué :

— Je voulais m'excuser pour l'argent…

— Pour l'argent ?

— Oui, des fois, je t'ai fait des reproches...

Je pouvais pas lui dire que je savais au sujet des manigances de Morand, sans trahir Nibs et le mettre dans de beaux draps.

— Des reproches ? a-t-il fait en fronçant les sourcils.

Il a bâillé avec ennui, est tombé, tout habillé, sur le lit et il s'est endormi aussitôt que sa tête a touché l'oreiller.

J'étais déçue.

Une fois de plus.

On pense qu'on s'habitue à tout, mais à ce genre de déceptions, non.

J'ai pensé malgré moi à notre première nuit dans cette chambre, comment il avait allumé toutes les chandelles, déchiré mes vêtements, comment ça avait été animal.

Si le désir d'un homme nous rend vivantes, son absence nous tue, du moins si on aime cet homme, et moi j'en étais folle.

Et à nouveau, j'ai pensé : « Stop ou encore ? »

Le lendemain, il s'est passé quelque chose qui, avant que je comprenne ce que c'était vraiment, a failli me faire trancher une fois pour toutes la question.

C'était la fin de l'après-midi, et j'étais dans la cuisine à préparer le repas du soir, – un *chop suey* bien relevé – lorsque j'ai entendu Guillaume qui criait « Maman ! » de notre chambre, en pleurant toutes les larmes de son corps.

Je suis montée à toute vitesse, et j'ai alors vu la dernière chose que je m'attendais à voir.

65

L'air hagard, Billy était debout à côté du lit, sa ceinture dans la main droite.

J'ai fait ni une ni deux. J'ai foncé vers Billy, et je l'ai poussé à deux mains sur les épaules. Il est tombé par terre. J'avais pas tant de mérite. Il devait être ivre. Comme d'habitude.

Je me suis approchée de Guillaume. Je l'ai examiné. Il portait aucune trace de coup. J'ai dit, en caressant ses beaux cheveux bouclés :

— Pourquoi tu pleures, mon chéri ?

— Je sais pas, j'ai eu peur... Papa, il a fait ça avec sa ceinture...

Et ce disant, il a fait un geste, comme quelqu'un qui frappe quelqu'un d'autre.

— Ah...

Billy se relevait.

J'ai dit à Guillaume :

— Va t'amuser en bas, mon chou, maman va aller te rejoindre dans deux minutes.

Il a obéi.

Je me suis tournée vers Billy, qui me regardait avec étonnement. Il semblait pas vraiment fâché, même s'il aurait pu l'être.

— Tu es une femme frappante, a-t-il plaisanté, je l'ai toujours dit, mais pourquoi tu m'as poussé comme ça ?

— Pourquoi tu as fait peur à Guillaume avec ta ceinture ?

— Je faisais ma valise et j'ai pensé le faire rire en la faisant claquer comme si j'étais un dompteur de lion.

Il a pointé le lit. Sa malle y était ouverte.

— Oh ! je suis désolée, mon amour.

— C'est O.K.

Il s'est massé l'épaule.

— Je pense que je vais être encore capable de jouer de la guitare pour le *show*. Surtout si tu me fais un bon massage avant que je parte.

— Je suis à vos ordres, maître, que j'ai plaisanté.

Mais au lieu de rire ou de sourire, il a eu l'air triste, et ses si beaux yeux bleus sont tout à coup devenus humides.

66

— Un jour, quand j'avais huit ans, j'ai entendu des cris dans la chambre de mes parents. Je pensais que mon père faisait mal à ma mère. Je suis entré dans la chambre. Papa était avec une autre femme. Elle était nue sur le lit, et mon père était debout à côté du lit, avec une ceinture dans la main. Je pouvais évidemment pas comprendre ce qui se passait. Avec le recul, je pense qu'il lui offrait une petite séance de *spanking*. J'ai dit : « Je vais aller le dire à maman. » Il était furieux, il a dit : « Reviens immédiatement ici, Billy. Je l'ai pas écouté, il m'a rattrapé, et il m'a battu à coup de ceinture dans la face. »

Il a touché sa joue gauche et il a ajouté :

— La cicatrice, c'est pas quand j'étais tireur d'élite en Afghanistan. C'était ça.

— Oh ! mon pauvre chou, c'est horrible, cette histoire.

J'ai touché sa cicatrice. Il a fait comme il faisait toujours depuis le premier jour, même s'il me touchait de plus en plus rarement.

Il a embrassé ma main, plus longuement que d'habitude, il m'a semblé. Je fondais. J'ai voulu l'embrasser, il m'a pas repoussée comme il faisait si souvent depuis quelque temps. On s'est vraiment embrassés, je veux dire on a *frenché*. La tête me tournait, je devenais toute molle, je me suis dit : « Enfin ça va recommencer. »

Mais il a mis fin au baiser, et dit :

— Il faut vraiment que je finisse ma valise.

Moi, j'ai pensé : « Il faut vraiment que j'aille pleurer. »

Et je suis allée retrouver Guillaume.

Puis j'ai donné à Charlot son biberon, en pensant à la fameuse (et déprimante) théorie de la putain et de la maman. Maintenant on dirait que, pour Billy, je suis juste une maman, ça lui prend une autre putain. Ou probablement plusieurs autres putains : je suis difficile à remplacer !

Il s'est absenté trois jours.

Et m'a ignorée à son retour, même si je m'étais fait coiffer – il l'a même pas remarqué – et que je m'étais maquillée, pour pas ressembler à une maman, presque à une putain, enfin exagérons rien.

Il m'avait apporté un cadeau, une magnifique montre Thomas Sabo qui avait dû lui coûter les yeux de la tête et que j'ai eu envie de lui lancer… à la tête. Je me suis dit, selon ma théorie : « Il a dû me tromper plusieurs fois : sa générosité est le baromètre de son infidélité. »

La nuit, il a fait un rêve et, dans le rêve, il prononçait un nom : celui de son ex, Marie-Ève.

Ce fut la goutte qui fait déborder le vase.

67

Le lendemain, je lui ai écrit une lettre que j'ai déposée sur le comptoir de la salle de bain, où il va invariablement se regarder, pour estimer les ravages de la nuit, et si, le cas échéant, il est présentable pour une entrevue, ou doit demander à son agent de la remettre, pour… des raisons familiales.

Je savais pas encore si je bluffais ou pas, pour provoquer les choses, c'est tellement difficile dans ces situations de départager le bon grain de l'ivraie, les sentiments faux des sentiments vrais, en tout cas voilà ce que je lui ai écrit :

Je te quitte, love. Pas parce que je t'aime plus. Mais simplement notre amour est devenu trop lourd à porter pour une seule personne. Je t'en veux pas pour rien. Tu m'avais prévenue dès le départ, j'ai juste été stupide d'entrer dans la danse, car je croyais à notre parfaite cadence. Pour Charlot et la garde et la pension, on en parlera lorsque tu auras dégrisé, en espérant que ce soit avant qu'il entre à l'université. Je t'aime.

Il avait la lettre dans la main quand il est venu me retrouver dans la cuisine, à la fin de la matinée :

— Pourquoi tu m'as écrit ça ? Tu es folle ou quoi ?

— Billy, arrête de me mentir, de *te* mentir, je t'intéresse plus, je suis devenue comme ta mère, une servante.

— Mais Erica, tu peux pas me laisser, j'ai besoin de toi. Tu es mon oxygène.

— C'est peut-être pour ça que j'étouffe.

— Je vais faire quoi ?

— Va demander à Marie-Ève de te donner la respiration artificielle.

— Tu dis n'importe quoi.

— Oui, comme toi, la nuit dernière, dans ton rêve, quand tu répétais son nom en poussant des gémissements. Je me suis sentie comme une reine. Vraiment.

On a pas pu poursuivre la conversation, parce que, sur ces entrefaites, son agent et son avocate sont arrivés dans la cuisine. Ils entrent toujours sans frapper ou sonner, comme s'ils étaient chez eux. Il faut dire qu'ils ont tous les deux la clé de la maison.

Ça m'a fait hyper chier quand je l'ai appris, mais Billy m'a expliqué que c'était nécessaire parce que des fois quand ils le ramènent ivre, il faut quelqu'un pour ouvrir la porte. Sa clé, il la perd souvent. Comme la clé de son être. Qu'il a peut-être jamais eue, elle : sinon pourquoi il boirait toujours autant ?

Catherine et Paul, quand ils nous ont vus, ils ont compris tout de suite qu'on était en train de se disputer. Catherine a eu un de ses rares orgasmes. Paul est resté indifférent. Moi, j'ai eu envie de lui sauter dans la face, pour toutes ses bassesses. Mais je me suis dit : « La vengeance est un plat qui se mange froid. J'aurai mon heure. »

Paul a dit à Billy :

— Est-ce que tu es prêt ?

Billy m'a regardée puis a dit à Paul :

— Écoute, je sais pas si je vais pouvoir y aller. Est-ce qu'on peut remettre ça ?

— T'es fou, a fait Paul.

— C'est… pour quoi encore ? a fait Billy qui, visiblement, était perdu, comme il l'était de plus en plus parce qu'il tenait de plus en plus mal l'alcool, et il commençait à avoir le cerveau d'un vieil homme.

— Ben Billy, c'est pour le *show* de téléréalité où tu vas être juge, a expliqué Paul avec agacement.

— Ils t'offrent 600 000 $ par année, et c'est même pas encore négocié, a précisé Catherine.

— Ah oui… a fait Billy, qui m'a à nouveau regardée, comme s'il quémandait ma permission, ce qu'il a jamais fait pour rien.

— Billy, c'est une occasion en or, voyons tu peux pas rater ça, a ajouté Catherine, et Louise Castel, c'est pas le genre de femme à qui on fait faux bond à la dernière minute, elle est hyper *busy*.

— Et imagine la publicité que ça va te faire pour les *shows* et les disques, a dit Morand.

J'ai entendu Charlot pleurer, je suis allée le retrouver dans sa chambre.

J'ai dit à Billy :

— Bon alors, je vais te souhaiter bonne chance.

Il a eu un air catastrophé. Il savait ce que je voulais vraiment dire : je lui souhaitais bonne chance pour le reste de sa vie. Sans moi.

J'ai quitté le domicile conjugal (si peu conjugal, si on y pense !) avec une tristesse dans l'âme forcément, et avec mes deux enfants : on abandonne pas l'homme de sa vie sans dommages collatéraux dans la région de son être la plus importante : le cœur.

Je suis allée me réfugier chez ma mère.

Mais le lendemain matin à 8 h, alors que je prenais un café après une nuit sans sommeil, j'ai reçu de Paul Morand un appel qui a bouleversé toutes mes certitudes, mon assurance que j'étais libérée du charme nocif de Billy Spade, rock star de son état.

68

— Billy est à l'hôpital.

— C'est grave ?

— Oui. Très grave. Il a… Je pense qu'il a voulu se suicider.

— Oh non !

Je me sentais la femme la plus coupable au monde.

— Est-ce qu'il est O.K. ?

— Il vient juste de sortir du coma, mais il parle pas, on sait pas s'il aura des séquelles ou pas.

Sur le chemin de l'hôpital, une des pages les plus tristes de mon passé m'est revenue, dictée par ma culpabilité.

69

Peu de temps avant que je rencontre Billy, mon père était venu chez moi m'aider à faire les décorations d'Halloween.

Mon père, je l'adorais. On avait fait mille et un trucs ensemble. Il m'avait montré plein de choses, surtout mécaniques, étant donné son métier, comme de monter et de démonter une suspension de voiture, de régler un carburateur, de changer des bougies d'allumage : ça, pas besoin d'être une lumière pour y arriver ! Même si j'étais une fille, j'adorais ça. Parce que mon professeur, c'était papa. Même s'il était sévère, et que rien de ce que je faisais trouvait grâce à ses yeux, parce que, tu te souviens de la chanson qui définissait notre rapport : *Anything you can do I can do better.*

Mais à la onzième critique, qui est devenue pour lui, sans qu'il le sache, la onzième heure, j'en ai eu ras le bol, j'ai dit : « Fous le camp chez toi ! Je veux plus jamais te revoir la face ! »

Sans le savoir, je lui avais jeté un sort. Ou je m'en étais jeté un, c'est selon.

Car j'ai jamais revu sa face : vivante.

J'ai pas eu de nouvelles de lui pendant quatre jours.

Puis un jeudi, en fin de soirée, il m'a appelée, je veux dire j'ai vu son numéro sur mon afficheur, mais j'ai pas répondu : j'étais encore trop fâchée contre lui.

Ensuite, je sais pas pourquoi, je me suis sentie mal, je veux dire coupable, un sentiment que je cultive avec trop de facilité, comme si, chez moi, c'était une seconde nature, on dirait même que c'est ma spécialité comme celle de bien des femmes qui aiment trop, à la triste vérité.

J'ai mis Guillaume dans l'auto, je suis partie, mais arrivée chez papa, je sais pas pourquoi, je suis restée cinq longues minutes dans le stationnement de l'appartement qu'il habitait depuis des années, en fait depuis qu'il avait quitté maman, et je suis repartie, sans entrer le voir.

Comme si je lui en voulais encore.

Comme s'il avait commis une faute que je voulais lui faire payer.

Ou peut-être – va savoir les mystères de l'esprit humain ! – que mon instinct de mère me disait qu'il me fallait protéger Guillaume du spectacle (épouvantable) qu'il aurait vu, si j'étais entrée.

Deux jours plus tard, ma mère, qui vivait avec moi, est allée faire un tour chez mon père, qui habitait à trois coins de rue. Quand elle est revenue, deux heures plus tard, j'ai tout de suite vu, à l'expression de son visage, ce qu'elle allait me révéler. Et c'était des mots que je voulais pas entendre parce que, en les entendant, ils deviendraient vrais :

— Il est mort.

C'est elle qui avait fait l'horrible découverte. En fait, ça faisait deux jours qu'il nous avait quittés !

Il avait rendu l'âme, sa triste âme, noyée de gin, brisée de chagrins que je connaissais pas, car il y a toujours omerta entre une fille et son papa. Oui, il était mort le soir même où il m'avait appelée. Et j'avais décidé de rebrousser chemin : comme il est mystérieux, le destin !

Et comme il est habile à forger en mon cœur la lourde chaîne de la culpabilité !

Papa était mort depuis deux jours, et il était resté deux jours dans son appartement. Seul comme un chien.

Mort.

Quand je suis arrivée, des policiers m'ont dit : « Vous pouvez pas entrer. » J'ai expliqué :

— Je suis sa fille.

— D'accord, entrez, mais vous aimerez pas ce que vous allez voir.

Ce que j'aurais aimé voir, c'était mon père. Mort ou vif. Mais son corps avait déjà été emporté. Dans un sac plastique noir, m'a expliqué maman, qui avait tout vu. Et qui pleurait, effondrée sur un vieux divan où ils avaient déjà fait l'amour : il l'avait emporté au moment de la séparation.

L'appartement était pas beau à voir. Et l'air pas très bon à respirer. En fait, ça sentait la mort. J'avais fait mon cours d'infirmière, enfin presque, mais j'avais jamais senti cette odeur. Peut-être aussi parce que c'était l'odeur de mon père. L'odeur de la mort de mon père.

Ça s'expliquait aisément : il y avait du sang partout. Dans le salon, dans la chambre à coucher, dans les toilettes. Du sang et des bouteilles vides de gin. Le médecin légiste qui, le nez masqué, achevait son rapport, m'a expliqué que c'était un cas d'hémorragie digestive aiguë haute et basse. J'avais étudié ça. J'ai grimacé. Parce que, en termes moins savants, ça voulait dire que mon père avait vomi et chié tout son sang. Et c'est pour ça qu'il y en avait partout. Il y en avait aussi sur les murs ; des traces de mains terrorisées par la mort, comme dans un film de Stephen King.

Le médecin a cru bon d'ajouter que son agonie avait été longue. J'ai appris plus tard le terrible secret qu'il avait cru bon de nous cacher, à ma mère et moi, et qui expliquait en bonne partie l'hémorragie : il souffrait depuis des mois d'un cancer généralisé, et il en avait eu assez. Selon l'infirmière – et j'utilise ses propres termes – il était « hypothéqué » depuis longtemps.

Il avait bu sa mort, que le cancer lui avait déjà servie comme apéritif.

Ensuite, à la morgue, il m'a fallu identifier le corps.

Même si c'était pas normalement permis, je suis restée allongée une heure et demie à côté de mon père.

Du corps de mon père.

Qui avait bu sa mort.

J'ai mis mon bras autour de son corps et je me souvenais du bon vieux temps, les choses simples mais magiques que nous avions faites ensemble, quand il vivait encore à la maison. Aller au restaurant, aller à la Ronde, aller n'importe où. Je m'en moquais, pourvu que c'était avec lui.

Oui, allongée à côté de mon petit papa, qui m'aimait pas comme j'aurais voulu, mais qui m'aimait quand même, qui m'aimait plus fort que tout au monde, plus grand que le ciel et qui avait pris des années à me dire qu'il était fier de moi, mais qui avait quand même fini par le dire dans une station d'essence, et peut-être qu'il le pensait depuis des années déjà, mais qu'il était incapable de me le dire comme Billy est incapable de m'aimer sans me faire mal, de m'aimer sans se faire mal.

Mon calvaire était pas fini.

Quand est venu le temps de nettoyer sa maison, j'ai eu beau appeler toutes les compagnies spécialisées dans le nettoyage, aucune a accepté.

Alors toute une journée, j'ai nettoyé le sang, le sang qu'il y avait partout, sur le sol, dans l'évier, dans les toilettes, dans la baignoire. Partout.

Et mes larmes se mêlaient à l'eau, se mêlaient au M. Net, parce que je pouvais pas cesser de me souvenir que mon père m'avait appelée à l'aide, deux jours avant qu'on le retrouve mort, mais moi j'avais même pas répondu, j'aurais pourtant pu l'entendre une dernière fois m'appeler mon petit tigre. C'est le diminutif étonnant – tigresse l'eût été moins, dont il m'avait affublée, et je suis sûre que ça a rien à voir avec mon caractère de… tigresse !

Coupable, hyper coupable, je me suis demandé : « Aurait-il eu envie de boire sa mort, comme il l'avait fait, provoquant son hémorragie haute et basse, si j'avais été là auprès de lui, si j'avais été là à lui tenir la main, à lui servir de grandes doses de la meilleure médecine, dans la solitude de la fin de sa vie : j'étais le seul être qui lui restait, et il adorait Guillaume. À lui tenir la main et à lui dire ton petit tigre t'aime, papa, pars pas ! »

Peut-être serait-il resté. Mais rester sans le seul être au monde qui lui restait, il en avait pas eu envie.

Il avait eu envie de partir.

Il y avait plus rien pour le retenir.

Comme Billy, l'homme de ma vie.

Quand il avait lu ma lettre d'adieu.

Comme Billy qui tout de suite avait eu envie de partir, et après avoir toute sa vie bu sa vie, avait enfin bu sa mort.

J'étais peut-être responsable de deux morts.

En vérité, comme un juge implacable, sans avoir entendu toute ma cause, je me condamnais déjà : je portais malchance aux hommes autour de moi !

Quand, après avoir roulé à tombeau ouvert (l'expression est mal choisie, je sais !), avoir dépassé toutes les limites de vitesse et brûlé quelques feux rouges, je suis enfin arrivée à l'hôpital, ce que j'ai vu dans le corridor du troisième étage (Billy avait été admis à la chambre 333) était plus horrible que ce que j'aurais jamais pu imaginer.

70

Des préposés de la morgue sortaient de sa chambre avec, sur une civière, un sac plastique noir.

Billy était déjà mort!

J'arrivais en retard.

Comme j'étais arrivée en retard pour mon père. L'histoire se répétait: le destin me donnait une nouvelle gifle, que dis-je, un coup de *crowbar* dans le visage.

Je me suis précipitée, j'ai dit:

— Attendez, attendez, c'est mon mari!

Un des employés a arrondi les yeux, ahuri:

— Votre mari?

J'ai pas compris son étonnement. J'avais l'air tellement hystérique, qu'ils ont préféré s'arrêter, m'ont laissé ouvrir le sac.

Pour aussitôt découvrir le visage d'un octogénaire à la peau parcheminée qui venait de trépasser. D'où l'ahurissement de l'employé devant ma prétention, à savoir que le locataire du sac noir était mon mari. J'ai admis aussitôt:

— C'est une erreur, je... je suis désolée.

J'ai vérifié le numéro sur la porte de la chambre: le cadavre sortait de la 331, la chambre voisine de celle de Billy.

Je l'ai trouvé.

L'homme de ma vie.

Qui avait voulu se l'enlever.

Je l'ai trouvé comme on trouve les patients dans un hôpital, General ou pas : allongé sur son lit.

Pâle mais sorti du coma, son agent le veillant.

Veillant par la même occasion sur son argent : Billy était son meilleur client.

Il y avait aussi Nibs, qui paraissait inquiet. Son patron avait vu la mort de près, et rien disait qu'il s'en sortirait. Il m'a souri, comme on sourit dans ces circonstances, c'est-à-dire sans trop savoir comment.

Lorsque Billy m'a vue, il a paru surpris et il a dit, simplement, avec une sorte d'humilité que je lui connaissais pas, comme s'il était redevenu un enfant, ou était soudain devenu un vieillard, et portait plus de fard :

— Merci d'être venue, *love*. Je pensais pas te revoir un jour…

Il m'arrachait les larmes des yeux, par sa candeur désarmante. Il venait de faire un trou encore plus grand dans mon cœur. Aurais-je la force de m'arracher un jour à lui, à son amour, à sa tendresse, au souvenir de nos folles nuits ?

Il était le Billy que j'avais toujours pensé qu'il pouvait être, que j'avais toujours rêvé qu'il soit : le vrai Billy sans Absolut.

Je me suis empressée d'aller l'embrasser. Une infirmière vérifiait des choses sur un moniteur auquel mon amour était relié.

J'ai demandé à l'infirmière, encore follement inquiète :

— Est-ce qu'il est…

J'ai buté sur le mot. Je voulais surtout pas inquiéter Billy, surtout pas dans son état. Mais finalement, j'ai murmuré :

— Hors de danger ?

L'infirmière s'est montrée rassurante. J'ai poussé un soupir de soulagement. J'avais envie de l'embrasser. Mais j'ai plutôt touché la cicatrice de Billy. Une subtile manière de vérifier sa lucidité.

Il a passé le test haut la main.

Il a pris ma main et l'a embrassée.

Comme le premier jour.

Comme tous les autres jours où je faisais ce geste.

Qui était comme notre prière.

Et que le Ciel, hélas, semble avoir mal entendue, sinon en serions-nous là ?

Je sais bien qu'il y a jamais eu d'exemples de cet amour dans ma vie, et qu'il y en aura pas d'autres, peu importe ce qui arrivera avec Billy.

Toutes les amours sont uniques, je sais, mais cet amour-là l'est plus que les autres.

Billy s'est tourné vers son agent et il a dit :

— Merci de lui avoir donné ce que je t'avais demandé de lui donner.

Paul Morand a paru embarrassé. Surtout que je l'ai regardé avec un air accusateur. Il a alors bafouillé :

— Non, je… j'avais pas pu la joindre.

L'air coupable, il a alors tiré de sa poche une enveloppe qu'il m'a remise.

J'ai pas cru bon de l'ouvrir tout de suite.

De toute manière, une surprise des plus désagréables m'attendait.

71

Catherine est arrivée avec Marie-Ève !

Paul Morand a eu l'air surpris.

Nibs semblait furieux.

Billy a dit spontanément, trop spontanément à mon goût, on aurait dit un cri du cœur :

— Oh ! Marie-Ève, comme c'est gentil que tu sois venue.

Ça m'a donné un coup de couteau au cœur.

Catherine m'a regardée, triomphante, et moi j'ai décidé de partir.

Billy était hors de danger, et il était en bonne, en trop bonne compagnie pour ma petite personne à nouveau froissée.

À la porte de l'hôpital, j'ai ouvert l'enveloppe que m'avait remise Morand de la part de Billy.

Mais j'ai pas pu la lire : il y avait pas de lettre dedans, juste deux pétales de rose séchés et une clé USB.

C'était du pur Billy : romantique et mystérieux.

72

J'ai mis la clé USB dans mon ordi, j'ai appuyé, non sans émotion sur la touche *Play*.

Me demandant si c'était mon destin qui se jouait.

Ou une autre comédie, qui me décevrait elle aussi…

Le visage de Billy m'est apparu. Il avait l'air triste. Il avait l'air ivre.

Il avait à la main son habituelle compagne, sa bouteille de vodka, et il fumait, clignait des yeux, nerveux, tendu, harassé, déprimé, cerné aussi, comme il l'était souvent au retour de ses escapades nocturnes. Il disait, la voix rauque :

> *Love, quand tu verras ce message, je serai probablement mort. J'aurai tiré ma révérence au monde. C'est mieux ainsi. Pour tout le monde. Je regrette. Je regrette tout le mal que je t'ai fait. C'est pas une excuse d'être un homme cruel. Tu mérites mieux que moi, 1 000 fois mieux. J'ai été un mauvais amant, un mauvais père. C'est pas parce que j'ai pas essayé. Mais on dirait que tout ce que je tente de faire de bien je le détruis, et je détruis les êtres qui m'aiment. J'étais un vidangeur quand j'étais jeune. J'aurais dû le rester, je suis juste un imposteur. Personne le sait, tu me diras, alors c'est pas grave : mais moi, je le sais, et ça, c'est grave. Je suis juste le magicien que j'étais déjà dans mon enfance. J'ai créé une illusion, mes fans me croient, même si je suis sans talent : je réussis parce que j'ai la rage au ventre. Mais là je suis fatigué. De faire semblant, de jouer le jeu. J'ai bu ma vie, le temps est venu de boire ma mort. Si jamais tu en as le goût, et le temps, même si je t'ai pas rendu bien souvent service dans ma vie, rends-moi ce petit service ! Quand tu*

verras papa, car tu le verras probablement au service, dis-lui que... dis-lui que malgré tout le mal qu'il m'a fait, je... je l'aime quand même... Dis-lui que... dis-lui que je lui en veux pas... que je lui en veux pas de m'avoir mis ma première bière dans les mains à huit ans, ou dix ans, j'ai trop bu, je me souviens plus au juste c'est si loin tout ça, si loin, et pourtant en même temps si proche, si présent... C'est aussi lui qui m'a mis ma première guitare dans les mains... S'il avait été un petit papa tout gentil, comme on en voit dans les contes pour enfants, s'il m'avait pas versé une bière sur la tête, quand je lui ai joué ma première chanson, est-ce que j'aurais eu la rage au ventre pour prouver au monde entier que j'avais du talent? Tu vois, à la fin, tout est bien... C'est juste que, des fois, sur le coup, ça fait mal... Sur le coup... Dis-lui, justement, que je lui en veux pas, pour les coups de ceinture dans la face, parce que, sans ça, j'aurais pas eu la cicatrice sur mon cœur, oups! je veux dire sur ma joue (il l'a touchée en disant ça) tu l'aurais pas touchée et moi, j'aurais pas embrassé ta main chaque fois que tu la touchais, love. Pour tout le mal qu'il a fait à maman, dis-lui que je lui pardonne.

Un peu bizarrement, il a alors regardé sa montre, comme s'il avait quelque chose de plus d'important et d'urgent à faire, alors qu'il allait faire la chose la plus grave de sa vie: se donner la mort. Il a alors eu une absence. Ces yeux étaient d'une beauté insupportable, car on y voyait toute la douleur de sa vie, toutes ses déceptions, toutes ses désillusions, et l'amour vrai qu'il avait pour moi. Puis il s'est ressaisi, comme il fait presque toujours, malgré l'alcool dans son sang, la révolte dans son cœur, et il a repris son discours d'adieu, si je puis dire.

Alors, love, si c'est trop long à retenir, toutes les conneries que je viens de te demander de dire, prends-le par surprise, et dis-lui que je t'ai dit de lui dire...

Il a ri : j'ai toujours aimé l'entendre rire, il y a tant de bonheur dans son rire, tant de promesses de bonheur que j'aurais aimé partager avec lui mais son enfance en a décidé autrement. Ensuite, il a repris :

Oui, prends-le par surprise, et dis-lui ce qu'il m'a jamais dit et pourra jamais me dire, car il sera trop tard pour lui, j'espère juste que son retard le rendra pas trop fou de douleur, trop malheureux de remords, moi ça m'est déjà arrivé : dis-lui simplement que je l'aime. Que c'est ma dernière chanson et que c'est pour lui que je l'ai écrite. Comme j'avais écrit ma première chanson. Oui, dis-lui que je l'aime pour tout, pour le mal, pour le bien, pour tout, car l'un et l'autre sont nécessaires pour qu'on devienne ce qu'on devait devenir… Pour maman, dis-lui merci pour tout, merci d'avoir été là, pour nous, même si papa y était pas, et quand il y était, il la traitait comme une servante, comme une esclave, comme de la merde, comme trop souvent j'ai pas pu m'empêcher de faire avec toi, je sais, je sais ma stupide erreur, ma méchanceté, me pardonneras-tu jamais, love ?… Dis à ma mère, du fond de mon cœur de rocker, merci, merci de s'être sacrifiée pour nous, d'avoir sacrifié son talent, parce qu'elle aurait pu être la nouvelle Doris Day, c'était son rêve, et elle aurait pu le réaliser, elle avait quand même gagné le concours des Jeunes talents Catelli. C'est quelque chose, ça. Je bois à ça, justement, je bois à toi, maman, à ton talent, à l'amour que tu as eu pour nous…

Il a bu en effet : il avait l'air vraiment soûl, maintenant, il riait même s'il avait envie de pleurer, ça paraissait.

Et si je peux te demander un autre service, love, après lui avoir dit que je l'aimais, dis-lui aussi que tu l'aimes. Ça va la prendre par surprise, elle aussi, car comme tu l'as sans doute deviné, elle t'aime pas. Dis-lui… dis-lui aussi que je suis désolé pour papa, il faut pas qu'elle lui en veuille… Il savait pas tout le mal qu'il lui faisait, moi je lui en veux pas en tout cas… je lui ai pardonné, il faut toujours pardonner à la fin, sinon on peut pas avancer.

Il s'est alors pourtant levé, et il est allé donner deux coups de poing dans un mur, puis il est revenu s'asseoir, avec un peu moins de rage, son poing gauche saignait, je pense qu'il avait frappé quelque chose derrière le plâtre, peut-être une poutre, il avait l'air de s'en foutre, il avait l'habitude de ces inconvénients du métier : la rage était son seul vrai métier, et c'est pour ça qu'il touchait tant les gens. Il a eu un sourire coupable, a dit, suave et philosophique, comme il l'était parfois, dans ses meilleurs jours qui, avec le temps, étaient devenus ses meilleures heures, ses meilleures minutes : et je voyais affolée arriver à grands pas l'époque où sa gentillesse se mesurerait en secondes. Il a dit, suave et philosophique comme il l'était parfois quand il donnait congé à sa méchanceté ou que sa méchanceté prenait congé de lui :

Pour Charlot…

Il a pas été capable de continuer tout de suite, il a éclaté en sanglots, il a pris une grande rasade de vodka, il a repris :

Pour Charlot, dis-lui que même si je t'ai dit que je le voulais pas, que j'ai hurlé que tu avais fucké ma vie de rock star, dis-lui que je l'attendais depuis toujours, que je le voulais, seulement quand j'ai vu qu'il arrivait enfin dans ma vie, j'ai paniqué, je t'ai demandé le stupide test de paternité, j'ai dit que je voulais que tu te fasses avorter… Je voulais juste le protéger contre moi… Je voulais pas que son père s'appelle Billy Spade, parce que… je ressemble trop à mon père ! Et aussi, et ça, je te l'ai jamais avoué, mais à l'approche de la mort, surtout volontaire, on peut et même on doit se payer le rare luxe de la vérité… Je… j'avais trop honte de te l'avouer et c'est pour ça que j'étais si insouciant lorsque je mourrais dans tes bras, mais deux médecins m'avaient assuré que jamais je pourrais donner la vie, que j'étais stérile… Alors comme tout homme normal, je me suis posé des questions, parce que je comprenais pas, j'ai cru que tu m'avais trompé. Mon agent arrêtait pas de me répéter : 1+1=2 !

Tu es stérile, elle est enceinte. Wake up : elle est enceinte d'un autre homme ! J'ai pas eu la sagesse de croire en toi, en notre grand amour forever, malgré ton tatouage, malgré…

Il s'est arrêté de parler, et moi je me suis tout simplement mise à pleurer. Je croyais qu'il était un monstre (et Fanny était d'acord avec moi) d'avoir exigé ce test à une femme aussi fidèle que moi : il était juste un homme qui était certain d'avoir été trompé, vu l'avis des médecins.

Billy s'est remis à parler, il a dit :

Notre fils sera mieux sans moi, il sera plus heureux seul avec toi…

Billy a fait une autre pause. A vidé ce qui restait de vodka dans la bouteille. Je me suis dit : « Enfin, il était temps ! » Je veux dire : que sa foutue bouteille soit vide ! Mais Billy vivait dans un autre fuseau horaire : pour lui, il était juste temps d'en ouvrir une autre. Qu'il s'est penché pour prendre sous la table. Et qu'il a ouverte d'une main de plus en plus tremblante. J'ai dit : « Oh ! c'est comme ça qu'il voulait boire à mort ! » Billy a bu presque le tiers de la nouvelle bouteille.

Puis il a dit :

J'étouffe depuis que tu es partie, love. Tu es, tu as toujours été mon oxygène. Je me répète, je sais, mais c'est ça qu'on fait quand on aime, non ? On dit cent fois je t'aime, c'est le plus beau des poèmes, sinon on le dit même pas une fois, personne est con, quoi ! Et maintenant, il est trop tard, je t'ai perdue, et j'étouffe. Je t'ai dans la peau, dans le cœur, mon cœur de rocker mal luné depuis la nuit de mon enfance, mais mon cœur quand même, je t'aime à la vie, à la mort, love, et surtout à la mort. Je bois à ta santé, à ton bonheur, que tu mérites tant, car tu es la bonté incarnée, et moi le mal de vivre sur terre, les contraires s'attirent, je sais, et notre coup de foudre s'explique… Je bois… je bois aussi à la santé de Charlot, dis-lui pas que je me suis tué. Dis-lui que c'était juste un accident, une crise cardiaque, une mauvaise dose de mon médicament, ça lui fera un plus beau souvenir de son papa, et pour Guillaume, pardonne-moi ma stupide erreur, j'aurais dû tenir ma promesse, j'aurais dû l'adopter comme j'avais dit au début, mais mon agent a dit non, que ce serait la plus grande erreur de ma vie, et la crisse de bitch de Catherine était d'accord avec lui.» (Il a levé la bouteille comme on lève un verre pour porter un toast.) Je t'aime, love, depuis le premier jour, et jusqu'au dernier. On m'accuse de bien des torts, d'être alcoolique, narcissique, colérique, tyrannique, mais j'aurai au moins eu de la suite dans les idées, car avec toi, je pense avec mon cœur. Maintenant est venu le temps de tirer ma révérence, que j'aurais sans doute dû tirer il y a longtemps, j'aurais fait moins de mal, mais il y a le destin, je crois. Le show de boucane est fini. Le rideau tombe. J'aurai pas de standing ovation, car je tombe. Je bois à ma mort. J'ai fini de boire ma vie.»

Il a vidé d'un seul coup toute la bouteille de vodka, il lui en coulait sur la poitrine, sa poitrine qui tant de nuits avait servi de divan à ma tête amoureuse.

Ensuite la tête de Billy a vacillé.

Puis il s'est effondré.

Et la caméra qu'il avait installée pour immortaliser sa mort a filmé le vide, je veux dire le mur derrière lui.

Aussi tragique que celui de notre amour.

Je pouvais plus arrêter de pleurer.

Car en cinq petites minutes, il m'avait dit tout ce que je savais de lui, tout ce que j'attendais de lui, mais qu'il m'avait jamais dit. Et je revoyais mon père à la station-service qui, pour la première fois de sa vie, me disait: «Je suis fier de toi.»

En somme, une sorte de copier-coller mais plus sophistiqué, évidemment.

Jamais de ma vie j'avais senti Billy plus seul.

Et c'était *déjà* l'homme le plus seul que j'avais rencontré et j'en avais rencontré plus d'un dans ma vie, mon papa au premier chef. Mon papa qui était mort comme il avait vécu.

Aussi quand, deux jours après, Billy a téléphoné chez ma mère, où je tentais tant bien que mal de m'installer malgré l'étroitesse de son appartement (mais la grandeur de son cœur en faisait un château !) j'ai pris l'appel.

73

J'ai pris l'appel.

Et j'ai fini par dire oui, quand il m'a suppliée de lui donner une dernière chance.

Une chance de tout recommencer.

À l'hôtel W.

Comme le soir de la Saint-Valentin.

De tout recommencer le lendemain soir à 8 h.

Ma mère était confuse, elle aussi, et, surtout, aussi attristée que moi, et elle a eu la délicatesse de pas me dire : « Je te l'avais dit. » Elle m'a pourtant mise en garde :

— Penses-y comme il faut !

J'ai avoué :

— Je fais tout pour tenter de sauver notre famille.

Il faut être deux pour sauver une famille. Quand tu rames juste d'un côté dans une chaloupe, tu tournes toujours en rond. T'as pas encore remarqué ça ?

— Je… je sais, je… Mais dans la vidéo, il a dit qu'il m'aimait et qu'il aimait Guillaume et Charlot. Donc il tient à notre famille.

— Tu es naïve, ma pauvre fille. Il est prêt à dire n'importe quoi pour te ravoir.

— Il est sincère, il veut changer.

— Oui, changer. Pendant une semaine ou deux. Une fois la lune de miel passée, il va recommencer à te traiter comme la dernière des dernières.

— Maman, je te demande juste si tu peux garder les enfants.

74

Je suis arrivée à l'hôtel W. un peu à l'avance.

Et seule.

Le cœur battant.

Je trouvais ça follement romantique comme idée, de pas arriver ensemble.

Ça faisait rendez-vous clandestin, ça faisait dangereux.

Et la passion aime le danger.

Surtout que la routine, Billy, c'est ça qu'il déteste le plus.

Billy avait déjà réservé la chambre.

Il y avait pas fait répandre des centaines de pétales de roses, comme la première fois, mais c'était pas grave. Ça aurait fait moins d'effet. Mais je l'ai quand même remarqué, et c'est pour ça que je le note.

Je portais pour la première fois le magnifique collier qu'il m'avait offert à la Saint-Valentin et que j'avais jamais porté.

Je voulais qu'il comprenne que je lui appartenais, que j'étais prête à tout recommencer. Qu'on effaçait le passé. Qu'on repartait à zéro.

On avait rendez-vous à 8 h.

À 8 h 10, il était toujours pas arrivé.

Je me suis pas inquiétée : il arrive presque toujours en retard.

J'aurais aimé qu'il le soit pas pour ce rendez-vous de la réconciliation.

Mais Billy, c'est Billy.

À 8 h 11, le téléphone a sonné ; je me suis dit : « C'est lui qui a la délicatesse de m'annoncer son retard ! »

Non, c'était la personne au monde dont je m'attendais le moins à recevoir un appel : Catherine !

Je savais même pas qu'elle avait mon numéro de cellulaire.

— Erica, c'est moi, Catherine.

— Euh, oui…

— Écoute, c'est pas très agréable pour moi d'avoir à t'annoncer ça, mais Billy ira pas te rejoindre ce soir à l'hôtel.

— Il lui est arrivé quelque chose ?

— Non. Enfin oui. Il s'est réconcilié avec Marie-Ève. Je suis désolée, vraiment désolée.

J'étais sans mot.

Catherine a raccroché, de toute manière.

Je me suis rhabillée en pleurant.

Je m'étais jamais sentie aussi humiliée de toute ma vie.

À la sortie de l'hôtel, il y avait une *bag lady*, une femme sans abri. Je lui ai donné mon collier. Elle a arrondi les yeux et dit merci.

Ensuite, j'ai appelé Fanny.

Il fallait que je parle à quelqu'un.

Et à ma mère, je pouvais pas, je me sentais trop conne de pas avoir suivi son avis.

75

On s'est retrouvées au bar du Leméac.

Je lui ai pas dit au sujet du rendez-vous manqué au W. avec Billy.

Je voulais pas gâcher sa joie.

Elle portait au doigt la bague de diamant rose dont elle rêvait : dans un changement de sentiment surprenant, Goliath, finalement, la lui avait achetée en lui faisant la grande demande.

Je me suis mise à pleurer.

Fanny a naturellement pensé que c'était de joie. Pour elle. Et elle avait raison. Mais je pleurais aussi en raison de ce qui venait de m'arriver.

Comme je versais plus de larmes que j'aurais dû, Fanny, dont les joues étaient roses de bonheur comme sa robe, et dont les cheveux semblaient encore plus blonds et lumineux que d'habitude, tant la joie d'être aimée est une métaphorphose, a dit, en riant :

— Mais voyons, chouette, pleure pas tant que ça ! C'est un événement heureux, après tout.

J'ai dit oui, et je me suis ressaisie.

Puis, excitée comme une ado, j'ai photographié Fanny, bague de diamant rose au doigt, et j'ai posté tout de suite sur Facebook en faisant le commentaire suivant : « Je suis au Leméac avec ma meilleure amie Fanny, et voici sa bague de fiançailles, un diamant rose sur or blanc. Moi, un homme m'offrirait une bague comme ça, je dirais tout de suite oui pour la vie : Avis aux intéressés, vous pouvez la trouver chez Birks. »

On riait comme des folles quand on a affiché ça, malgré ma tristesse infinie à cause de tu sais qui.

J'avais pas vraiment les sous – et je savais que j'en aurais encore moins, du moins à court terme et peut-être à moyen et à long terme, depuis ma séparation d'avec Billy, que l'événement de l'hôtel W. venait de confirmer – mais j'ai quand même dit :

— Champagne !

C'est pas tous les jours – surtout à notre époque de merde qui croit plus en rien et surtout pas au mariage ! – que ta meilleure amie t'annonce qu'elle se marie !

Ma gaminerie sur Facebook a eu des conséquences tout à fait inattendues.

Car une heure à peine après l'avoir commise, s'est pointé le dernier homme au monde que je m'attendais à voir là.

76

James O'Keefe !

Qui tenait timidement dans sa main droite le sac caractéristique de chez Birks, bleu pâle, avec du gris argent : ça en prend justement, de l'argent, pour *shopper* là ! Je savais, pour le sac emblématique, parce que Fanny venait juste de me le faire découvrir. Elle avait voulu me faire une surprise, avait ménagé ses effets.

Fanny et moi, on a échangé un regard étonné et elle a dit :

— Toi, avec tes conneries sur Facebook ! Tu vois où ça te mène !

James, pour une fois, était pas avec son garde du corps et ses poules. Remarque, pour faire une demande en mariage – car Fanny et moi, on avait beau être déjà un peu pompettes, on comprenait bien pourquoi James se pointait au Leméac – tu viens pas avec tes escortes.

Fanny a cru bon de nous laisser seuls, lui et moi.

Il a protesté mais juste poliment.

Fanny m'a embrassée puis m'a discrètement fait un signe d'encouragement en levant les deux pouces.

James a tout de suite sorti l'écrin du sac.

Il l'a déposé sur le comptoir. La barmaid arrivait pour lui demander ce qu'il souhaitait boire, mais elle a viré de bar, je veux dire de bord quand elle a vu l'écrin : et elle s'est postée à quelque distance pour être témoin de ma réponse. Elle a donné un coup de coude à une de ses collègues pour qu'elle prête attention à la scène.

— Tu me suis sur Facebook, à ce que je peux voir.

— Tu me suis partout, même dans mes rêves.

Il pouvait être suave. Probablement *full of shit* mais suave. Je pouvais en prendre une dose. Même si mon cœur était en mille miettes, et que, pour le ravoir, il faudrait prendre un ticket et lire les 144 000 tomes de *La Comédie humaine* avant d'espérer avoir ma réponse.

— J'ai une question.

— Moi aussi.

— Je m'en doutais. Mais commençons par la mienne. Birks est encore ouvert à cette heure ?

— Non. Mais j'ai dit mon nom au patron, et ce que je voulais acheter. L'argent ouvre les portes.

— Tu crois ?

— Je… oui, je…

Pour trouver une contenance, James a fait un signe en direction de la barmaid, et a dit :

— Champagne !

Elle a souri largement. A regardé sa collègue, lui a fait un clin d'oeil. Elle était certaine que j'avais dit oui. Pourtant, j'avais même pas encore ouvert l'écrin. J'éprouvais aucun sentiment : j'étais morte intérieurement.

Ensuite, on aurait dit que je revivais une scène d'un de mes films préférés, *Liar Liar*, avec Jim Carrey.

James m'a dit :

— Je t'aime.

— Merci.

— C'est pas la réponse que j'attendais.

— Merci beaucoup ? que j'ai tenté.

James a souri tristement, mais a pas baissé les bras, car il a poussé l'écrin en ma direction avec une question dans les yeux.

La barmaid est arrivée avec le champagne et deux flûtes, a vu que j'avais pas encore ouvert l'écrin qui l'intriguait au plus haut point et a été surprise lorsque j'ai dit :

— Apportez-moi une vodka Absolut. Double.

— Est-ce… est-ce que je vous sers aussi du champagne ? a-t-elle cru bon de vérifier.

— Bien sûr. On va avoir besoin de tout le réconfort moral possible, ce soir.

— Ah ! je comprends, a-t-elle fait, même si, de toute évidence elle comprenait pas.

Elle s'est éloignée vers ses frigos, et James a poussé l'écrin vers moi, a dit :

— Tu l'ouvres pas ?

— Non, je… je te trouve sympa, et tout. Mais tu veux pas te retrouver avec une femme comme moi. J'ai plus rien à donner à un homme, et si, par miracle, je trouvais encore quelque chose à donner, je le donnerais à Billy parce que je suis encore amoureuse de lui. Et en passant, j'ai deux enfants. Deux enfants de deux hommes différents. Tu ferais quoi avec moi, toi qui es libre comme le vent?

Il semblait pris au dépourvu, il savait pas quoi répondre.

Une pause, et j'ai conclu, pour me débarrasser de lui:

— J'ai rien à te donner. Je suis vide.

— J'aime l'enveloppe.

— Mais une enveloppe, quand on l'a ouverte, on la jette.

— Est-ce qu'il y a une chose, juste une chose que je puisse dire et que tu puisses pas contredire?

— Tu veux vraiment passer le reste de ta vie avec une femme qui a ce défaut-là?

— *You did it again*! Tu viens de me faire le même tour!

Au lieu de répondre à ma question, il a tiré de sa poche un chèque qu'il m'a remis.

Un chèque d'un million de dollars!

Que la barmaid qui m'apportait ma double vodka a vu, et qui l'a tant impressionnée qu'elle a renversé ladite vodka. Qui s'est retrouvée sur le sol.

Malgré ma douleur intérieure, malgré la vacuité de mon cœur, j'avais une émotion devant pareil déploiement désespéré d'amour. Vrai ou pas: comment savoir?

J'ai dit à James:

— Tu as l'air d'un bon gars, d'un gars équilibré... Enfin peut-être pas si équilibré que ça pour offrir à une inconnue une bague de 40 000 $...

— Trente-cinq mille, a-t-il précisé en levant le doigt, je l'ai négociée…

— J'en doute pas. Ça semble être ton sport préféré. Mais 40 000, 35 000, et même un million, comme ce chèque, ce sont juste des chiffres, et, dans le cœur, ça s'additionne pas vraiment. Même que souvent ça se soustrait. Tu l'as jamais remarqué ?

— Je croyais que…

— Prends-le pas personnellement, tu es généreux (j'ai pointé en direction du chèque fabuleux), et je suis sûre qu'une femme pourrait être infiniment heureuse avec toi, mais c'est pas moi.

— C'est justement parce que tu me dis ça que je pense que c'est toi, la femme de ma vie.

— Tu te trompes.

Je me suis alors levée, et sans avoir une seule seconde prémédité mon geste, j'ai embrassé James sur la bouche et je suis partie.

La barmaid que j'ai vu du coin de l'œil et qui revenait avec ma vodka double a vu le chèque sur le comptoir, et l'écrin de chez Birks, et comme ça semblait plus fort qu'elle, ma stupidité, elle a à nouveau laissé tomber ma vodka double par terre.

Moi, j'avais des choses à régler. Et aussi des comptes.

77

Je savais où trouver Billy.

Enfin où j'avais de fortes chances de le trouver trois soirs sur quatre : au Ballroom.

Je n'avais pas tort : il était assis seul au bar.

Même à peine sorti de son coma, il fallait qu'il y soit !

Fallait-il qu'il ait soif ou quoi, et qu'il ait envie, follement, d'aller jusqu'au bout de son désespoir, de finir le « travail », de boire sa vie, de boire sa mort, comme il venait de l'avouer dans son testament ?

Il avait l'air complètement ahuri quand il m'a vue.

— C'est dégueulasse ce que tu as fait. Tu m'as laissé tomber comme si j'étais rien pour toi. Tu as même pas eu le courage de m'appeler pour me le dire. Tu as fait faire la sale besogne par ta *bitch* de service.

— Arrête de faire de la psychologie renversée. C'est toi qui m'a laissé tomber ! Catherine m'a envoyé un texto à 7 h pour me dire que tu l'avais appelée et que tu annulais le rendez-vous au W.

— Je te crois pas. Tu mens. Comme tu m'as toujours menti. Tu m'as jamais aimée. Ton film d'adieu, c'était juste un autre *show* de boucane.

— Tu me crois pas ? Regarde !

Il a sorti son BlackBerry, s'est acharné pour l'ouvrir. Parce qu'il avait un code. Depuis l'aventure de Spytronic. Un code que je l'ai vu faire : 6969. J'ai pas été surprise.

Il a cherché le texto concerné.

Me l'a montré.

Il avait pas menti.

J'ai dit :

— Ça t'a pas passé par la tête de vérifier avec moi ? De voir si elle t'avait pas menti ?

— J'étais trop bouleversée. J'ai jamais vraiment cru que tu m'aimais pour vrai. J'ai toujours cru que tu aimais juste le *poster*.

— Oh !

— Si tu savais comme je t'aime.

Je l'ai serré dans mes bras.

Mais pas longtemps.

Parce que j'ai alors vu, qui revenait des toilettes des femmes, nulle autre que… Marie-Ève !

Marie-Ève qui marchait vers nous et me souriait largement comme une femme qui a enfin triomphé de sa rivale.

J'ai perdu les pédales. J'ai dit à Billy :

— Et elle, elle fait quoi ici ?

— Je t'ai dit que je te tromperais jamais, ni avec elle ni avec une autre, tu es la mère de mon enfant. J'ai trop vu la douleur que mon père a faite à ma mère en la trompant.

Il a répété :

— Tu es la mère de mon enfant.

— Je te crois plus. T'es juste un chien sale. Je te D-É-T-E-S-T-E !

J'ai pas pu résister. Je l'ai *punché*, il est tombé.

Et son cellulaire m'est tombé dans la main droite.

Ça m'a donné une idée.

De vengeance.

78

Dès la sortie du bar, j'ai appelé Nibs :

— Tu m'as dit que tu m'en devais une.

— Deux en fait.

— Alors j'ai un petit service à te demander. Pour demain matin. À 8 h.

Il a exigé quelques détails, je les lui ai fournis et il a dit : « Oui, pas de problème. »

Ensuite, avec le BlackBerry de Billy, j'ai texté à Catherine et à Paul Morand de se rendre le lendemain matin, à 8 h, dans le stationnement d'un hangar désaffecté rue Notre-Dame, quasiment en face de la Ronde.

Je leur ai fourni tous les détails.

Ils ont dit : « Oui, Billy. »

Même si c'était sans doute bizarre comme rendez-vous. Ils ont pas posé de questions. Ils savent que Billy aime pas qu'on lui pose des questions.

À 8 h pile, je suis arrivée avec Nibs dans une voiture qu'il avait empruntée à un copain pour l'occasion et dont les vitres étaient teintées.

Catherine et Morand étaient venus chacun dans leur voiture, une BMW pour l'avocate pourrie, une Porsche 911 pour Morand : payant, travailler pour Billy !

On était pas seuls: Nibs avait passé une commande à des Strikers. Ils étaient une dizaine, armés de *crowbars* et de bâtons de baseball.

Il y en avait deux qui avaient des calibres 12 coupés, de quoi inspirer le respect. Ils ont tiré dans les pneus avant des voitures, pour enlever toute idée de fuite.

Ensuite, ça s'est passé très vite. Parce que Morand et Catherine avaient sûrement composé le 911.

Ils ont commencé à frapper à coup de bâtons de baseball et de *crowbars* sur les bagnoles.

Catherine et Morand avaient l'air terrorisés.

Moi, je contemplais le spectacle en grillant une cigarette.

Au bout de trente secondes, le boulot était fait, et tout le monde est reparti.

J'ai dit à Nibs:

— Merci.

Il m'a fait un clin d'oeil.

— Ils le méritent.

J'ai fait le commentaire:

— J'aimerais ça être une mouche pour pouvoir être dans la même pièce qu'eux quand ils vont demander à Billy pourquoi il leur a donné rendez-vous là.

C'est pas bien de se venger, je sais. Et encore moins de s'en vanter. Mais ça fait du bien.

Puis, on peut pas toujours laisser ceux qui ont du pouvoir abuser de ceux qui en ont pas et *scrapper* leur vie sans conséquence.

Ensuite, le lendemain, j'ai fait une autre folie.

79

Oui, une autre folie.

Billy m'a convaincue de retourner vivre avec lui.

Il m'a juré qu'il changerait, qu'il s'occuperait davantage de moi et des enfants.

J'ai pensé que j'avais un peu dramatisé, que Billy avait raison au sujet de l'épisode de l'hôtel W.

C'est Catherine qui lui avait menti, comme elle m'avait menti.

Quant à Marie-Ève, il l'avait revue juste un soir et en ami, parce qu'il était bouleversé que j'annule notre rendez-vous amoureux.

Puis je pouvais pas m'empêcher de penser à son film d'adieu, à toutes les choses émouvantes qu'il avait dites : il m'aimait d'amour vrai.

Mais le premier soir, ou plutôt le premier matin, il s'est passé un incident qui a tout changé.

Pour changer, Billy est sorti (jolie lune de miel !) et, pour changer, il est rentré à 5 h du matin, ivre mort : il tenait vraiment ses bonnes résolutions !

Il a dit, un peu curieusement, car ce n'était pas le moment idéal pour exercer son rôle de père :

— Amène-moi Charlot !

— Billy ! Il dort.

Il est quand même monté dans sa chambre, il l'a tiré de son berceau.

Charlot s'est mis à pleurer.

— Billy, remets-le dans son lit!

Au lieu de m'écouter, il a fait à sa tête.

— Qu'est-ce que tu fais, Billy?

Et il s'est dirigé vers les escaliers.

— Billy, tu es fou, tu vas le tuer, tu peux pas descendre l'escalier avec le bébé, en plus tu es chaud. Tu tombes partout depuis tantôt.

Charlot pleurait de plus belle.

Billy m'écoutait pas.

J'ai voulu l'arrêter. Il m'a poussée. Il est fort, je suis tombée.

Il s'est engagé dans l'escalier et, dès la deuxième marche, il a trébuché.

Et il s'est mis à débouler l'escalier avec Charlot dans les bras. Charlot qui poussait des cris de terreur, pleurait.

Moi, j'ai crié: «NONNNNNN!»

Mais il doit y avait un bon Dieu pour les alcooliques. Ou pour les bébés d'alcooliques. Ou en tout cas pour Billy.

Il avait déboulé l'escalier avec une sorte de grâce miraculeuse, en serrant si bien le bébé contre lui qu'il lui avait servi de bouclier.

Cette fois, il a pas protesté quand je lui ai enlevé Charlot des bras après avoir dévalé les marches quatre à quatre. Charlot était un peu sonné.

Je l'ai examiné, il avait juste un petit bleu, rien de cassé, pas de commotion, rien.

Billy était encore par terre, mais j'étais tellement furieuse contre lui que, à ce moment-là, son état était le cadet de mes soucis. Il aurait pu crever, j'en avais rien à cirer.

En plus, je venais de prendre une décision.

Je suis sortie, et, sur le trottoir devant la maison, j'ai appelé Fanny.

— Viens, viens tout de suite !

Elle a pas demandé pourquoi même si je la réveillais. Elle habite à deux pas. Elle est arrivée vraiment tout de suite : pour preuve, elle était encore en pyjama. Moi aussi.

Au moment où Fanny est arrivée, dans sa nouvelle Saab, un cadeau de fiançailles de Goliath qui voulait plus la voir se promener dans sa Honda Civic archaïque, j'ai vu Billy sortir de la maison.

Il m'a vue lui aussi.

Il s'est mis à courir en ma direction mais il a trébuché.

J'ai eu le temps de monter dans la voiture avec Charlot dans les bras, on est partis. En direction de chez ma mère, qui gardait Guillaume.

Fanny était encore endormie.

Je lui ai résumé la situation.

Elle disait rien, elle disait juste : « J'ai besoin d'un café. »

Je me sentais follement angoissée.

Car j'avais le sentiment que, cette fois, je quittais pour de bon l'homme que j'aimais tant, l'homme que j'aimais trop.

Je pouvais supporter sa froideur, son indifférence, ses sarcasmes, mais pas qu'il mette en danger la vie de mes enfants : ça avait toujours été pour moi mon point de non-retour. En somme, c'était pas négociable.

Comme pour tromper ma nervosité, j'ai raconté à Fanny mon petit règlement de comptes avec Catherine et Paul Morand.

Elle les aimait pas plus que moi.

Alors elle s'est mise à rire.

Son rire a déclenché le mien.

Qui a accentué le sien.

Finalement, on a eu un fou rire qui a duré cinq bonnes minutes.

Après, j'étais détendue.

Et je me suis alors rendu compte que, pour la première fois depuis longtemps, je me sentais légère. Comme si l'immense poids qui pesait depuis trop longtemps sur mes épaules avait disparu.

Je me sentais enfin une femme libre.

80

Depuis un mois, peut-être un peu plus, Billy me bombarde d'appels, de textos.

Il veut me revoir.

S'expliquer.

Il veut que je lui donne une dernière dernière dernière chance, comme un enfant nous demande, le soir, longtemps passée son heure de dodo, d'écouter une dernière dernière dernière minute de son émission préférée.

Je voudrais dire oui chaque fois, c'est une douleur, une torture de dire non.

Stop ou encore ?

Je pense à notre première nuit ensemble, je pense à notre première Saint-Valentin à l'hôtel W, je pense à notre refuge dans le sauna avec l'affiche du *Titanic*, il était mon Leo, j'étais sa Kate, j'étais sa Priscilla, il était mon Elvis. Je pense à sa cicatrice sur la joue, dont j'ai découvert tardivement la triste origine : chaque fois que j'y touchais, il embrassait tendrement ma main. Je pense aux 20 fois par jour où il me criait *love*, m'assurait que j'étais son oxygène, la plus belle femme au monde, et surtout la femme de sa vie, sa raison d'être. Je pense à tous les cadeaux qu'il m'a donnés parce qu'il se sentait coupable de me tromper. Enfin je crois, même si je suis plus sûre de rien.

Lorsque, après mon bain, je vois mon dos, dans le double miroir de la salle de bain de maman, je vois mon tatouage, le serpent avec le *Forever*. Et je regarde souvent la rose de métal qu'il m'a offerte. Qui a pas fané, elle, comme notre amour.

Chaque soir, lorsque je mets Charlot au lit, je vois Billy car il en est le véritable sosie.

Je veux dire: «Encore!», de tout mon cœur, de tout mon corps.

Mais je dis: «Stop!»

Sans Billy, mon cœur est vide, mais celui de mes enfants est plein de rêves.

Je dois penser à eux avant toute chose: j'ai charge d'âmes.

J'ai toujours cru que j'étais une femme qui aimait trop, mais peut-être, simplement, étais-je une femme qui s'aimait pas assez.

On se lasse de tout sauf de comprendre: cette idée m'a fait sourire.

Parfois, lorsque je crains une rechute, que je suis triste, j'écoute la chanson de Chaplin, *Smile*.

Ou alors je regarde le sourire de mes enfants, et je sais que j'ai pris la bonne décision.

M
MARQUIS
Québec, Canada